자살관리사

자살관리사

배길남 소설집

목차

증오외전 1—증오하지 말고 심수창처럼　007

동래부사접왜사도東萊府使接倭使圖　039

썩은 다리-세 번의 눈물　063

부산데일리 홀랄라 기획부　093

사라지는 것들　127

램프불 옆 에드워드　155

한밤중의 손님　187

증오외전 2—증오하려면 재떨이처럼　207

해설　255
작가의 말　267

증오외전 1
—증오하지 말고 심수창처럼

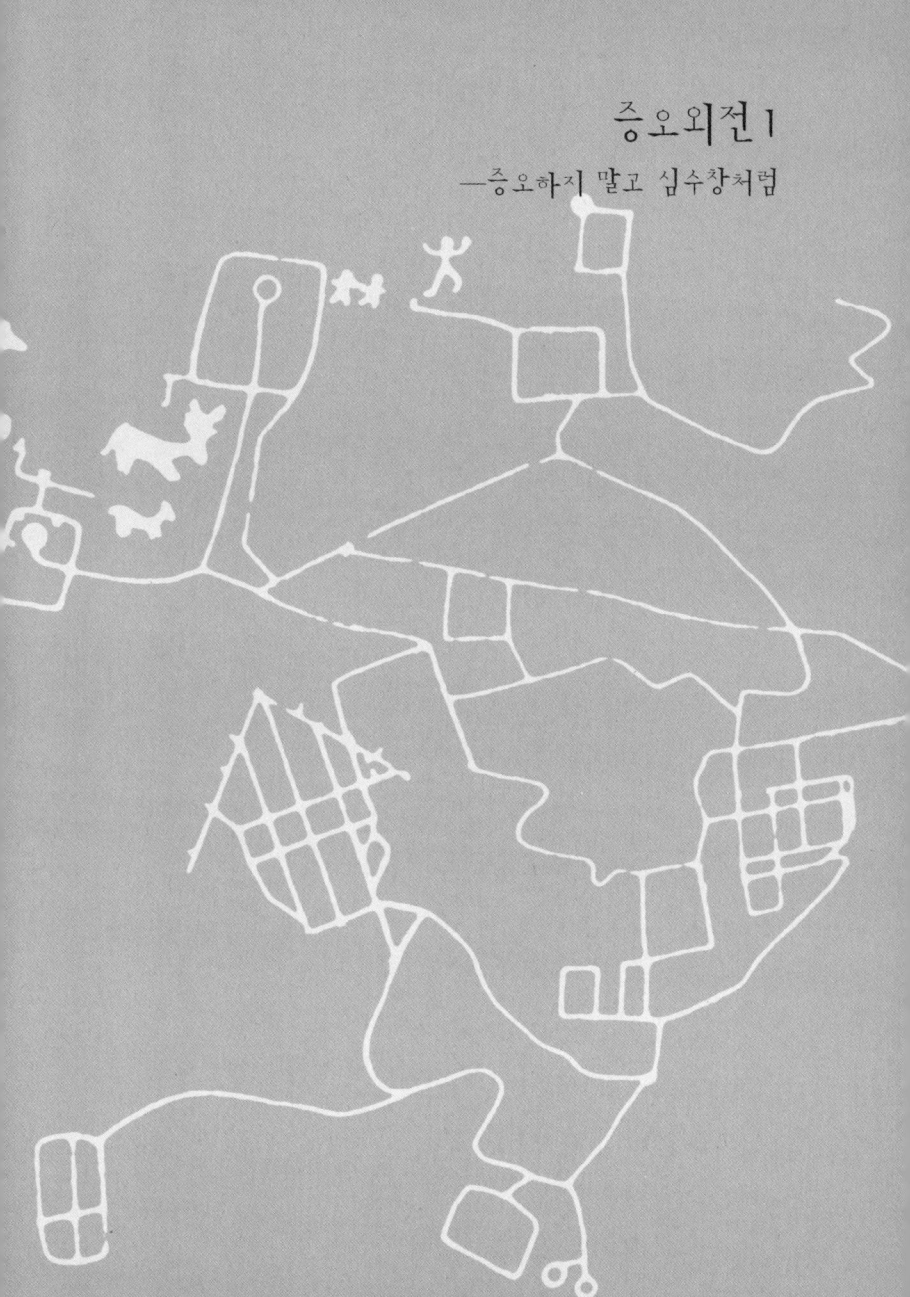

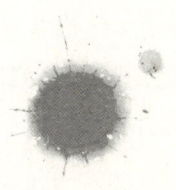

퀄리티 스타트(Quality start). 야구에서 선발로 등판한 투수가 6이닝 이상 공을 던지고 3자책점 이하로 막아 낸 경기를 뜻하는 용어다. 그는 올 시즌 6번의 선발 등판 중 3번의 퀄리티 스타트를 했고, 오늘 경기에 선발로 나서 또 한 번의 퀄리티 스타트를 해냈다. 7회까지 피안타 6개, 사사구 2개, 자책점 3점, 투구수 107개, 올 시즌 가장 많은 공을 던졌다. 온몸은 땀으로 젖어있고 어깨는 솔직한 통증을 호소한다. 경기 결과는 3대2 팀의 패배다. 오늘을 포함해 그의 시즌 성적은 0승 7패. 우리나라 투수 최다연패기록 16연패를 두 게임이나 갱신한 18연패의 투수. 그의 이름은 심수창이다.

― 롯데는 여전히 SK에 졌어야 했다. 감독은 무능했고 불펜도 허약했다. 상대는 롯데가 죽으라고 깨지는 SK였다. 더군다나 1위에서 3위로 떨어져 위기에 빠진 SK가 가만 있을 리 없었다. 그런데도 전날 경기기록은 분명 롯데의 승리를 표시하고 있었다.

"이건 하늘의 뜻이야!"

증시 개시시간인 9시가 되자마자 마지막 남은 돈과 사채로 끌어모은 돈을 모조리 밀어 넣으며 나는 그렇게 외쳤다. 내가 모은 정보와 친구의 비밀 찌라시는 정확히 맞아떨어졌었다. 한강 르네상스 프로젝트가 발표되고 관련 건설주는 하늘 높은 줄 모르고 치솟을 타이밍이었다. 물론 망설임은 있었다. 최후의 순간까지 망설이던 나는 평소 그래왔듯 롯데의 경기결과에 운명을 맡기기로 했다. 롯데는 승리했고 나는 운명의 투자를 실행했다. 마우스에서 손을 떼자마자 나는 간밤의 고민을 보상받기 위해 잠이 들었다. 단잠에서 깬 것은 친구의 전화를 받은 오후 3시였다.

"서울에 물 폭탄이 떨어져 난리도 아냐. 온통 비 때문에 잠기고, 서울시장 비난 폭주야, 관련 프로젝트는 모조리 아웃이라고! 빨리 빼! 무조건 빼야 돼!"

그로부터 며칠이 지났지만 원금의 3분의 1도 회수하지 못했다. 나의 마지막 승부는 처절하게 실패해 버렸던 것이다. 작년 가을에도 비슷한 일이 있었다. 가진 돈 모두 몰빵했던 4대강 주식은 밑으로 밑으로만 처박히고 있었다. 롯데가 올라가면 끝까지 버티고 탈락하면 빼는 거다! 롯데가 5전 3선승제의 준플레이오프에서 초반 2연승했을 때 흔들리는 마음을 추스르기 위해 걸었던 내기였다. 그러자마자 롯데는 약 먹은 병아리처럼 내리 3연패하고 가을야구를 접었다. 아, 그때도 똑같이 외쳤지. 이건 하늘의 뜻이야! 결국 빼고 말았던 4대강 관련주는 나랏님의 불도저 정신으로 어떻게든 버티더니 결국 쭉쭉 올라갔었다. 만약 롯데가 이길 때 이겨주고, 질 때 져 줬으면 내 인생은 어떻게 바뀌었을까? 갑자기 배가 아팠다. 미칠 듯 아파오는 배를 움켜쥐며 이렇게 중얼거렸다. 이게 다 롯데 때문이야.

— 오늘은 내가 손댈 것도 없이 편안한 인간들이었다. 이럴 거면 왜 굳이 비싼 돈 들여가며 '자살보험'을 든 건지 모르지만 누군가 자신들의 죽음을 지켜본다는 것도 꽤 매력 있는 일이라 여기나보다.

그들이 싸구려 모텔 욕실에서 죽어갈 때, 난 TV로 야구를 지켜보고 있었다. 올해의 롯데는 4강에 올라갈 수 있을까? 병신들이 감독이 호구라고 욕들 해대지만 난 그렇게 생각하지 않는다. 로이스터가 있을 때도 롯데는 올해와 마찬가지였다. 작년의 4강 진출은 기아의 전설적인 16연패 때문이었다. 기아가 뻘짓만 하지 않았어도 롯데는 4강에도 못 들었을 것이고, 나또한 '자살관리사'를 1년이나 더하고 있지 않았을 것이다. 제기랄, 롯데 야구 따위에 내기를 거는 게 아니었어. 롯데는 초반부터 대량실점하며 패배로 달려가고 있다. 욕실로 다가가 슬며시 문을 여니 초반부터 대량 출혈했는지 핏빛 목욕물이 흘러넘친다. 수면제부터 먹고 팔을 그으란 조언을 착실히 들었는지 남자와 여자는 서로 부둥켜안고 죽어간다. 아니, 벌써 죽었나? 시간을 체크하고 우비를 입고 욕실로 들어가 그들이 완벽하게 죽은 건지 확인했다. 여자는 이미 머리를 물 속에 박고 있고 남자 또한 눈을 감고 있다. 남자의 머리 위를 눌러 물 속에 잠기게 했다. 1초 2초 3초 4초…. 죽은 듯 가만있던 남자의 머리가 솟구친다.

"워어어억! 사, 살려, 살려 주세요."

이런 진짜 제기랄, 우비를 안 입었으면 또 옷 버릴 뻔 했다. 꼭 둘 중에 하나는 이렇게 배신을 때려댄단 말이야. 분명 수면제를 안 먹은 게 분명하다. 그럴 줄 알고 물에 담그기 전 목에 줄을 감아놓았지. 편안히 갈 것이지 왜 이리 슬프게 가니? 발버둥치던 남자가 축 늘어진다. 힘들다. 욕실 문에 줄을 묶고 남자를 매달았다. 여자는 팔을 긋고 남자는 목을 맨 것으로 상황은 마무리된다. 이제 이 일도 지긋지긋하다. 이게 다 롯데 때문이야.

─ "종양이 있는데 암 가능성이 있군요. 조직 검사를 해야겠습니다."

내시경의 화면을 쳐다보며 의사는 말했다. 관심을 표하면서도 심드렁한 느낌이 드는 말투였다. 전화기의 진동이 울렸지만 의사의 얘기를 듣느라 받지 않았다. 병원 검사실의 커튼 한 쪽에서 옷을 벗던 나는 거울에 비친 내 모습을 보았다. 이런 곳에 거울이라니! 삶을 되돌아보란 의미인지, 환자복도 예쁘게 입으란 의미인지…. 거울을 보니 머리는 헝클어지고 피부는 거무죽죽했다. 아무리 머리를 다듬어도 원하는 대로 되지 않았다.

"환자분 빨리 옷 갈아입고 2검사실로 오세요."

전화가 다시 울렸다.

"이 자식아, 도대체 얼마를 끌어 썼는데 사람들이 집을 찾아와?"

사채업자가 보낸 사람이 집 앞에 진을 치고 있다는 어머니의 전화였다. 거울에는 차마 쳐다볼 수 없을 만치 초라한 사내가 서 있었다. 검사를 해 봤자 뭐하나? 벗었던 옷을 다시 입고 검사실을 나왔다. 그런데 병원 입구까지 가기가 두려워졌다. 갈 곳이 없었다. 병원의 넓은 원무과에 배치된 TV에는 야구 하이라이트가 재방송되고 있었다.

『이날 LG의 패배에는 또 하나 관심을 불러일으킨 기록이 있었는데요. 이 선수, 바로 LG트윈스의 심수창 선수가 그 주인공입니다. 오늘 4회 구원으로 나왔던 심수창 선수는 1이닝 2실점하고 패전 투수가 되었는데요. 이날 패전은 이전 롯데 김종석 선수가 가지고 있던 최다 연패 기록인 16연패를 넘어선 17연패의 기록을 세우는 것입니다.』

17연패라! 정말 죽으라고 졌구만. 정말 죽으라고 졌어. 후우! 나도 뭔가 이겨본 기억이 가물가물하구나.

의자에 앉아 생각에 잠겼던 나는 옆자리에 떨어진 명함판 광고하나를 발견했다.

'자살, 처음부터 끝까지 책임집니다. 서류 제출 시 모든 대출 상담 포함. 수수료 30%'

도대체 이건 뭐냐, 자산이 아니고 자살을 책임져? 그걸 한참 바라보고 있는데 할머니 하나가 옆에 앉더니 뭔가를 중얼거렸다. 할머니는 나를 흘끔 쳐다보더니 손에 든 것과 똑같은 크기의 명함을 내밀었다.

'당신을 천국으로 이끌어 드립니다. 부흥교회.'

TV와 두개의 광고지를 번갈아 바라보고 있자니 머리가 어지럽고 속이 쓰려왔다. 17연패, 자살, 천국, 17연패, 자살, 천국, 17연패, 자살, 천국, 17연패, 자살, 천국….

"그래…, 죽자!"

나는 갑자기 자살을 결심했다.

"더 이상 떨어지기 전에 죽자….''

다짐하듯 중얼거리는데 할머니가 또 한 번 나를 흘끔 쳐다보았다.

— 영화 〈올드 보이〉의 첫 장면에는 자신이 왜 자살하는지 말하려는 남자가 등장한다. 최민식은 자기 얘기만 잔뜩 늘어놓고는 그

의 얘기를 듣지 않는다. 나는 그 남자가 대단히 불쌍했다. 그래서 이 일을 시작한 이후 사람들이 왜 죽으려 하는지 얘기하면 가만히 들어주곤 했다. 그렇게 별의별 이유들을 들으면서 느낀 점은 하나였다.

지겨워.

아무리 재밌는 얘기라도 '제발 날 이해해주세요.'를 깔고 가면 흥미가 뚝 떨어졌다. 그러나 나는 꾹 참고 얘기를 들어주곤 했다. 심지어 표정관리를 위해 선글라스까지 착용했다. 어차피 조금 있으면 먼 길 갈 사람들을 위해 나는 최대한의 서비스를 베풀었다.

그런데…, 오늘 이 새끼만은 예외였다.

"제 얘기가 지겹겠지만 결론부터 말할게요. 내가 죽는 건 전부다 롯데 때문이에요."

처음에는 '제기랄, 롯데가 나 말고도 망친 인간이 있구나.' 하고 얘기를 들어주었다. 그런데 이 새끼는 사사건건 롯데였다. 아버지가 죽어도 롯데, 사업이 망해도 롯데, 애인이 배신해도 롯데, 주식을 말아먹어도 롯데…. 내가 아무리 롯데를 미워한다지만 슬며시 화가 날 지경이었다.

"도저히 이해 할 수 없겠지만 나는 그랬어요. 롯데 개호로 새끼들!"

만약 놈이 '도저히 이해 할 수 없겠지만'이란 말만 안 썼으면 당장 목을 꺾어 죽여 버렸을 것이다. 그 정도로 나는 흥분해 있었다.

릴렉스…. 약간 떨리는 가슴을 진정시켰다. 사실 놈의 얘기는 재미있었다. 죽기 전 떠드는 온갖 얘기들을 들어왔지만 이런 건 처음이었다. 인생의 갈림길에서 마지막 스위치를 누르는 게 전부 롯데였다니…. 놈은 이야기꾼이었다. 나는 이야기에 푹 빠져 놈을 죽일 뻔 했던 것이다. 조선시대 전기수(傳奇叟) 뺨치는 놈이었다. 내가 롯데 팬이었다는 걸 놈의 이야기를 듣다 새삼 깨달았을 정도였다.

 죽기엔 아까운 놈이군. 시계를 보니 관리타임이 이미 넘어서 있었다.

— 자살관리사. 내 보기엔 영락없는 킬러. 그는 아주 친절했다. 맥주까지 권하며 내 이야기를 성의껏 들어주었다. 내 이야기를 잘 들어주는 이 남자를 조금만 빨리 만났다면 자살 따위 결심하지 않았을 것이다. 선글라스를 쓰고 있었지만 그가 내 이야기에 푹 빠져 있단 걸 알 수 있었다. 나또한 인생을 털어놓다 보니 신이 났다. 이 얼마나 재수 없는 인간인가? 남 이야기하듯 펼쳐놓은 나는 정말 대단했다. 정말 내가 생각해도 줄기차게 떨어져왔다.

『50층에서 추락하는 남자의 얘길 들어봤는가? 밑으로 떨어지는 동안 그는 계속해서 중얼거린다.

'아직까진 괜찮아'

'아직까진 괜찮아'

'아직까진 괜찮아'』

갑자기 마티유 카소비츠 감독의 영화 〈증오〉의 첫 장면이 내 인생과 오버랩 되었다. 떨어지면 떨어질수록 위로 올라가려 발버둥 쳤던 내 삶.
갑자기 롯데도 떠올랐다. 그 놈의 롯데! 그런데…,
갑자기 떠오른 심수창의 얼굴은 정말 뜬금없었다. 심지어 심수창이 그 뒤의 대사를 내게 속삭이는 착각에 빠졌다.
"떨어지는 건 중요한 게 아냐, 중요한 건 어떻게 착륙하느냐지!"
갑자기 살고 싶어졌다.
할 말을 잃고 생각에 젖어 있으니 주먹을 쥐고 있던 킬러가 얘기가 끝난 줄 알았던지 고개를 끄덕이며 말했다.
"얘기 잘 들었습니다. 이제 시간이 됐군요."
그는 그렇게 말하며 탁자위에 서류를 올렸다.
"대출금은 30%를 제외하고 원하신 대로 어머니께 송금했고, 이게 이체확인서입니다. 다른 것도 서류로 확인 하시면 되고요. 확인 끝난 후에는 마음의 준비만 하시면 됩니다."
가슴이 뜨끔했다. 선글라스 속의 눈이 날 똑바로 쳐다보고 있었다.
"선택하신대로 수면제와 면도칼입니다."

— 그래, 놈의 이야기에 너무 빠져있었다. 시간이 너무 지체되었다. 예감이 좋지 않았는데 아니나 다를까 놈이 죽기 싫다며 발뺌하

기 시작했다.

"이미 계약한 이상 되돌릴 수 없는 게 우리의 원칙입니다. 손수 못하신다면 제가 대신 해 드릴 수밖에 없습니다."

내가 일어서자 놈은 무릎을 꿇고 싹싹 빌기 시작했다. 술집에 진상 손님이 있다면 내 영업의 진상 손님은 바로 이런 놈이다. 휴대폰이 울렸다. 사장이었다. 전화를 받는 동안에도 놈은 울고불고 난리였다.

"아직 안 끝냈어? 그 지역에 무슨 일이 있나봐. 짭새들이 꼬여. 빨리 처리하고 나오라구."

전화기를 소파에 던져버렸다. 일이 꼬이려니 시간마저 촉박해졌다. 할 수 없이 자살용 줄을 손에 들고 놈에게 다가갔다.

"자, 잠깐만요. 그러면 죽기 전에 담배 한 대만 피고요. 제발요…."

그냥 작업하려다 시계를 보니 조금의 여유는 있었다. 그래, 끝까지 서비스하자. 고개를 끄덕이니 놈은 탁자로 가 담배에 불을 붙였다. 그리고는 눈물을 줄줄 흘리며 횡설수설 떠들기 시작했다.

"그러니까요. 억억, 아까 제 이야기가 끝이 난 게 아니구요. 종양도 얘기해야 되고, 아니, 아니, 아까 억억, 제가 이야기하면서 생각난 영화가 있는데요. 억억, 영화가 시작하면 이런 말이 나와요. 50층에서 추락하는 억억, 남자의 얘길 들어봤는가? 밑으로 떨어지는 동안 어허억, 그는 계속해서 중얼거린다. 어억, 아직까진 괜찮아,

아직까진 괜찮아, 아직까…"

 휴대폰이 다시 울렸다. 무슨 일이 생긴 게 분명했다. 제기랄, 저 놈의 이야기! 전화를 받기 위해 소파에 고개를 숙이는데 놈의 목소리가 가까워지며 뒤통수가 뜨끔하고 눈에 불이 번쩍 났다. 맙소사, 이 새끼가….

"아직까진 괜찮아! 아직까진 괜찮다고!"

 놈의 고함소리가 터질 때마다 뒤통수가 뜨끔했고 눈에서 불이 계속 터져 나왔다. 눈이 스르르 감기는데 재떨이가 툭 떨어지는 것이 희미하게 보였다.

— 재떨이로 몇 번을 때렸는지 모른다. 킬러가 쓰러진 걸 확인하자 정신없이 문을 열고 튀어나왔다. 그런데 여긴 도대체 어딜까? 눈을 가린 채 들어왔기 때문에 몇 층인지도 알 수가 없다. 엘리베이터가 어디 있지? 없나? 그럼 계단은? 비상계단의 문이 열리지 않는다. 손에 묻은 피가 손잡이에 그대로 묻었다. 여긴 도대체 어디야? 고개를 바삐 돌리며 다시 살피니 정반대 방향에 엘리베이터가 있다. 달려가 버튼을 누르니 안 열린다. 발로 문을 몇 번 걷어차자 스르르 열린다. 뛰어 들어가 1층 버튼을 눌렀다. 킬러새끼가 살아 쫓아올지도 모른다. 제발 좀 빨리 가자. 제발 좀 빨리!

 엘리베이터의 거울에는 피가 튄 채 눈이 반짝반짝하는 얼굴이 있다. 내가 봐도 저런 얼굴은 오랜만이었다. 살자, 일단 살고 보자.

1층에서 문이 열렸지만 출구가 아닌 주차장이 나타났다. 뭐 이딴 건물이 다 있어? 씨발! 다시 들어가 2층을 눌렀다. 문이 너무 늦게 닫힌다. 오늘 이 모양이 된 건 롯데가 아니라 심수창이 때문이다. 17연패만 안 봤어도 죽을 생각은 안했을 거다. 롯데보다 더 싫다. 그 새끼! 2층에서 엘리베이터는 다시 입을 열었다. 드디어 바깥이 눈에 들어왔다. 모텔을 벗어나자 국도가 펼쳐져 있었다. 사람이 하나도 없다. 여긴 도대체 어디야? 마침 차가 한 대 달려 왔다.
"사람 살려!"
두 팔을 내저으며 차를 세웠다. 어라? 서지 않는다. 헤드라이트가 너무 눈이 부시다. 차가 계속 다가온다. 달려오는 차가 슬로비디오처럼 계속 다가오는데 몸이 말을 듣지 않는다. 아까 마신 그 맥주 탓인가? 쿵인지 텅인지 우당탕인지 소리가 들려오는데, 내 몸이 차에 부딪쳐 나뒹구는 소리일 것이다. 다 들린다. 다 들려. 아프기도 하고 슬프기도 하고…, 심수창, 아까 욕해서 미안해….

― 자살관리사를 하면서 이렇게 일이 꼬인 건 처음이다. 놈의 이야기에 빠져버렸던 것도 문제지만 근육 마취제를 마시고 저렇게 날뛰는 놈도 처음이다. 망할 재떨이에 뒤통수가 터졌지만 곧 있지 않아 의식을 회복할 수 있었다. 놈은 이미 달아난 후였다. 마음이 급해졌지만 이럴 땐 멋모르고 쫓아다니는 바보짓을 하면 안 된다. 먼저 옥상으로 올라가 주위를 살폈다. 이 곳은 인적이 없는 국도변

이다. 다행히 금방 정신을 차렸으니 시간상 멀리 가진 못했다. 놈이 어디로 튀었는지 눈으로 먼저 확인해야 한다. 어차피 지금 놓칠 놈이면 시야에서 이미 벗어나있는 상태일 것이다. 사방을 두리번거리는데 국도 쪽에서 끼이익! 하는 마찰음이 들린다. 얼른 돌아보니 자동차 지붕 위로 사람 하나가 나뒹굴고는 땅바닥에 툭 떨어진다. 대충 봐도 놈이었다. 근육 마취제가 이제야 효과를 발휘한 모양이었다. 살려달라고 달려들다 차 앞에서 온 몸이 굳었을 것이다. 자동차에서 사람 하나가 내려 놈을 살폈다. 일이 복잡해진다는 생각에 혀를 차며 보고 있는데 운전자가 차에 얼른 타더니 쏜살같이 달아나 버린다. 헛! 세상 꼴이 저모양이다. 사람을 쳐놓고 뺑소니라니…. 그나저나 저놈 저거, 지가 말한 것처럼 진짜 재수 없는 인간이구만. 죽었는지 살았는지 모르겠다. 이 새끼, 살았어도 죽여버릴 테다. 주위는 다시 조용해졌다. 모텔관리인이 나타나 주위를 두리번거리더니 놈을 질질 끌고 간다. 모텔 관련자 모두 우리 쪽 사람이니 걱정은 없다. 큰 실수라 몰래 처리하려 했는데 사장 귀에까지 들어가게 생겼다. 모텔관리인을 어떻게 구워삶을지? 슬슬 내려가야 하는데 뒤통수가 무지하게 아프다. 진짜 죽을 뻔 했다. 그런데 내려가면 아픈 것보다 쪽팔리게 생겼군. 제기랄! 내가 이렇게 된 것도 롯데 때문인 것 같다.

— 눈을 떴다. 그런데 눈을 뜬 것을 곧바로 후회했다. 온몸이 아

픈 건 둘째 치고 킬러가 눈앞에 있다. 주위를 살피니 도망친 그 방에 그대로 있다. 달라진 건 의자에 온몸이 묶여있는 것 밖에 없다.
"일어났군."

킬러가 다가오더니 갑자기 한 방 갈긴다. 아! 또 기절했으면 좋겠는데 정신이 멀쩡하다. 고개를 드니 다시 한 방 갈긴다. 고개를 일부러 안 들었더니 뒤통수를 계속 갈긴다. 씨발, 좆나게 아프다.
"죄, 죄송해요! 아! 아! 다신 안 그럴게요. 아저씨, 킬러님. 아! 아! 제발…."

때리는 게 멈췄다. 고개를 슬며시 드니 다시 또 한 방이 날아왔다. 이가 하나 떨어져 나갔지만 다행히 더 이상 안 때리고 소파에 앉는다.
"킬러가 아니고 자살관리사."

내가 보기엔 그게 그거다. 덜덜 떨면서 킬러의 눈치를 보는데 머리의 붕대를 만지더니 또 일어났다.
"아…, 진짜!"

킬러는 그렇게 중얼거리더니 다시 또 때리기 시작한다. 미칠 지경이다. 제발 좀 기절하고 싶다. 한참 맞다 한 대만 더 맞으면 기절할 것 같단 생각이 들 때 주먹을 부르르 떨더니 "후우! 참자."하고는 소파에 다시 앉는다. 정말 내가 보기엔 그게 그거다!

— 처음에는 안전하게 작업을 끝낼까, 깬 다음에 분풀이를 하고

작업할까 고민했다. 뒤통수가 하도 시큰거리기에 아작을 내고 보내기로 마음먹고는 놈이 회복하기를 기다렸다. 그런데 이 새끼가 좀체 깨어나질 않았다. 이번에 정말 제대로 된 진상을 만난 것 같았다. 아, 또 아프다…. 뒤통수가 시큰거리는데 놈이 내지르던 소리가 다시 들리는 듯하다.

"아직까진 괜찮아!"

제기랄, 나도 그 영화를 봤었다. 첫 장면이 하도 인상적이라 인생 종점 같은 상황에서 종종 떠올리곤 했는데, 하필 이런 새끼한테 맞으면서 그 대사를 듣다니. 이 새끼는 다음 대사는 지껄이지도 않았다. 그 부분이 훨씬 중요한데…. 또 화가 난다. 릴렉스, 릴렉스.

이 일을 하기 전 놈과 같이 삶을 포기했을 때가 있었다. 나도 그때 무슨 이유에서인지 〈증오〉의 첫 장면을 떠올리고 살고 싶다는 생각을 했다.

'떨어지는 건 중요한 게 아냐. 중요한 건 어떻게 착륙하느냐지.'

중간 과정 다 빼고 결론만 말하자면 난 그때 살아남았었다. 문득 놈도 저 마지막 대사를 떠올렸을까? 하는 생각이 들었다. 벌써 하루가 저물었는지 TV에는 야구중계가 시작되고 있었다.

좋다. 니가 말한 대로 롯데가 얼마만큼 널 망치는지 확인이나 해보자. 롯데가 지면 넌 바로 죽고 이기면 깰 때까진 산다. 30분쯤 지났나? 롯데는 초반부터 불이 붙어서는 한화 마운드를 아예 씹어 먹고 있었다. 2회에 벌써 7대0. 이 놈은 롯데의 고마움을 알기나 할까?

내기가 싱거워진 나는 어제 밤의 일을 곰곰이 복기해보았다. 가만히 생각하니 놈이 내뿜은 에너지는 놀라운 것이었다. 평소에는 절대 있을 수 없는 틈새가 몇 개나 생겼는지 모른다. 단 한 번의 실수도 없던 내가 놈의 이야기에 빠져 이성을 상실했던 건 말할 것도 없고, 내 뒤통수가 깨지는데 결정적 역할을 한 사장의 두 번째 전화는 스마트폰 오작동으로 걸려온 것이었다. 거기에다 층간 센서가 고장 나 꺼두었다던 엘리베이터는 어떻게 작동된 것인지 이해가 가지 않았다. 하지만 뭐니 뭐니 해도 백미는 교통사고였다. 그 정도 사고에 큰 상처 없이 멀쩡히 살아있는 건 경이로울 정도였다.

이놈은 분명히 마지막 대사까지 생각했을 거야. '아직까진 괜찮아' 따위로 그 정도 힘을 낼 수는 없지. 그럼, 그럼. 고개를 끄덕이면서도 사실여부가 점점 궁금해졌다.

이걸로 은퇴여부 내기를 걸까?

일을 그만두고 싶어 별짓을 다 한다 싶었지만 자꾸 이끌렸다. 그만치 놈의 에너지는 대단했어. 롯데 야구 따위에도 내기를 걸었는데 이번엔 왜 못해? 그래 좋다. 시간이 좀 걸려도 깨어나면 물어 보자. 만약 놈이 마지막 대사를 생각했으면 일을 때려 치는 거다. 안 했다면 사정없이 작업해버리는 거지. 절대 내가 먼저 말을 꺼내선 안 된다. 놈이 마지막 대사를 생각했는지 안했는지에 따라 은퇴여부를 다시 결정하자. 아, 그 전에 뒤통수의 복수는 해야지. 또 화가 난다. 이 새끼, 깨어나기만 해봐.

놈이 깨어난 건 그리고도 하루가 지난 다음날이었다. 물론 안 죽을 만치 힘차게 때려주었다.

— 좆나게 아파 낑낑대고 있는데 킬러가 불렀다.
"야!"
"예, 헉헉, 예, 예!"
"너 진짜 재수 없는 것 같지만 재수 좋은 거 알고 있냐?"
"예에?"
"됐고, 너, 내가 진짜 궁금해서 묻는데…, 너 나 때리면서 떠든 거 있지?"
"예? 뭐, 뭐요?"
"아직까진 괜찮아!"
"아, 예! 그, 그거, 증오, 증오!"
"너 그것 때문에 살고 싶어 진거냐?"
실컷 때려놓더니 그런 걸 묻고 있다. 그런데 살고 싶다. 씨발, 눈물나도록…!
"예, 예, 살고 싶어요, 살고 싶어요."
"그게 아니라 살고 싶어진 이유가 그것 때문이냐고?"
어라? 킬러의 질문이 이상했다. 느낌이 좋았다. 말만 잘하면 살려줄 것 같은 예감이 들었다. 이럴 때 사람들은 촉이 온다고 한다. 목숨이 왔다 갔다 하는데 구원의 촉이 느껴졌다.

"예예, 예! 아직까진 괜찮아. 그 말 때문에 살고 싶어졌어요."
"그래?"

킬러는 그러곤 아무 말이 없었다. 뭔가 잘못 된 것 같았다. 그게 아니라 그 뒤의 얘기를 해야 하나? 뭐, 어쨌든 그게 그거다.

"야!"
"예!"
"너, 솔직히 말해야 돼. 그러면 롯데에 다시 인생을 걸게 해줄게."
"예? 예예! 무조건 살려만 주세요."

"마지막으로 묻는다. 그러니까 '아직까진 괜찮아' 때문에 살고 싶어졌고, 내 뒤통수가 이 꼴이 된 것도 그것 때문인 거지?"
"예, 맞습니다. 맞아요."

킬러는 한참 가만있다 한숨을 쉬더니 팔을 쭉 펴며 기지개를 켰다.

― 정작 놈과 얘기하자 가슴을 뜨겁게 하던 무언가가 피시식하고 빠져나간 느낌이었다. 이봐, 이봐, 이건 진짜 아니잖아. 놈은 살고 싶단 생각에 잔머리나 굴리며 대충대충 둘러댔다. 에너지는 눈곱만큼도 보이지 않았고, 인생을 롯데에 걸고는 하염없이 롯데 탓이나 하던 인간으로 되돌아가 있었다. 아무리 유도해도 마지막 대사는 글러먹은 것 같았다.

도대체 너는 원래 그런 놈인 거냐? 나 좀 은퇴시켜 달라고!

에라이, 하늘 나라가서도 롯데 개호로 새끼들이나 외치며 살아라, 하고는 내기나 한 번 시켜 주었다.

"좋아, 오늘 롯데가 이기는 걸로 할래, 지는 걸로 할래?"

— 머리가 막 돌아갔다. 내가 가진 모든 정보를 쏟아 부어야 살 수 있다.

"잠깐만요, 그런데 오늘이 무슨 요일이죠?"

"수요일. 넌 정확히 이틀 동안 기절해 있었어. 재수가 좋은지 나쁜지 몰라도 뼈하나 안 부러졌고 멀쩡해."

수요일이면 롯데는 한화랑 경기를 한다.

"어제 롯데가 이겼어요?"

"그래. 장원준 나와서 이겼어."

어제도 이겼다면 4연승이다. 선발은 송승준 차례, 한화는 양훈이나 안승민 정도…, 고만고만하다.

"생각 다 했냐? 됐지? 이제 결정해."

때릴 때만 빼고 킬러는 역시 친절했다. 머리는 계속 돌아갔다. 요즘 다시 포크볼이 살아난 송승준에 힘이 좀 떨어진 한화의 투수진이라면 롯데에 걸만 했다. 4위 싸움에 목숨을 걸며 4연승을 달리는 롯데라면 더더욱!

"저기요. 롯데 승리에 걸게요. 그런데요…. 내기에 이기면 정말 살려주나요?"

킬러는 고개를 끄덕이며 시계를 보았다. 6시 35분. 이미 경기는 시작되었을 것이다.

"그래. 대신 오늘 롯데가 승리하지 못하면 너는 무조건 죽는 거야. TV켤게."

TV가 켜졌다. 킬러는 채널을 돌렸다. 다른 팀 경기는 모두 중계하는데 유독 롯데와 한화만 안나왔다. 심장이 떨려왔다. 그리고 한 채널에서 이런 글자가 흘러갔다.

'롯데 VS 한화 우천 경기 취소. 본 프로그램은 넥센 VS 삼성 경기로 대체합니다.'

눈앞이 캄캄해 지는데 킬러가 비웃듯 말했다.

"롯데가 차암, 니 편이 아닌 것 같지?"

"이, 이건 아니잖아요. 경기를 안 하는데!"

"내가 말했잖아. 오늘 롯데가 승리하지 못하면 넌 무조건 죽는다고."

"그런 게 어딨어요? 알고 그랬죠? 씨발, 목숨 갖고 장난치는 거 아니라고!"

마지막 희망이 또 날아가 버렸다. 고함을 치고 발악을 했지만 킬러가 목에 줄을 감으러 다가온다. 이제 끝이구나. 이게 전부 다 롯데 때문…. 그때 킬러의 뒤편에 있던 TV화면에 한 선수가 보인다. 그래, 롯데보다 저 새끼가 더 밉다. 그래, 저 새끼가 더….

― 당연히 우천취소 된 걸 알고 한 내기였다. 그것도 모르고 눈에 빛을 내다가, 내기 자체가 무너지자 놈은 울고불고 욕을 하고 난리였다. 그래, 롯데 욕이나 하면서 이제 그만 끝내자. 너랑 실랑이 하는 것도 이제 지겹다….

"개씨발, 저 새끼 때문이야. 어허억, 롯데보다 저 새끼가 더 문제야!"

놈의 목에 줄을 걸다 무슨 소린가 해서 뒤를 돌아보았다. 켜져 있던 TV에는 경기는 안하고 선수 하나가 인터뷰를 하고 있었다.

『비가 그쳐 이제야 경기를 시작할 것 같은데요. 심수창 선수, 오늘 선발인데 팀 이적 후 첫 선발에다 연패 기록으로 각오가 남다를 것 같습니다….』

"누구, 저 사람? 심수창?"

TV를 가리키며 묻자 놈은 눈을 까뒤집고 고함을 질러댔다.

"그래, 저 새끼! 저 새끼가 그랬어. 중요한 건 어떻게 착륙하느냐, 라고. 지랄, 씨발, 진짜 중요한 건 내가 뒈진다아!"

빙고! 기다리던 착륙 얘긴 맞는데…, 이건 또 무슨 헛소리냐? 그건 그렇고 심수창 쟤는 왜 넥센 유니폼을 입고 인터뷰질이냐?

― 정신이 반쯤 나간 상태에서 악을 쓰자 킬러가 뺨을 한 대 갈기고 물었다.

"너, 그게 무슨 소리냐?"

"내가 죽게 된 건 심수창 때문이라고!"

"왜 갑자기 롯데가 아니라 심수창이야?"

"죽을 생각도 살 생각도 다 저 새끼땜에 한 거니까! 씨발, 그만 갖고 놀고 죽여, 이 살인마 킬러 새끼야!"

꽥 고함을 지르자 킬러가 또 가만히 있다. 정말 이젠 지친다. 죽여라, 죽여.

"너, 심수창 얘기 다시 해봐. 처음부터 끝까지. 이번엔 좀 제대로 솔직하게."

킬러가 그러고는 소파에 가서 앉는다. 또 살 수 있을 것 같은 촉이 느껴진다. 빌어먹을 촉! 아까도 틀렸었잖아. 아니나 다를까 킬러가 다시 일어서더니 다가와서 뺨을 또 한방 갈긴다.

"나, 킬러 아니라고 했지?"

계속 생각하는 거지만 정말 그게 그거다. 킬러는 그러고 다시 소파에 앉았다. 아프다. 정신이 다시 번쩍 든다. 저 킬러 새끼는 도대체 뭘 원하는 걸까? 제발 좀 살살 다뤄주면 좋겠다. 나는 종양이 있는 암 가능성 환자에 교통사고 환자란 말이다. 그러고 보니 살아나가 봤자 시한부 인생이 될 수도 있겠군. 정말 엉망인 인생이다…. 그런데 왜 이렇게 살고 싶은 걸까? 살고 싶다. 살고 싶어. 가만 있자…, 그래도 살려면 이야기부터 해야겠구나. 어디서부터 시작하나, 종양부터 시작할까?

― 놈의 이야기가 끝났다. 여전히 놈의 이야기는 재미있었다. 진작 제대로 이야기를 하지. 아닌가? 처음부터 이 이야기를 다했으면 이미 놈은 하늘나라에 가있겠지. 그런 면에서 이놈은 정말 재수가 좋단 말이야. 나는 사실 놈의 이상한 기운에 이끌리고 있었다. 인생 막장 상황에서 같은 영화장면을 떠올린다거나, 지지부진한 일상에 혼자 내기를 걸고는 롯데 탓이나 하며 살아가는 부분에서는 동질감마저 들었다. 거기에다 이야기를 재밌게 하는 재능만 놓고 보면 죽기에 아까운 놈이었다. 나는 진지하게 놈을 살릴까 말까 고민하기 시작했다.

죽여? 살려?

그렇다고 사람 목숨을 관장하는 신이라도 된 양 허리를 꼿꼿 세우고 고민한 건 절대 아니다. 내 입장에서 보면 이 고민은 직장을 어떻게 그만두느냐의 문제였다. 죽이면 아무 일없이 계속 일하다 그냥 그만 두는 거고, 살리면 사장부터 지랄하면서 별의별 일이 다 생길 것이고 그러면 자연히 일과는 굿바이 될 것이다.

― 킬러는 내 이야기를 참 잘 들어준다. 때릴 때하고 사기 칠 때 빼면 참 좋은 남자다. 내 이야기를 잘 들어주는 이 남자를 조금만 빨리 만났다면 자살한답시고 이 고생은 안하는 건데…. 킬러는 한참동안 고개를 숙이고 있었다. 저러다 또 무슨 짓을 하려고 그러나?

TV엔 삼성의 장원삼이 땀을 뻘뻘 흘리며 공을 던지고 있다. 장원삼도 넥센 출신이었지? 넥센 히어로즈, 참 대단한 팀이다. 돈이 없어 이 선수 저 선수 괜찮은 애들은 다 팔아먹고 성적은 꼴찌지만 저 정도로 버티는 것 보면…. 야구판도 다 돈이다. 돈 없으면 서러운 세상. 그러고 보니 운명의 장난 같은 게임이군. 넥센에서 팔려간 뒤 넥센에 죽으라고 못이기는, 2군 강등 위기의 장원삼과 넥센에 16연패, 17연패 당하고 쫓겨나듯 LG에서 넥센으로 트레이드 된 심수창의 대결이라….

"야!"

킬러가 갑자기 불러서 깜짝 놀랐다.

"예! 예?"

"넌 이 상황에도 야구가 눈에 들어 오냐?"

"아, 아니. 그러니까 아무 말도 없어서서…, 지금 저 상황이 우리하고 비슷하기도 하고…."

"저 상황이 어떤데? 얘기해봐."

― 희한한 자식이다. 놈의 이야기를 듣고 있으면 이상하게 빠져든다. 꼭 엄마가 귀를 파주면 귓밥이 없는데도 더 파줬으면 하고 누워있는 심정하고 비슷하다. 놈의 이야기를 듣고 나니 저 경기는 뭔가 대단히 있어 보인다. 운명의 장난 같기도 하고, 누구하나 절대 양보할 수 없는 경기. 이거 흥미진진하다. 난 드디어 고민을 끝

냈다.

"우리 마지막으로 내기 하나 할까?"

"심수창 이기나 지나요?"

"아니. 그게 아니라…, 심수창과 함께 날 감동시켜봐."

― 킬러는 TV 볼륨을 완전히 줄이더니 나보고 해설을 하라고 했다. 그리고 심수창과 함께 자기를 감동시키라고…. 도대체 저 또라이 킬러새끼. 야구가 멜로 영화도 아니고 감동부터 찾아대는 게 말이 되냔 말이다. 거기에다 내가 김용희 해설위원과 마이크를 교체하는 순간, 심수창은 이미 2점을 내주고 2사 만루에 풀카운트의 상황까지 몰려있었다. 이제 겨우 2회다. 조기 강판당하면 감동이고 뭐고 내 목숨은 날아간다.

"포볼, 밀어내기, 3대0."

심수창이 던진 공은 볼이 선언되었고 또 다시 점수를 허용했다. 난 묶여있는 손을 꼼지락거리며 킬러에게 물었다.

"만약에 심수창이 초반에 강판당하면 어찌 되나요?"

"없으면 안 되지. 그럼 넌 죽어."

"그러니까요. 지금 저 상황을 보세요. 뭐 해설 해보지도 못하고 죽겠네."

"그건 니 사정이고."

순간 삼성 4번 타자 최형우의 타구가 오른쪽으로 날카롭게 날아갔다. 심장이 오그라드는 듯 했다. 만루홈런이면 정말 게임셋이다. 공은 펜스 앞에서 사라졌다. 눈에 눈물이 고여 제대로 보지도 못했다.

"아웃이죠? 아웃이죠?"

그때 넥센 우익수 유한준이 손을 치켜들었다.

"유한준 만세, 만세! 홈런 막았으니 홈런도 칠지 몰라요."

난 손은 못 올리고 손가락을 치켜들며 만세를 외쳤다.

— 4회초 넥센 우익수 유한준이 홈런을 쳤다. 그것도 시즌 2호, 74경기 만에 홈런이라는 자막이 떴다. 난 놀라서 놈을 바라보았다.

"원래 수비 잘 되는 날에는 타격도 잘 되는 법이거든요. 다음에 박병호 타순이네. 주의해서 봐야 되요. 심수창이랑 같이 트레이드된 선수거든요."

말이 떨어지자마자 박병호는 2루타를 쳤다. 난 다시 놈을 바라보았다. 놈은 신들린 듯이 해설을 진행했다. 내 뒤통수를 터뜨린 이틀 전과 비슷한 에너지가 흘러넘쳤다.

"저 넥센의 허도환, 만화에 나오는 포수들하고 많이 닮았죠? 처음으로 호흡을 맞추지만 심수창을 편하게 해주는데요? 기사에서 봤는데 2007년에 두산에 들어갔다가 1경기 출장하고 방출 됐었대요. 군대 갔다 온 후, 넥센에 신고 선수로 들어왔어요. 신고 선수가 뭐냐면요. 팀당 63명이 KBO에 정식으로 등록되는데 팀에는 못 들어가고 선수 신고만 하는 거에요. 그러니 얼마나 열심히 했겠어요?"

놈의 해설을 듣고 있자니 심수창 하나가 아닌 넥센 전체의 경기가 눈에 잡힐 듯 들어왔다. 볼수록 신기한 놈이었다. 롯데도 아닌 다른 팀의 선수들에게 이렇게 관심을 가진 적은 없었다. 넥센과 심수창이 하고 있는 시합은 과거 삼미 슈퍼스타즈를 떠올리게도 하고, 뭔가 이룰 듯 이룰 듯하다 무너져 항상 한을 갖고 있는 롯데 자이언츠를 떠올리게도 했다.

7회를 넘기고 심수창이 마운드를 내려왔지만 점수는 그대로 3대 2였다. 그리고 9회가 되었고 삼성 오승환의 마무리로 경기는 끝이 났다. 심수창은 다시 패배해 18연패가 되었지만 희한하게 졌다는 느낌이 안 들었다. 숫자상으로는 추락하는 1패였지만 그의 플레이는 착륙의 모습을 제대로 보여주고 있었다. 나는 뜨거운 가슴을 진정시키고 놈에게 한마디 했다.

"그만 울어."

"씨발, 쫄아서 우는 거 아니라고요. 감동해서 운다고…."

놈은 시합이 끝나기도 전에 꺼억꺼억 소리를 내며 울고 있었던 것이다.

— 킬러도 울었는지 안 울었는지는 모르지만 그는 나를 살려 주었다. 묶여있는 나를 차에 태우고 한참동안 달리던 킬러는 인적 없는 한 도로에서 나를 내리고는 줄을 풀어주었다.

"아직도 심수창을 원망해?"

킬러가 내게 물었다. 나는 고개를 저었다.

"롯데는?"

나는 다시 고개를 저었다.

"나도 앞으론 롯데 탓 안하고 살려고."

"아무리 엉망진창이 되어도 남 탓은 안하려고요."

"그래, 어떻게 착륙하느냐가 중요한 거야."

그는 돈뭉치를 바닥에 툭 던지며 말했다.

"이건 차비하고. 어머니 통장에 돈 좀 넣어두었어. 병원비하고 빚 갚을 정돈 될 거야. 그리고 경찰에는 신고하지 마. 기껏 살린 놈 죽이긴 싫으니까."

킬러는 차에 타려다 멈칫하더니 고개를 돌려 물었다.

"아직도 내가 킬러 같아?"

나는 고개를 저었다. 그는 처음으로 웃으며 말했다.

"자살관리사가 꼭 죽이기만 하는 건 아니라구."

그의 차는 부우웅 기세 좋게 출발했다. 그가 떠나자 온몸이 아파왔지만 천천히 걷기 시작했다. 냇물이 흐르고 나무가 많은 곳이었다. 나뭇잎이 바람에 흔들리며 햇빛을 조금씩 던져주었다. 살아있다는 게 신기하고 살아있다는 게 기뻤다. 돈뭉치가 거추장스러워 주머니에 넣으려는데 뭔가 들어있어 빼봤더니 병원에서 주웠던 명함광고지였다.

'자살, 처음부터 끝까지 책임집니다.'

그래, 맞는 말이야. 끝까지 책임져주네. 광고지를 구겨 버리며 나는 피식 웃고 말았다. 그리고는 어딘지 모를 착륙지점으로 다시 발걸음을 옮기기 시작했다.

동래부사접왜사도 東萊府使接倭使圖

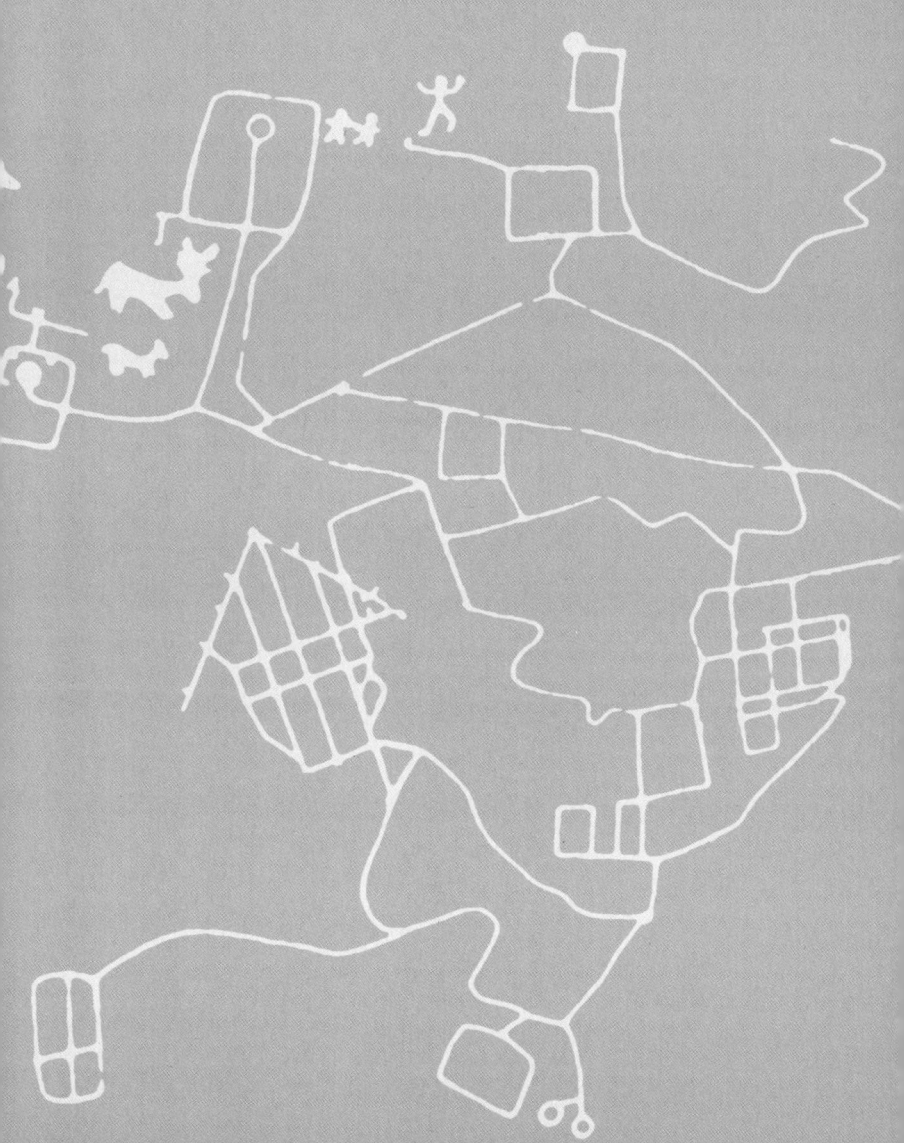

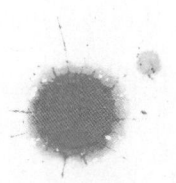

동래읍성이 아침부터 한바탕 난리를 치렀다. 초량왜관(倭館)에 온 사신을 영접하러 나선 동래부사의 행차가 있었기 때문이다. 동헌의 계단을 내려선 동래부사가 천천히 대문으로 걸어왔다. 그가 가마에 타면 깃발이 오르고 "쉬이! 동래부사 행차시다!"하는 벽제(辟除) 소리가 크게 울릴 것이었다. 이백 명이 넘는 행차 인원이 동래부사의 걸음걸음에 주목하고 있는데, 앞에 있던 예방이 급한 잔걸음으로 가마 옆의 이방에게 다가왔다.

"보소 이방, 행차 앞에 갈도(喝道)[1] 노릇하는 사령(使令)들은 어데 갔는교?"

---

1. 조선시대 고위 관직자들의 행차 때 선두에서 소리를 질러 행인들을 비키게 하던 일, 또는 그 일을 맡은 사람

상황이 상황인지라 소리는 낮추었지만 그 말투는 몹시 다급했다.

"사령들은 우리 아전들 뒤에 선다고 예방 니가 뒤에 세우라 했다 아이가?"

"세우는 건 세우는 기고, 할 거는 해야지. 그라믄 지금 소리꾼 할 사령들도 저 뒤에 있단 말이요?"

"에헤, 뭔 일을 그리 하노? 나는 소리꾼을 따로 빼놓고 뒤로 보낸 줄 알았지. 우짜노? 일단 뒤에서 소리를 내야 되나?"

"부사 어른 격식 따지는 거 모르요? 벽제 소리가 뒤에서 나는 법이 어디 있는교?"

예방이 핏줄을 세우며 발을 동동 구르자 이방도 얼굴이 붉어졌다.

"에라이, 격식 차리는 기 니 책임이지, 내 책임이가? 아까까지 가만있다가, 와 지금 난리고?"

"아이고, 우짜노? 부사 어른 지금 나오는데."

얼굴이 파랗게 질리는 건 이방도 마찬가지였다. 부사는 이미 동헌 대문을 나서 가마로 걸어오고 있었다. 부사가 가마에 오르기까지 도열한 행차 인원은 허리를 굽혀 예를 올린다. 누구하나 줄에서 빠져나와 앞에 서고 뒤에 서고 할 틈이 없는 차였다.

그때였다.

"에이씨, 지금 뭐 합니꺼? 다 죽게 생깄는데!"

퉁명한 목소리가 낮게 울리더니 이방 옆에 있던 차인(관아의 심부름꾼) 하나가 부사가 오는 도열 반대쪽으로 재빠르게 빠져나갔다.

"저, 저거, 저…!"

"행차 시작하면 소리하는 사령들을 앞으로 보내 주이소."

젊은 차인은 그렇게 이르고는 허리를 굽혀 행차 구경나온 백성들 사이로 쏜살같이 사라지고 말았다. 얼빠진 표정의 두 사람이 서로를 마주보는데 부사는 어느 사이에 가마 앞까지 당도해 있었다.

"준비는 다 끝났느냐?"

"예, 예, 부사어른. 인자 가마에 오르시면 됩니다."

부사가 가마에 타자 여러 명의 가마꾼들이 굽혔던 무릎과 허리를 폈다. 동헌 앞에 모여 있던 백성들의 눈에 가마에 당당히 앉은 부사의 모습이 들어온 것도 동시였다. 그러자 맨 앞줄에 눕혀져 있던 깃대가 세워졌고 적당한 바람에 깃발이 흩날리기 시작했다. 이제 시작을 알리는 벽제 소리만 나면 행차가 출발할 것이었다. 부사의 등장으로 조용해졌던 주위는 아예 고요해졌고, 들리는 것이라곤 바람에 펄럭이는 깃발 소리밖에 없었다. 도열한 사람들과 동헌 앞 백성들의 시선은 일제히 행차 앞줄에 고정되었다.

"으흠! 이제 그만 가지."

앞을 바라보던 부사가 헛기침을 하며 한 마디 하자 이방과 예방의 얼굴은 안쓰러울 정도로 파래졌다. 보다 못한 공방이 뒷줄에서라도 시작을 알리라고 손짓을 하려는 순간, 앞줄에서 커다란 외침이 터져 나왔다.

"쉬이이! 동래부사 행차시다아!"

동헌 앞에 섰던 악공들의 연주가 시작되고 행차가 서서히 움직이기 시작했다. 동헌 앞의 백성들 사이로 와아, 하는 탄성들이 새어 나왔다. 전례 없는 화려한 행차였다. 깃발과 접위관, 차비관, 훈도, 별차, 소통사들이 앞에 서고 중간에는 열 명 남짓 되는 기녀들이 말을 타고 따랐다. 다음으로는 군관, 향리, 아전, 사령, 포졸, 행수, 상인, 잡색꾼 등이 동래부사의 가마를 앞뒤로 호위하며 나아갔는데, 그 모습은 화려했고 위풍당당하기 그지없었다. 소란스런 행차는 그 길이도 길어서 그 끝이 동헌에서 사라지기까지는 한참이 지나야 했다.

행사의 끝이 사라지고 주위가 조용해 졌을 무렵, 동헌의 차인이자 전령 노릇을 하는 성칠은 우물의 물을 한 모금 들이키고는 "후아!"하며 바닥에 주저앉았다. 새벽부터 온갖 심부름에 행차받이 질을 하느라 진이 빠질 대로 빠졌던 것이다. 특히 행차 시작의 아슬아슬했던 갈도 노릇은 목숨이 몇 개나 되면 모를까 다시는 못해먹을 짓이었다. 성칠은 답답한 이방의 얼굴을 떠올리고는 침을 퉤 뱉었다.

"족제비 새끼, 지도 뭐 제대로 하는 기 없으면서…."

말은 그렇게 하지만 장터 동냥아치로 떠돌던 자신을 동헌의 전령까지 시켜준 이방이 아주 밉지만은 않았다. 다만 툭하면 꾸짖고 타박하는 통에 골이 나 있을 따름이었다. 우물 바가지의 물로 세수를 하고 나자 더위가 조금 식혀졌다.

"아따, 인자 좀 살겠네."

얼굴에 묻은 물을 털고는 기지개를 켜는데 누군가 성칠을 불렀다.

"야, 성칠아, 성칠이 어딨노?"

고개를 돌리니 관비로 있는 막손이였다.

"누가 관비 아니랄까봐 행차 날에도 못 빠지나가고…, 쯧쯧. 어이, 여기!"

열 발짝쯤 떨어진 곳에서 두리번거리던 막손이는 성칠을 발견하자 손짓으로 급한 모양을 했다.

"성칠아, 이방 어른이 지금 니 찾는다."

방금 겨우 한숨을 돌렸던 성칠은 한숨을 팍 쉬고 대답했다.

"족제비 새끼가 또 와 부르는데? 아침부터 쌔빠지게 부리묵고는…."

"뭐 급한 일이 하나 생깄는 갑더라, 빨리 찾아오라고 난리다."

"아, 거참! 족제비 새끼 지가 잘못한 것도 내가 다 안 막아줏나? 그라믄 좀, 수고했다, 좀 쉬라. 뭐 이래야지. 또 뭘로 내를 찾노 이 말이다. 막손이, 니도 그리 생각하제?"

그러자 뭔가 대답하려던 막손이의 얼굴이 파래지며 손사래를 쳤다.

"점마, 저거 와 저라노? 니도 족제비 땜에 미칠라 하나…, 아, 아야! 누, 누꼬?"

잡아당겨진 귀를 움키며 돌아보자 이방이 화난 족제비눈으로 노려보고 있었다.

"뭐? 조, 족제비 새끼? 이 천방지축 똥깡새놈."

"아, 아야! 아야!"

"이 자슥, 요 콩만한 자슥. 누가 니보고 갈도짓하라고 시키더나? 아까 거기가 어디라고 목숨을 내 놓노? 니는 그기 재밌더나?"

"아! 그만 놓으소, 아아, 진짜 놓으라꼬!"

"요 자슥, 또 봐라, 성질 나니까 반말 놓는 것 봐라. 이 동냥아치 자슥!"

"아, 아야! 자, 잘못, 잘못했다 안 합니꺼?"

성칠이 펄쩍 펄쩍 뛰며 고함을 질렀지만 이방은 콧방귀만 뀔 뿐이었다.

"아, 아이고, 이방 어른, 이랄 때가 아이라예. 급하다 안 했습니꺼? 빨리 아아를 보내야지요."

막손이가 달려와 눈치껏 말리고 나서야 이방의 손이 귀에서 떨어졌다.

"이 자슥, 한 번만 더 걸리면 요절을 내뿔 끼다."

바닥을 데굴데굴 구르던 성칠이 겨우 정신을 차리는데 이방이 퉁명스레 내뱉었다.

"니 빨리 남문 앞 밑에 광제교(廣濟橋)[2]로 가라."

"거기는 와예?"

"행차 도중에 관기 하나가 말에서 떨어지가 다리를 접질렀단다. 행차 따라갔던 차백이가 쌔빠지게 뛰이 왔더라. 관기 하나 땜시 행차가 멈출 수는 없었을 끼고…, 일단 행차는 그대로 출발했는데 다친 관기를 대신할 아아를 델꼬 온나 했단다."

"기생년을 찾을라믄 교방청(敎坊廳)[3]으로 가야지, 와 내를 찾습니꺼?"

"교방청에는 차백이가 벌써 갔다 왔다. 마침 쓸 만한 관기가 있어서 대신 보낸다는데 일단 광제교로 가라 했단다."

"그라믄 됐네예. 광제교로 가지 말고 그냥 쌔빠지게 쫓아가면 그만이지."

"말처럼 쉽으면 내가 니를 와 찾겠노? 니가 견마잡고 가야 되니까 문제지."

이방의 말에 성칠의 눈이 동그래졌다.

"야아? 내, 내가 거기를 와 따라 갑니꺼? 교방청엔 사람이 없나?"

"내가 아나? 교방청 차인 놈이 왜관 가는 길을 모린다는데 우짤끼고?"

"무슨, 그런…. 거기에 딴 놈은 없답니꺼?"

---

2. 온천천에 위치한 현 동래 세병교
3. 관기(官妓)를 교육 감독하는 부서

"행차에 다 따라나서고 사람이 없단다."

"행차간 지가 언젠데 견마 잡고 거기를 쫓아갑니꺼? 그라고 와 하필 내보고 가라는교?"

"행차 길에 다 따라가고 여게 지금 사람이 어딨노? 길 아는 기 전령인 니 밖에 더 있나?"

"차백이, 차백이 금마는예?"

"행차에 도로 돌리 보냈지. 예방 간이 쪼그라들어가 있을 낀데, 일 돌아가는 건 알리 주야 될 거 아이가?"

"……."

물도 묻히지 않고 손세수를 한참 하던 성칠이 사정조로 말을 꺼내었다.

"이방 어른, 그라이까네…, 제가 말도 잘 못 다루고예, 그라고 아침부터 밥도 제대로 못 묵고…."

"에이, 니미릴! 내 예방 이 자슥도 오늘 끝장 내뿔 끼라. 거, 기생년 하나 간수 못한단 말이가?"

성칠의 말이 끝나기도 전에 이방이 버럭 화를 내며 행차 간 쪽을 향해 욕을 퍼부어댔다. 갑작스런 행동에 놀란 막손이가 눈치를 보며 성칠의 어깨를 주물러 댔다.

"아이고오, 행차 시작부터 간을 쫄이더만 뭔 사단이 날라 하나…?"

성칠의 표정이 똥 씹은 듯 찌푸려졌다. 아무리 잡아떼 본들 굴러

온 일을 딴 데로 넘기는 건 이미 글러먹은 듯해서였다.

"아, 진짜 쪽팔리구로. 기생 견마잡이를 와 내한테 시키냐고…?"

씩씩거리던 성칠이 주머니에서 감발 끈을 꺼내들었다. 이방을 째려보던 그는 결국 바윗돌에 주저앉아 짚신 위로 끈을 죄기 시작했다. 돌아서서 성칠을 곁눈질하던 이방은 그제야 '에헴'하고 족제비 수염을 점잖게 쓰다듬었다.

"내, 그냥 시키는 기 아이다. 다아 니를 믿으니까 시키는 거 아이가. 으이?"

"야아, 야아."

성칠이 코웃음을 치며 건성으로 대답했다.

"다시 말하는데 조심 좀 하고."

"야아, 야아."

대답은 공손하게 했지만 인상은 구겨질 대로 구겨진 터였다.

'깨갱깽!'

돌에 맞은 황구가 비명을 질러댔다. 분풀이로 찼던 돌멩이에 마침 동헌 앞을 지나던 황구가 애꿎게 당한 것이었다. 그 모양을 보던 성칠이 피식 웃고는 냅다 달리기 시작했다. 자신을 쫓는 줄 알고 도망치던 황구가 성칠의 속도를 이기지 못하고 깽깽거리며 물러섰다.

"미안하다, 자슥아."

그래도 미안했는지 한 마디 던진 성칠이 내리막길로 사라졌다. 그는 뜀박질이 재기로 유명했다. 달린 지 얼마 되지 않아 온천천에 다다랐다. 숨을 한 번 돌린 후 다리 근처를 살피자 사람들이 뭔가를 둘러싸고 웅성대는 게 눈에 들어왔다. 굳이 고개 돌려 찾을 필요도 없이 이방이 말한 관기가 분명했다. 관기는 말에 올라타고 광제교 입구에서 성칠을 기다리고 있었다. 성칠은 한숨을 푹 내쉰 후 사람들을 헤치고 나섰다.

"보소, 보소, 비키소. 기생 처음 보나? 갈 길 가소."

성칠이 소리를 높이자 사람들이 조금 흩어졌다. 말고삐를 쥐고 있던 더벅머리가 반색을 하며 말했다.

"동래부서 온 사람이가?"

척 봐도 못되게 생긴 것이 하대를 하자 성칠의 심보가 꼬였다.

"기생년 견마잽이가 길도 쳐 모리고 뭘 하겠다고…. 마, 비키라."

"뭐? 니 방금 뭐라 했노?"

더벅머리가 울컥했는지 소리를 높이는데 맑은 목소리가 머리 위에서 울렸다.

"오라버니, 그만 두세요. 그리고 거기, 전 기생년이 아니라 교방청 소속 무기(舞妓)예요. 함부로 말했다간 관(官)을 능멸한 죄를 예방 어른께 묻겠어요."

고개를 든 성칠이 인상을 쓰고 뭔가 대답하려다 말문이 막혀버렸다. 하얀 얼굴에 팔각 전모를 쓴 무기의 얼굴을 보자마자 숨이 잘 쉬어지지 않고 얼굴이 확 달아올랐던 것이다.

"거, 그라이까…, 어, 어…."

성칠이 말을 더듬거리고 있는데 더벅머리가 눈을 흘기며 말고삐를 성칠의 손에 탁 넘겨주었다.

"늦으면 물볼기가 문제가 아인기라…. 클클클"

싱글거리는 품을 보아하니 길을 모른다는 건 핑계에 지나지 않는 모양이었다. 견마잡이 한 번 잘못했다가 엉뚱하게 사단이 날 수도 있으니 일을 떠넘겼을 것이었다.

"이래저래 내만 당하는구마…."

횡하니 내빼는 뒷모습을 쳐다보던 성칠이 부글거리는 속을 다스리며 말고삐를 당겼다. 행차가 출발한 것은 한 시진(時辰, 현재의 두 시간)이 다 되어 갔지만, 분명 하마정(下馬停)[4]에 가면 말에서 내려 예를 표할 것이고, 다음 모너머 고개[5]를 넘으면 우물이 있다는 핑계로 잠시 쉬어갈 것이니 아직 여유는 있었다.

홰바지[6] 근처까지 가는 동안 성칠의 얼굴은 계속 벌겋게 달아있

---

4. 양정동과 연제구 거제동 경계지역에 위치하고 있다. 동래정씨 시조 정문도(鄭文道)의 묘소가 있는 화지산(和池山) 입구에 하마비(下馬碑)가 있었고, 이곳을 방문하거나 지나는 사람은 지위고하를 막론하고 말에서 내려 동래정씨 시조에게 배례하였다고 한다.
5. 현 송공삼거리 부근, 부산시민공원이 들어서는 곳이다. 현재는 길을 닦아 평지이지만 원래 지대가 높은 언덕으로 동래성과 서면 부근을 구분하는 경계이자 교통의 요지였다.
6. 현 거제현대아파트 부근, 진시장의 장날, 상인의 가족들이 횃불을 들고 기다린 곳이라 해서 홰바지라 불렀다.

었다. 평소 같으면 광제교에서 달려 일각(一刻, 15분)에도 갈 수 있는 거리였지만 여인이 탄 말을 끌고 가려니 제법 시간이 지체되었다. 거기에다 전날 온 비로 황톳길이 진탕이 되어 발걸음이 영 불편했다. 하지만 얼굴이 달아 있는 것은 그런 이유가 아니었다. 왠지 좀 늠름하게 걸어가고 싶은데 어디서들 나타나는지 아는 얼굴들이 키득대거나 농지거리를 던져대는 것이었다.

"성칠이 언니, 오늘 행차 있다드만 다 떠나고 혼자서 이기 무슨 건마잽이요?"

주막 중노미 소삼이 놈이 따라붙으며 말을 걸어오는데, 어느새 곁에 왔는지 쇠전 종도 녀석이 대신 대답을 했다.

"딱 보면 모리나? 늦은 행차에 님도 보고 뽕도 따고. 우히히히!"

특히 읍성 남문 들머리(남문구 南門口)를 지나갈 때는 앙숙인 연순이 놈까지 나타나 소리를 질러대는 바람에 고개를 들 수 없었다.

"어이, 성칠이! 장가가나? 대낮부터 색시 말 태우고 첫날밤 깔라꼬?"

"저 쌍놈의 새끼를….."

평소 성질 같으면 대번에 달려들어 아작을 낼 것인데 오늘은 꾹꾹 눌러 참고 말았다.

남문구를 통과하자 홰바지 들판이 펼쳐지며 저 멀리 하마정(下馬亭) 부근까지 눈에 들어왔다. 그런데 눈을 씻고 봐도 행차 일행으로 보이는 사람들이 없었다. 그곳에서 행차가 지체될 거라 믿었던 성칠은 인상을 쓰고 뒷목을 긁었다. 행차는 화지산과 황령산을 잇는 모너머 고개까지 넘어간 모양이었다. 어쩌면 벌써 부산진성(釜山鎭城)으로 향하고 있는 지도 모를 일이었다. 마음이 급해진 성칠은 말위의 얼굴은 쳐다보지 않고 퉁명스레 한마디 툭 던졌다.

"거, 행차가 속성으로 달렸나보우. 인자부터 우리도 속보로 달리야겠소."

그러고는 말고삐를 당기는데 좀 세게 당겼는지 말이 '히힝!' 하며 뻗대었다.

"어머!"

그 바람에 안장 위에 있던 이가 균형을 잃고 말았다. 놀란 성칠이 말고삐를 놓고 여인의 어깨와 허리를 받쳤다. 순간 향기로운 분 냄새가 성칠의 코로 닥쳐왔다. 그 잠시의 순간이 성칠에겐 한 시진이라도 지난 듯 느껴졌다. 여인이 곧 정신을 차리고 어깨에 얹었던 손에 힘을 주어 자세를 고쳐 앉았다.

"어흐흠!"

헛기침을 하고 말고삐를 다시 잡은 성칠이 뭔가 말하려는데, 방금 분 냄새에 취했는지 혀가 말을 잘 듣지 않았다.

"거, 그라이까… 어, 괘, 괜…."

더듬거리는 성칠의 말 사이로 아까의 맑은 목소리가 끼어들었다.

"괜찮아요."

성칠이 여인을 흘깃 쳐다보았다. 마침 고개 숙였던 여인이 눈을 살짝 들던 차라 둘의 눈이 마주쳤다. 그러자 붉게 상기된 여인의 얼굴이 더욱 붉어지며 얼른 외면했다.
"하, 하이튼 간에 꽉 잡으라고!"
 성칠은 괜스레 큰소리를 내면서도 고삐는 천천히 당기는 것이었다.
 하마정을 지나 모너머 고개까지 오르자 서면(西面)으로 가는 길은 내리막이라 빠르게 걸어 갈 수 있었다. 지나가는 사람들에게 물어보니 반 시진도 되기 전에 행차가 지나갔다고 했다. 반 이상은 따라잡은 셈이었다. 그러나 보만강(寶滿江), 풍만강(楓滿江)이라고도 불리는 동천(東川)을 지나 부산진성 북문 쪽에 다다랐는데도 행차의 끝은 보이지 않았다. 초조해진 성칠이 말을 세워두고 성 앞의 보초에게 묻자 도리어 보초가 물어왔다.
"안 그래도 일로 온다고 정신 바짝 차리고 있다 아인교. 대체 언제 오는 기요?"
 난감한 표정의 성칠이 혹시라도 해서 손을 이마에 대고 주위를 살피는데 동료 차백이가 급하게 뛰어가는 게 눈에 띄었다.
"어이, 차백이!"
 처음엔 듣지 못했는지 따로 뛰어가더니 재쳐 부르자 이쪽을 향해 헐떡이며 달려왔다. 잠시 숨을 고른 차백이가 말에 탄 무기를 흘깃 보고는 말했다.

"아, 죽갔다. 니가 올 줄 알고 일로 뛰이 오길 잘했네."

"뭔데? 행차가 도대체 어디로 간기고?"

"행차 길을 진성 남문 쪽으로 돌릿다 아이가."

"그건 또 와?"

"진성 첨사하고 동래 부사하고 사이가 안 좋아 놓으이까, 첨사가 행차에 안 끼고 먼저 왜관 설문(設門)7으로 갔다카데. 거기보다 늦으면 안 된다고 부사가 지랄을 해쌓고…, 말도 마라. 하이튼 간에 지름길로 간다고 행차 길을 남문 정공단(鄭公壇)8 쪽으로 돌릿다 아이가."

"아, 씨이! 바로 갔으면 되는 길을 이리 돌아왔구마."

성칠이 마른침을 탁 뱉으며 투덜거렸다.

"그래도 많이 따라왔네. 바짝 쫓아가믄 되겠구마."

"오늘 뭐가 이상시리 꼬인 거는 확실하다."

"너무 걱정 마라. 분명히 왜관 앞 설문 근처서 만나면, 회의랍시고 니가 늦었니, 니가 잘 못했니 해쌓아면서 질질 끌어댈 끼라. 그라믄 연향대청(宴饗大廳)9까지는 시간이 있으이까 부지런히 대면 괜찮다 싶다."

"아침부터 수고가 많다. 고맙데이."

---

7. 왜관(倭館) 권역 입구. 현 부산역 앞 홍성방 부근
8. 부산광역시 동구 좌천동에 있는 석단. 임진왜란 때 순절한 부산첨사 정발(鄭撥)을 비롯한 여러 분을 모신 곳
9. 사신을 위로하는 잔치가 열리는 곳. 현 대청동 부근

"내가 뭘? 니가 고생이지. 예방이 안절부절 난리도 아이니까 내는 먼저 가가, 니가 오고 있다고 알릴게."

차백이가 관기를 다시 흘깃 보더니 성칠의 어깨를 툭툭 쳤다. 그는 이내 돌아서더니 왔던 길로 다시 달려갔다. 뜀박질하면 성칠과 호각을 다투는 솜씨라 금방 저쪽 성벽을 돌아서고 있었다.

"고래쌈에 새우등 터진다고 우리가 그 짝이구마…."

친구의 뒷모습을 보던 성칠이 씁쓸하게 중얼거렸다.

"저기요, 방금 들었지요? 쪼매 더 서둘러야겠구마. 어러, 어디 안 좋은교?"

말고삐를 바로 잡으며 무기 쪽을 돌아보는데 이마를 누르고 있던 무기가 손을 얼른 내렸다.

"아, 아니. 괜찮아요. 빨리 가요."

아닌 게 아니라 무기의 얼굴은 아까보다 훨씬 창백하게 느껴졌다.

"거, 혹시라도 어디 이상하면…."

"서두셔야 된다고 들었습니다."

무기가 이내 정색을 하며 자세를 바로 했다. 당사자가 괜찮다는 판에 더 이상 캐물을 수도 없는 노릇이었다. 다시 한 번 무기를 슬쩍 살폈지만 아직 말 위에서 꼿꼿한 것이 별일은 없을 것 같았다.

"니미…, 성질은…."

소리 죽여 툴툴대던 성칠이 서둘러 말고삐를 잡아 당겼다. 하지만 말고삐를 잡은 손놀림은 아까와 사뭇 달라 애기 다루듯 조심스럽기만 했다. 정공단으로 가지 않고 부산진성과 바다를 낀 길을 가다, 곧장 구 왜관이 있던 두모포리(현 수정동 일대)를 거쳐, 설문으로 갈 작정이었다. 이 근방은 황토가 적고 모래가 많아, 비온 뒤라도 속도를 내어 걷기에 적당했기 때문이었다.

 속보로 한참 걸어 두모포리에 이르자 행차가 지나간 지 얼마 되지 않았다는 말이 들렸다. 차백이 말따나 설문에서 행차를 잠시 멈추고 높은 양반들끼리 뭔가 숙의한 후, 왜관으로 입관할 것이라 시간은 충분했다. 성칠이 그제야 안도의 한숨을 내쉬는데 무기가 말을 건네었다.
"이봐요…, 잠시 내려야겠어요."
 워낙 정신없이 걸은 터라 신경 쓰지 못했는데 그녀의 안색을 보자마자 아차 하는 생각이 들었다. 가뜩이나 흔들리는 말 위였다. 중심 잡기도 힘들었을 터인데 거의 뛰다시피 걸어왔으니 멀미가 나도 무리는 아니었다. 성칠의 부축을 받으며 말에서 내린 무기는 근처 버드나무 그늘의 바위에 앉아 숨을 골랐다. 마침 인적이 뜸한 곳이라 잠시 쉬기에 적당했다. 눈을 감고 잠시 앉아있던 무기가 서둘러 일어났다.
"됐어요, 이제 가요."
 하지만 말만 그럴 뿐, 일어나다 이마를 짚고 다시 주저앉아 버렸다.

"괘, 괜찮은교?"

성칠이 얼른 다가가 무기의 안색을 다시 살폈다.

"죄송한데 물 좀 마실 수 있겠어요?"

"자, 잠시만 기다리소."

성칠은 벌떡 일어나서 두모포리의 고(古)왜관 길에 있는 우물로 달려갔다. 우물가에서 한 아낙네의 바가지를 빼앗다시피 한 성칠이 돌아왔을 때, 무기는 전모를 벗어둔 채 버드나무에 기대 잠들어 있었다. 성칠은 물바가지를 든 채 멍하니 그녀의 얼굴을 바라보았다. 가슴이 또 벌렁거리기 시작했다. 정신을 차리려고 고개를 흔들다 물바가지의 물을 쏟을 뻔 했다. 그 결에 잠에서 깨어난 무기가 물끄러미 서 있는 성칠을 보고 부끄러운지 고개를 숙였다.

"저기요, 이거, 이거부터 마시이소."

무기가 망설이다 물을 마시고는 바가지를 내밀었다. 좀 괜찮아졌는지 머리를 매만지더니 전모를 다시 썼다. 바가지를 받아든 성칠이 엉뚱한 쪽을 쳐다보며 말했다.

"어흠, 행차는 지금쯤 설문에 도착했을 거요. 내 바가지 갖다 주고 올 동안에 거기는 천천히 준비하…."

"미선이에요."

다른 쪽을 쳐다보던 성칠이 눈을 동그랗게 뜨고 고개를 돌렸다. 미선이 고개를 숙이고 옷고름을 만지작거리며 다시 한 번 말했다.

"제 이름이에요. 미선이. 거기가 아니라…."

 성칠의 얼굴이 홍시 마냥 벌게졌으나 이내 고개를 쭉 빼고 가슴을 탁 쳤다.

"나, 나는 성칠이. 전성칠이요. 바가지 이거 갖다 주고…."

 말을 채 끝내지도 않고 뒤로 돌아 후다닥 달리기 시작했다. 달리는 성칠의 입이 저절로 벌어졌다. 미선, 미선, 미선…. 아무리 되뇌어도 질리지 않고 입에 착착 달라붙는 이름이었다.

 설문에 도착하자 기다리고 있던 예방과 차백이 그리고 교방청의 책임 악공이 반색을 하고 달려왔다.

"아이고, 성칠아. 수고했다. 목이 빠지는 줄 알았네. 딴 놈 같으면 시간 맞차 오지도 못했을 기라. 대신 온 아아가 저 아이가? 봐라, 박악공, 어서 데리고 가라."

 공치사에 뒷머리를 긁적이던 성칠이 고개를 돌리자 말에서 내린 미선과 눈이 마주쳤다. 그녀는 잠시 미소를 짓고 성칠에게 고개 숙이더니 악공과 함께 설문 안으로 사라졌다. 설문 쪽을 멍하니 보고 있는데 명단을 들여다보던 예방이 뭐라고 중얼거렸다.

"어이고, 내 정신 좀 봐라. 저 아아 이름이 뭐였더라. 미, 미, 미…."

"미선이요."

"어, 그래. 미선이…, 어러? 그란데 니 저 아아 이름을 우째 아노?"

 성칠이 정신을 차리니 예방과 차백이가 그의 얼굴을 빤히 쳐다보고 있었다.

"아니, 거…, 아까 악공 아제가 이름을 부르드만! 그, 그것도 못 들었는교?"

"그래? 아, 여기 있네. 미선이."

명단에 수결을 마친 예방이 갑자기 성철의 어깨를 탁 치며 무게를 잡고 말했다.

"고생핸 거는 고생핸 기고…. 오늘 이상하이 인원이 모자라이까, 딴 데 새지 말고 행차에 같이 가자. 좀 있다가 고갯길(현 영선고개, 현재 터널이 있다)너머 연향대청에 갈 때, 니가 아까 그 아아 견마잡이를 끝까지 하는 기야."

"예? 견마잡이요? 그라이까 방금 그 무기…?"

"그래, 함부레 툴툴거릴 생각하지 마라이. 안 그래도 머리 복잡다. 차백이 니도 딴 데 새지 말고 딱 대기 해라이!"

예방이 말대답도 못하게 엄포를 놓더니 설문 안으로 급히 사라졌다. "떠그랄…!" 하며 침을 퉤 뱉던 차백이가 성철을 보더니 고개를 갸우뚱 했다.

"어이, 밥도 못 묵고 죽겠구만 뭐가 좋다고 실실 웃노?"

"웃기는 내가 뭐를? 흐흐….

"그라믄 지금 우나? 입이 째지가 웃고 있다 아이가?"

"뭐라하노? 날이 개가 눈이 부시니까 그라제. 저기 봐라. 흐흐흐…!"

성칠이 소리를 높이며 하늘을 가리켰다. 흐렸던 날씨가 개고 있었다. 방금 나온 햇살이 웃고 있는 성칠의 어깨에 슬그머니 팔을 걸치는 중이었다.

썩은 다리
―세 번의 눈물

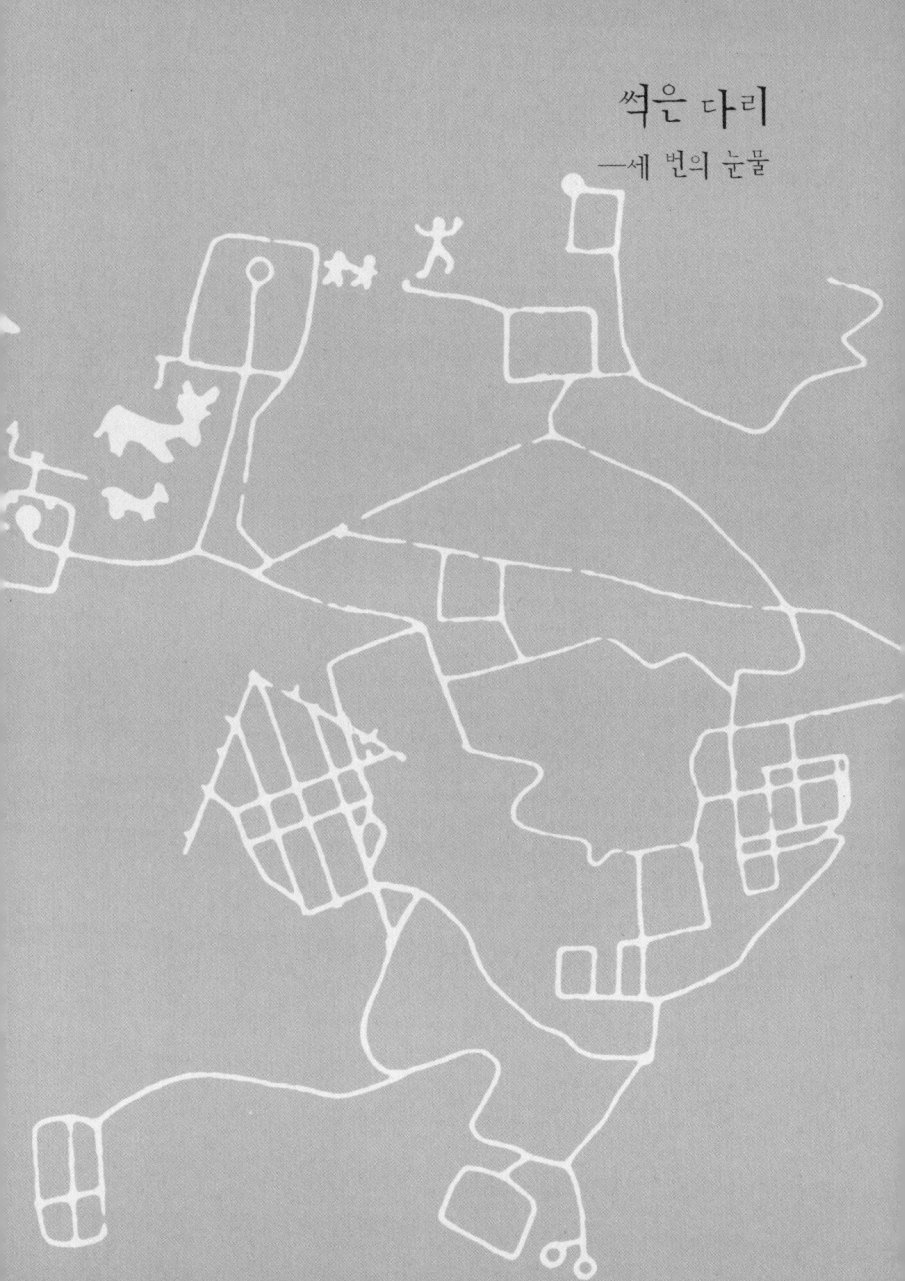

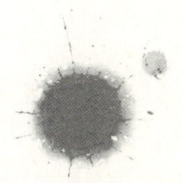

— 사라진 마을

부산직할시 진구 범천 1동 ○○-○번지 5통 6반…. 내 어릴 적의 주소.

이 주소엔 추억의 '직할시'와 5통 6반만큼은 사수해낸 기억력과 '통, 반'보다 중요한 번지는 깡그리 잊어버린 모자란 기억력이 함께 자리 잡고 있다. 하지만 어린 시절의 마을은 잊어버린 번지도 기억하는 5통 6반도 모두 사라진 채, 사람들의 추억 속에만 남아있다. 나고 자랐던 어린 시절의 고향 동네는 '모자라지만 고집 있는' 내 기억력에 의지해서 존재할 뿐이다. 그러나 그 주변 동네와 시장거리는 변함없이 낡아빠진 그대로 존재하고 있으니 가끔 그 주변에

갈 일이 있으면 이상한 나라에 온 마냥 신기하단 생각마저 들곤 한다. 또 한 가지 특이한 점은 어릴 적 마을에 대한 기억이 다른 사람들보다 훨씬 더 입체적이란 것이다. 여기서 입체적이란 의미는 공간에 관한 것인데 남들이 가지지 못한 체험을 설명하려니 까다로운 일이 아닐 수 없다. 살다보면 가끔이지만 이런 걸 설명해야 할 상황에 처하곤 하는데, 내가 겪었던 초등학교 때의 이야기를 해주고 나면 사람들은 그제야 나의 입체적 기억에 고개를 끄덕이며 공감을 하곤 한다.

그러니까 1983년, 초등학교(물론 그 당시는 국민학교였다.) 3학년 때의 사회 시간에 벌어진 일이다. 담임선생님은 모든 학생에게 자기 집 주소를 암기하게 한 후, 분단별로 한 명씩 학교에서 자기 집까지의 약도를 칠판에 그리게 했다. 나는 우리 분단의 대표로 지목받아 앞으로 나갔고, 다른 아이들과 함께 주소를 먼저 위에 적고 열심히 약도를 그리기 시작했다. 성서 초등학교에서부터 출발한 나의 약도는 차가 다니는 큰 길을 하나 건너고 약국 하나와 식당 여럿을 지나 시장골목으로 향했고, 청과물 시장 건물을 마주보는 중앙시장 건물에서 멈추었다. 분필을 든 손이 그 곳에서부터 어찌할 바 모르고 흔들렸다. 다른 아이들처럼 '우리 집'을 표기해야 했으나 그걸 어떻게 표현해야 할지 애매했기 때문이었다. 아이들은 하나 둘 씩 자기자리로 돌아갔고 결국 난 마지막에 남게 되었다. 담임선생님은 망설이고 서있는 나를 보고는 "다 그렸어?"하고 내가 그린 약도의 중앙시장 건물을 바라보았다.

"왜 그러는데? 길이 생각 안나?"

"아니요. 여기가 우리 집인데요…."

"그럼 '우리 집'하고 써야지."

"그런데 우리 집에 갈라믄 더 많이 가야 되는데요."

담임선생님은 당시로선 보기 드물게 이해심이 많은 선생님이었고 젊고 아름다웠던 것으로 기억된다. 선생님은 언뜻 듣기에 모순된 나의 말을 책하거나 값싼 농담으로 넘기지 않았다. 상기된 내 얼굴과 약도를 번갈아 바라보던 선생님은 고개를 끄덕이며 '아, 이제 알겠네.'라는 표정으로 이렇게 말했다.

"아, 중앙시장 건물에 집이 있구나. 아파트처럼. 그럼 몇 층, 몇 호를 쓰고 '우리 집'을 쓰면 되겠네."

"우리 집이 4층 위에 있긴 있는데요, 우리 집은 몇 호라고 안 부르는데요."

선생님은 약도 위에 적힌 우리 집 주소를 쳐다보더니 난감한 표정으로 말했다.

"병욱아, 건물이 몇 층까지 있는데?"

"4층이요."

"그럼 옥상 위에 집이 있는 거니?"

난 어떻게 말해야 할지 몰라 또 한 번 망설였다. 아이들이 수군거리기 시작했다. 얼굴이 발갛게 달아올랐다. 하지만 아이들의 주목을 받아서 빨개진 것이지, 부끄럽지도 않았고 겁이 나는 상황도 아니었다. 다만 내가 사는 우리 집의 특성상, 그것을 약도로 설명한다는 건 초등학생 3학년의 뇌 용량을 초과하는 행위였다. 그리고 무엇보다도 우리 집을 옥상위의 집이라고 생각해 본 적이 한 번도 없었기에 대답을 망설일 수밖에 없었던 것이다.

"병욱아, 옥상 위에 집이 있다고 부끄러워하거나 할 건 없어요. 선생님도 옥탑방에 살았는걸?"

"그기 아니고요…."

그 때 자리에 앉아 있던 이웃집 철수가 손을 들고 말했다.

"선생님, 4층위에 집이 억수로 많은데요. 병욱이하고 내하고 같은 동넨데요."

"옥상 위에 동네가 있어?"

"그라이까 옥상이 아이고요, 동넨데요."

철수도 옥상이란 말에 탁 막히는지 동네라는 말만 반복했다. 선생님은 다시 한 번 고심하더니 내가 그린 중앙시장 건물에다 분필을 대고 선을 따로 빼고는 동그라미를 크게 그린 후 '4층 위'라고 썼다.

"이젠 됐지? 동그라미 안에다 약도를 마저 그려봐."

난 그제야 4층으로 연결되는 계단 입구에서부터 우리 집으로 가는 골목을 그려 넣고 이웃집 김 씨 할배 집과 철수네 집을 표시하곤 '우리 집'을 적을 수 있었다.

"선생님은 몰랐네…. 옥상 위에 마을이 있구나. 잘했어 병욱이, 들어가."

난 그때 '옥상 마을'이란 말을 처음 들었다. 내가 살고 있던 동네가 옥상 위에 있다는 개념조차 가지지 않았기에 그 말은 대단히 낯설게 느껴졌다. 동네나 마을이란 당연히 땅위에 있는 것이라 생각했고 우리 동네가 특이하게 옥상 위에 있었지만 그걸 옥상이라 여기지 않고 그저 언덕 위 같은 위치라고 여겼기 때문이었다.

20년을 넘기고도 몇 해가 더 지나간 뒤 중앙시장 윗동네는 시장 건물의 철거와 함께 사라졌다. 그리고 철거되기 직전, 스펀지 같은 TV 프로그램에서 '국내 유일의 옥상 마을', '옥상 위에 마을이 있다?' 등으로 떠들썩하게 소개되었었다. 정글 속 원주민을 바라보는 듯한 호기심과 막연한 아쉬움으로 가득 찬 카메라의 시선을 견디지 못해 채널을 돌려버렸지만 말이다.

― 한 번

내가 초등학교 4학년이 되었을 때, 우리 집은 이사를 했고 주소는 부산직할시 남구 문현2동(원래 범8동으로 부르던 동네였다)으로 바뀌게 되었다.

옥상에서 지상으로 내려가도, 집이 시장에서 약간 떨어져도, 외워야할 주소가 바뀌어도, 학교 가는 길이 멀어졌어도 처음 내가 느끼는 변화의 감흥은 그렇게 크지 못했었다. 기껏해야 걸어서 10분

정도 떨어진 거리였기 때문이었다.

"병욱아, 범8동에 깡패 많이 산다던데 괜찮겠나?"

"새끼야, 뭐라 하노? 아이다."

"어? 많다던데…, 하이튼 간에 이사 가도 맨날 같이 놀자. 나는 기분이 좀 그런데 니는 안 섭섭하나?"

"뭐 가깝다 아이가? 가봤자 거기서 거기지."

  새로 이사 간 곳을 통칭하는 범8동은 예전부터 험한 동네로 소문난 곳이었다. 특히 이사 간 집에서 100미터쯤 떨어진 판자촌은 밤마다 붉은 등이 켜진 채 묘한 영업을 하는 집이 들어찬 곳이었다. 초등 4학년이라 해도 이상한 곳이란 것쯤은 귀동냥이나 눈치로도 판단할 수 있는 나이였다. 가끔 저 멀리서 술 취한 아저씨의 고함 소리나 여자의 악다구니가 들려오기도 했다. 하지만 이사 간 동네에 대한 거부감은 눈곱만큼도 없었다. 집은 지은 지 얼마 안 된 새 집이었고, 집 앞 또한 불이 훤한 도로라 밤이 되어도 전혀 무섭지 않은 동네였다. 게다가 살짝 걱정했던 판자촌도 100미터 이상 멀리 떨어져 우리 집 근처엔 전혀 영향을 주지 않았다. 그런데 뭔가 이상했다. 이사 간 지 사흘쯤 지나자 가슴이 갑갑한 것이 영 기운이 나지 않았다. 내게 다가온 변화는 서서히 날 옭아매기 시작했다. 중앙시장 윗동네가 점점 그리워졌고, 친구들은 점점 멀게만 느껴졌다.

  하루는 이해할 수 없는 그 거리감이 싫어, 학교를 마치고 집으로 가지 않고 원래 동네에서 친구들과 어울려 놀다 저녁이 되어도 집으로 돌아가지 않았다. 어둑어둑 해질 즈음, 친구 엄마들이 밥 먹으라고 부르는 소리가 들리더니 친구들은 하나 둘씩 집으로 돌아갔다. 결국 혼자 남은 난, 새로 이사 온 사람들이 있는 우리 집을 바라보다 불 켜진 중앙시장 건물을 터벅터벅 내려왔다. 시장 사이를 한참 쏘다니던 나는 결국 이사 간 범8동으로 발걸음을 옮겼다. 옷집들을 지나고 잡화 가게들과 대폿집 몇 개를 지나자 동천을 가로지르는 썩은 다리가 나타났다. 강가에 오자 바람이 강하게 불어왔다.

그때 코에 밀려들던 냄새를 난 잊지 못한다. 밑으로 흐르는 썩은 물의 냄새와 다리 양편으로 늘어서있는 비릿한 생선 좌판의 냄새와 그 옆의 좌판에서 팔던 싸구려 명태 대가리 찌짐의 냄새, 바다 쪽에서 흘러오는 묘한 술 냄새(동천東川이 바다와 만나는 지점에 대선주조 공장이 있었다) 등이 뒤엉킨 좁은 다리에는 수많은 사람들이 복잡하게 오가고 있었다.

나는 그때서야 비로소 그 이해 못 할 거리감이 어디에서부터 왔는지 깨닫게 되었다. 그것은 다름 아닌 똥천강(東川)때문이었다. 강이라고 해봤자 평소 강으로 생각하지도 않았던 똥천강은 분명 내가 살았던 중앙시장의 경계에 있었다. 썩은 다리를 걸어가던 나는 알지 못할 쓸쓸함에 몸을 부르르 떨었다. '어어!' 하는 소리가 절로 튀어나올 정도였다. 썩은 다리를 건너고 나니 다른 세상으로 들어선 착각이 들었다. 사실 다리를 건너도 시장이 끝난 것은 아니었다. 좌판이 점점 없어지고 상가가 좀 더 많이 늘어선 것 말고는 별 차이가 없는데도 다리 건너편은 어딘가 멀리 떠나온 듯 낯설게만 느껴졌다.

집에 들어가자 일을 마치고 오신 어머니가 저녁을 차리고 있었다.

"니는 어디로 그래 쏘다니노? 씻고 밥 묵어라."

마당의 수돗가로 가서 물을 받아 천천히 얼굴을 씻었다. 분명 찬물인데 손가락 끝으로 미적지근한 온기가 느껴졌다 사라지곤 했다. 아무리 찬물을 끼얹어도 그것은 사라지지 않고 계속 솟아나왔다. 그게 눈물인 걸 확인하고 나니 더욱 서러워졌다. 이사를 가도 예전 집으로 돌아가려는 고양이마냥 원래 동네가 그리웠다. 한참을 지나도 들어오지 않자 현관으로 나온 어머니가 날 불렀다.

"뭐하노, 안 들어오고?"

우는 걸 들키지 않으려 했지만 초등 4학년짜리가 감정을 숨기긴 어려운 법이었다. 어깨를 들썩이며 쭈그려 앉아 있는 꼴을 보던 어머니가 다가오더니 내 얼굴을 확인하곤 놀래서 말했다.

"니 와 우노? 어디 가서 맞았더나?"

"아니…, 그기 아이라…, 억억!"

"와? 와?"

"아니…, 옛날 집에…, 똥천강에…, 다리 건너는데…."

나는 어머니 품에 안겨 참던 울음을 터뜨리고는 횡설수설 중얼거렸다. 신기하게도 어머니는 그걸 다 알아들었는지 내 머리를 쓰다듬으며 말했다.

"야아가…, 이사하고 새집 경끼 하는가베, 괜찮다. 괜찮다…."

나는 그렇게 어머니 품에서 눈물 콧물이 범벅 될 때까지 울었다. 이사는 학교 입학 후 처음으로 겪었던 큰 변화였고 그걸 견디기엔 내가 너무 어렸던 지도 모른다. 살던 동네를 떠난다는 것이 왜 그렇게 서럽게 생각되던지…. 아직도 그때를 생각하면 멋쩍은 웃음이 떠오를 때가 있다. 그리고 가끔이지만 "엄마, 오빠야 옛날 동네 가고 싶어 우나?"하는 세살 어린 여동생의 당당한 말이 생각나 얼굴이 달아오를 때가 있다. 그러면 그때나 지금이나 똑같이 마음속으로 이렇게 중얼거리는 것이다.

'아, 쪽 팔리구로….'

— 두 번

그 일이 있은 후, 며칠간은 모교인 성서 초등학교 근처의 새 다리(현재 성서교)로 동천을 건너 학교와 집을 왕복했다. 시장가로 다니는 게 훨씬 재밌고 좋았지만 괜히 시장의 썩은 다리를 거치고 싶지 않았다. 그날의 묘한 냄새가 내 온몸에 남아있는 듯 느껴졌기 때문이었다. 하지만 그 묘한 이질감과 거리감은 시간이 지나자 서서히 사라져가기 시작했다. 난 다시 시장을 돌아다녔고 썩은 다리쯤은 이제 마음대로 오갈 수 있게 되었다. 그날 저녁에 날 억눌렀던 냄새에 대한 반발심으로 썩은 다리 위 포장마차의 명태 대가리 찌짐 앞에서는 일부러 코를 킁킁대기도 했다. 어쨌든 그렇게 나의 영역은 썩은 다리 사건을 기점으로 훨씬 넓어지게 되었다.

중앙시장과 썩은 다리 주변은 재밌는 곳이었다. 학교를 마치면 철수 엄마가 하는 오뎅 집으로 가 철수와 긴 오뎅 하나씩을 물고 시장을 그냥 쏘다녔다. 하루에 한 번씩은 꼭 시장 아줌마들이나 아저씨들의 싸움을 구경할 수 있었고, 시장의 아는 어른들을 만나면 이것저것 심부름을 해서 군것질거리나 푼돈을 받기도 했다. 그렇게 돌아다니다 심심하면 썩은 다리 근처 동천의 길가로 가거나, 다리 건너 이사 간 집 주변의 기찻길(지금은 기찻길이 없어졌다)에 가서 찌그러진 동전이나 못을 주우러 가기도 했다. 분명 달라진 것은 내가 이사 가기 전까지만 해도 가까이 가지 않았던 동천 주변으로 우리의 영역이 넓어졌다는 점이었다.

그 당시 동천의 길가엔 쭈그려 앉을 수 있는 낮은 시멘트 블록이 설치되어 있고, 가로수가 심겨져 있었다. 하지만 이마저도 군데군데 있거나 아예 없는 경우가 많았다. 바로 3~4미터 밑으로는 검게 썩은 물이 잔뜩 흐르고 있었는데 태풍이 치거나 비가 많이 오는 날, 술 취한 사람이 동천에 떨어져 죽거나 다쳤다는 식의 얘기들이 종종 들려왔다. 그래서인지 얼마 떨어지지 않았지만 시장 친구들은 이상하게도 썩은 다리 근처에 가는 것을 꺼려했었다. 나 또한 막연한 두려움을 가지며 동천 근처엔 가지 않았는데 학교에 들어가기 전부터 부모님은 그런 위험이 도사린 곳에 함부로 가지 않을 것을 종종 훈육하곤 했었다. 다른 시장 친구들도 그런 사정은 마찬가지였을 것이다.

어쨌든 이사 때문인지, 10살을 벗어난 11살이 되어서인지 우린 두려움을 벗고 동천주변에서 이사 간 우리 집까지 영역을 확장하기에 이르렀다. 물론 그런 와중에 원래 동천에 자리 잡고 있던 아이들과의 영역다툼이 일어나는 것은 당연한 일이었다.

처음으로 썩은 다리를 건너 놀기 시작한 곳은 다리 건너 오른편 길가에 있는 성동교회 주변의 공사장이었다. 철수와 난 공사장의 돌을 주워 미운 사람을 욕하면서 동천에다 괜한 화풀이를 하곤 했다.

"김숙희 씹돼지 가시나!"

철수가 학교의 여자 짝을 욕하며 동천에 돌을 던졌다. 던진 돌이 포물선을 그리며 시커먼 똥물을 튀기는 것을 심드렁하게 바라보며 내가 말했다.

"와 또?"

그러자 철수가 씩씩대며 오른손을 내밀었다.

"이봐라, 그 가시나가 책상에 선 넘어왔다고 연필심이 뿌사지구로 씨게 끄은 거다."

철수가 내민 오른손 등에는 붉은 생채기와 퍼런 멍이 대조를 이루고 있었다.

"와, 완벽하게 묶었네. 그 가시나는 와 맨날 지랄인데?"

"몰라, 씹돼지 가시나가 존나 재수 없다 아이가."

철수는 공사장에서 몸에 부칠 정도로 큰 시멘트 덩어리를 하나 들더니 어기적거리며 걸어왔다. 그리곤 또 "씹돼지, 쌍년아야!" 하고 고함을 지르며 던지려했다.

그때 우리 뒤에서 낯선 목소리가 들려왔다.

"마, 니 우리보고 욕했나?"

처음에는 우리와 상관없는 말일 거라 생각했는데 '팍!'하고 땅을 차는 소리와 함께 돌과 모래가 우리 쪽으로 날아와 고개를 돌렸다. 우리와 비슷한 또래 넷이 삐딱하게 서 있었고, 그 중 하나가 침을 퉤 뱉으며 말했다.

"새끼들이 욕하고 모른 척하면 그냥 지나갈 줄 알았나?"

척 봐도 얼굴에 '똥천강파'라고 써 있는 것이 이 동네 애들임을 알 수 있었다.

"나는 너거들한테 욕한 거 아인데?"

철수가 대꾸하자 넷은 서로를 쳐다보며 실실 웃어댔다.

"너거덜? 하! 참나, 마, 니 몇 학년이고?"

처음부터 시비를 걸어대던 녀석이 고개를 젖히며 물었다.

"4…, 학년."

"새끼야, 우린 5학년이다. 반말까지 마라."

당황한 철수가 날 쳐다보았다. 나도 어쩔 줄 몰라 하다 가만히 살펴보니 시비를 거는 녀석은 학교 운동장에서 몇 번 봤던 얼굴이었다. 불현듯 운동회 때 나와 같이 달렸던 기억이 떠올랐다.
"뭐라하노? 니 4학년이다 아이가? 학교에서 봤다."
내가 대차게 나가니 약간 당황했는지 녀석이 움찔했다.
"내, 내말고 이 형님들은 5학년이다."
그러자 형님들이라 불린 중 하나가 대뜸 욕을 하며 앞으로 나섰다.
"너거 시발놈들, 우리 동네에 와 왔노? 4학년 새끼들이 콱 직이뿔까?"
일단 5학년이나 6학년을 벗어나서 키나 덩치가 무식하게 큰 놈이었다. 분명 상급생의 포스를 풍겼기에 서열정리가 되었고, 놈의 덩치는 보기만 해도 기가 눌렸다. 철수를 슬쩍 보자 벌써부터 팔다리를 덜덜 떨어대고 있었다.
"이 새끼들 시장 새끼들이데이. 저번에 우리보고 지랄했던 새끼들하고 같이 있었을 끼야."
4학년 밉살이 시끄럽게 떠들어대는 동안 나와 철수는 눈짓으로 튀자는 신호를 교환했다. 하나, 둘 하고 셋에 뛰려는데 철수가 둘에서 먼저 튀어나갔다. 난 그 바람에 깜짝 놀라 허둥대다가 신발이 벗겨져버렸다. 놀란 건 똥천강파도 마찬가지였다.
"행님아, 저 새끼들 잡아라!"

밑살이 소리치자 5학년 덩치와 옆에 있던 똘마니들까지 한꺼번에 달려들었다. 신발을 줍느라 고개를 숙여서 날 잡으러 오는 게 누구인지 몰랐었는데, 고개를 드는 순간 덩치가 눈앞에 있자 머릿속이 새하얘졌다. 덩치는 멧돼지마냥 달려들어 옷을 잡아채려 했고, 난 안 잡히려고 몸을 옆으로 날렸다. 그런데 그게 엉뚱한 결과를 낳을 줄은 꿈에도 몰랐다. 5학년 덩치는 내가 피하자마자 뭔가에 걸려 와당탕 넘어지더니, 달려오던 힘을 못가누고 길가 끝까지 굴러버렸다. 모두가 쳐다보며 "어? 어!"하는데 결국 길 끝에서도 서지 못하고 몸이 동천 밑으로 떨어져버렸다. 하필이면 시멘트 블록이나 가로수가 없는 곳이었다. 3~4미터 밑으로는 시커먼 동천의 물과 그 물보다 더 시커먼 시궁창이 펼쳐져 있었다. 나중에 안 일이지만 내 신발이 벗겨진 곳에는 철수가 낑낑대며 들고 왔던 커다란 시멘트 덩어리가 그대로 놓여져 있었다. 5학년 덩치는 나만 노리느라 발밑은 신경도 쓰지 않다 된통 당한 것이었다. 하지만 당장은 그런 걸 따질 때가 아니었다!

 철수, 남은 똥천강파 셋, 그리고 나의 눈은 커질 대로 커져 서로를 바라보았다. 잠시였지만 세상이 모두 정지된 것 같았다. 세상은 고요했고 강 건너 길가에서 '화장지가 왔습니다. 화장지가 왔습니다.' 하는 화장지 장수의 방송소리만 반복해서 가느다랗게 들릴 뿐이었다.

 "물에 떨어지는 소리 났나?"

누군가 조심스럽게 물었고 불특정 네 명은 동시에 고개를 저으며 "아니."라고 대답했다. 그때 내 귓가에 방송소리 보다 더 작지만 씩씩대는 소리가 미세하게 들려왔다. 귀로 들려오는 소리를 확인하기 위해 내 눈이 움직였고 좌우 1.0의 시력은 시멘트길 끝에 가까스로 매달린 손가락을 발견했다.

"아직 안 떨어졌다!"

난 소리를 지르며 달려가 위태롭게 매달린 5학년 덩치의 팔을 잡아당겼다. 남은 넷도 허둥지둥 달려와 덩치를 끌어올렸다. 5학년 덩치는 지옥에서 지상으로 다시 환생하고는 한동안 정신을 못 차리더니, 곧 있지 않아 앉은 채로 어깨를 들썩였다. 눈물이 땅으로 뚝뚝 떨어졌다.

"괜찮나? 괜찮나?"

4학년 밉살이 호들갑을 떨며 덩치의 몸을 살피더니 "행님아, 진짜로 죽을 뻔 했다. 행님아아." 하고는 요란스레 울음을 터뜨렸다. 덩치를 끌어올리느라 시큰거리는 팔을 주무르며 그 광경을 보고 있자니 5학년이 벌떡 일어나 내 손을 잡고 말했다.

"고맙다, 흑흑! 진짜 고맙다."

"아, 아이다."

황당하게도 눈물이 핑 도는 걸 느끼고는 당황해서 고개를 돌렸다. 그러다 철수와 눈이 마주쳤는데 녀석은 흐르는 눈물에 콧물마저 주체 못하고 있었다. 이 와중에 밉살이 다가오더니 눈물을 줄줄 흘리며 순도 100%의 진심어린 사과까지 했다.

"행님 니 땜에 살았다. 미안, 나는 욕하고 했는데, 어허억, 미안…."

"아, 아니, 그기 아이고…, 우헉!"

결국 나도 울음을 터뜨리고 말았다. 그건 난생 처음 겪어보는 '생(生)과 사(死)'가 교차하는 경험이었고, 슬프다기보다 뭔가 뜨거운 '울컥울컥'의 감정이었다. 그런 내 뒤로 철수와 똘마니들이 서로 미안하다며 악수를 나누고 있었다. 아아, 실로 아름다운 화해의 장. 지구는 하나, 우리는 하나, 위아 더 월드, 그리고…, 화장지가 왔습니다.

어느새 썩은 다리를 건너온 화장지 리어카가 우리를 향해 다가오고 있었다.

"화장지가아 왔습니다. 화장지가아 왔습니다./ 값이 싸고 품질이 우수한 고급 화장지를/ 공장 도매 단가에 판매하오니/ 직접 찾아주서서 싸다고 인정되시면/ 한 다발씩 애용해 주시면 대단히 감사하겠습니다./ 화장지가아 왔습니다. 화장지가아 왔습니다…."

― 세 번

중앙시장 파와 똥천강 파가 하나가 되는 위대한 사건이 있은 후 우리의 관계는 매우 끈끈해졌다. 4학년 밉살의 이름은 이종도였다. 녀석은 꼭 MBC 청룡의 이종도 선수를 거론하며 자기 이름을 내세웠지만 아이들 사이에선 조또란 별명으로 불렸다. 우리와 처음 만났을 때도 마찬가지였지만 녀석은 항상 뻥을 치거나 센 척하곤 했다. 아무래도 조또란 별명이 싫어 우습게 보이지 않으려 그런 버릇을 가지게 된 것 같았다. 5학년 덩치 형의 이름은 덕남이었다. 이름 그대로 덕이 철철 넘치는 그 형은 처음의 인상과는 다르게 무지하게 착한 형이었다. 덕남이 형은 항상 종도와 같이 다녔는데 종도 말이라면 똥천강 물이 석유라고 해도 믿을 정도였다. 그리고 사건이 있던 날 똘마니 둘로 표현했던 개성 약한 둘의 이름은 광래, 광수였다. 얼굴에 있는 점하나 말고는 모두 빼다 박은 쌍둥이 형들이었는데 둘이 똘똘 뭉쳐 다닌다고 똘마니라며 종도가 약을 올리곤 했다. 쌍둥이 형들은 둘이 붙어 있을 때나 존재감이 약간 드러나지, 혼자 있으면 있는지 없는지도 모를 지경이었다.

 하루는 쌍둥이 형들 집에 모두 놀러간 적이 있었다. 중앙 시장에서 썩은 다리를 건너 바로 왼쪽 편의 골목에 그들의 집이 있었는데 우리 모두가 다 들어가 앉아있기도 힘들 정도의 단칸방이었다. 종도는 당연하다는 듯 방에 딸린 부엌 현관에 앉았고, 덕남이 형은 아예 부엌 현관문 앞의 시멘트 바닥에 자리를 잡고 앉았다. 광래, 광수가 방에 들어가더니 이것저것 가지고 나왔다. 어머니가 일하시는 공장에서 가져온 것이라고 했다. 그것들은 말 그대로 불량식품의 진수라 말할 수 있는 것들이었다. 왜냐면 불량식품도 나름 그 세계의 메이커가 있었는데 그 메이커 식품을 다시 한 번 베낀 제품들이었기 때문이었다. 하지만 우리에겐 그것도 감지덕지였다.
 종도는 쫀드기를 베낀 쭌득이를 베어 물며 과장을 섞어 맛있다를 연발했고, 철수는 아폴로를 베낀 아팟치의 크림을 빼먹고 비닐을 뱉어내며 굿을 연발했다. 종도와 철수는 두 사람이 왜 이제야 만났을까 하는 의문이 들 정도로 잘 맞아 떨어지는 조합이었다. 둘의 '맛있다, 굿!' 메들리가 쏟아지면 광래, 광수 쌍둥이는 입을 벙긋거리며 다락에 있는 라면박스에서 '해피라면'을 내어오곤 했다.
"우리는 잘 안 묵는다. 너거 다 묵어라."
"너거 밥 없을 때 낄이 묵는 거 아이가?"
 그럴 땐 동생인 광수 형은 가만있고 형인 광래 형이 할 말을 했다.
"해피라면은 뿌사 묵어야 맛있다. 같이 묵으면 더 맛있고…."
 그러면 광수 형이 한 마디 더 얹었다.
"맞다. 히이."
 그렇게 한마디 하고 수줍은 듯 웃는 광수 형의 이는 유난히 하얗게 드러나곤 했다. 광래, 광수 형들의 얼굴은 보통 애들보다 훨씬 더 까맸고 머리도 파마를 한 듯 곱슬머리의 성격이 강했다. 외모로 보나, 쌍둥이란 점에서 보나 개성 만점의 두 형제가 눈에 띄는 것이 당연한데도, 둘은 정말 공기같이 존재감이 없었다. 하지만 지금 생각하면 그런 사실이 가슴 아프게 다가오는 것도 사실이다.
 둘의 집에 놀러갔다 나오던 날 종도가 커다란 비밀을 하나 말하듯 철수와 나에게 목소리를 낮추며 말했다.

"이거는 비밀인데…, 너거만 알고 있어라."

"뭔데?"

"저 아아들 둘이 사실은 튀기 아이가."

"튀기? 튀기가 뭔데?"

내가 묻자 종도는 갑갑하다는 듯 인상을 찌푸렸다.

"니는 학습부장 한다더만 그것도 모르나?"

"뭔데?"

가만있던 철수가 뭔가 알고 있는 양 고개를 끄덕이며 종도의 말에 맞장구를 쳤다.

"그때 우리 가게에 저 행님들 델꼬 간 적 있는데, 우리 엄마가 저 아아들 다리 건너 튀기 쌍둥이 아니냐고 묻더라. 내는 알고 있었다."

"아이씨, 뭐냐고?"

"거…, 깜둥이하고 우리나라 사람하고 결혼해가 나온 아아들 말이다."

난 그때 튀기란 단어나 혼혈에 대한 개념이 없었기 때문에 약간 충격을 받은 게 사실이었다.

"진짜가? 그리 안 보이는데…. 그라믄 저 행님들 아버지는?"

"몰라, 없다더라. 근데…, 진짜 비밀은 저 행님들 엄마, 사실은 공장 안 댕기고…, 저기 기찻길 옆에 판자촌…."

그때 덕남이 형이 우리들 어깨에 손을 올렸다.

"나는 그런 거 상관없다. 광래하고 광수가 우리하고 얼마나 친한데?"

그러자 종도는 괜히 얼굴이 벌개지더니 덕남이 형을 향해 고개를 주억거렸다.

"나도 그 행님들 좋다. 다시는 말 안할게."

그리고는 철수와 나에게 다짐하듯 말했다.

"어쨌든 이건 비밀이다, 알겠제?"

뭔가 어색해진 우리는 썩은 다리 앞까지 말없이 걸어왔다. 서로 헤어지는 곳이라 어정쩡하게 섰는데, 갑자기 철수가 비장한 표정으로 손을 내밀었다.

"나는 전부 다 알고 있었어도 절대로 표시도 안냈다. 누가 그 행님들 괴롭히면 우리가 도와주는 기다!"

종도와 덕남이 형이 서로의 얼굴을 마주보더니 그 위에 손을 얹었다. 난 얼떨결에 같이 손을 올렸지만 뭔가 대단한 결의를 하는 듯해 소름이 돋아 올랐다. 해가 지고 있었고 동천 끝 바다 쪽에서 진한 술 냄새가 쏟아져 왔다.

그 뒤로 광래, 광수 형들을 위해 맺었던 결의를 반짝일 만한 일은 그다지 없었다. 다만 그들과의 이별이 너무나도 갑작스럽고 안타까워 아직 아픈 기억으로 남아있을 뿐이다.

4학년의 여름방학, 그러니까 1984년의 여름 방학이 끝날 무렵 불어왔던 태풍 '쥰'이 우리나라를 휩쓸 때의 이야기다. 태풍이 몰아치기 전날에도 우린 광래, 광수 쌍둥이 형제의 집에 모여들어 이것저것 군것질을 했고, 장차 뭐가 되고 싶은 지 수다를 떨어대고 있었다.

"그라이까…, 나는 야구 선수 이종도 같이 훌륭한 프로야구 선수가 될끼다, 이 말이다. 너거 내 공 제대로 치는 아아들 봤나?"

종도는 또 이종도 타령을 했고 철수가 입을 삐죽거리며 타박을 했다.

"그라믄 니는 MBC 청룡 어린이 회원해라. 그라고 이종도는 타자 아이가? 저번에 최동원한테 잘만 삼진당하더만."

"새끼야, 고등학교 야구는 투수도 하고 타자도 같이 한다."

그때 광래 형이 뜬금없이 빙그레 웃으며 방으로 들어갔다. 조금 있자니 TV 야구 중계 소리가 들려왔다.

"어? 뭐꼬? 테레비 샀나?"

그러자 광수 형이 벙긋 웃으며 고개를 끄덕였다. 둘의 집에는 그 전까지 TV가 없었던 것이다.

"뭔데? 이코노 칼라 텔레비전! 그거가?"

"아이다, 새로 나온 엑설런트 칼라 텔레비전이다!"

"이야아! 엑설런트!"

철수가 종도와 같이 엑설런트를 연발하며 두 형제를 기쁘게 해주었다.

"엄마가 어제 사 왔다. 요새는 집마다 테레비 있는데 없으면 안 된다고."

"직이네. 우리 집은 아직도 흑백인데."

방으로 들어갔던 종도가 갑자기 춤을 추며 나왔다.

"철수 새끼야, 봐라. 이종도 홈런쳤다. 봐라, 새끼야!"

철수가 분한 표정으로 뇌까렸다.

"와, 내 혼자 볼 때는 열라 못했는데…."

"근데 너거 방학 숙제 다 했나? 나는 일기 밀리 갖고 죽겠다. 날씨는 한 개도 모르겠고."

내가 갑자기 방학숙제 얘길 꺼내자 모두 똥 씹은 표정으로 날 향해 고개를 돌렸다. 잠시 침묵이 흐르는데 철수가 심각한 표정으로 중얼거렸다.

"나는 있다 아이가, 병욱이 니가 가끔…, 참…, 하이튼 간에 좀 그럴 때가 있다."

"그렇지, 학습부장 아이가."

종도가 고개를 끄덕이더니 내 얼굴을 더욱 빤히 쳐다보았다.

"뭐? 뭐, 뭐가…?"

그때 덕남이 형이 큰 몸을 부엌으로 집어넣으며 우리의 대화를 단절시켰다.

"광래야, 저번에 하던 뱀주사위 놀이 하자."

덕남이 형 덕에 위기는 넘어갔고, 우린 그렇게 주사위 놀이를 하다 저녁이 되어서야 집을 나서게 되었다. 썩은 다리 근처를 지나는데 하늘에서 우르릉 쾅쾅하는 소리가 났다. 아닌 게 아니라 하늘이 새까매지고 있었다. 종도가 어른처럼 점잔을 빼며 말했다.

"태풍 온다 하던데…. 저번에도 똥천강 넘치가 난리 났는데…. 이판에도 그라믄 안 되는데…."

덕남이 형이 하늘을 멍하니 바라보다 중얼거렸다.

"비…, 많이 올 거 같다."

우린 하늘을 쳐다보다 문득 동천을 내려다보았다. 시커먼 물이 벌써 불어난 듯 평소엔 들리지 않던 콸콸콸 소리가 우리 밑을 흘러가고 있었다.

우리가 개학하기 전날, 태풍은 부산을 지나갔다. 하지만 바람만 좀 잦아졌을 뿐 개학날에도 비는 억수같이 쏟아졌다. 우르릉 천둥소리에 계집애들이 괜시리 악악하고 소리를 질러댔다. 학교를 마치고 오는데 동천의 물을 보니 평소보다 두 배는 불어있었다.

다음날에도 비는 계속해서 왔다. 아침을 먹을 때 틀어놓은 뉴스에선 각 지역의 강우량을 보도하며 댐에서 물을 방류하는 모습과 침수된 집들을 보여줬다. 등굣길에서 종도를 만났는데 슈퍼마켓 파라솔같이 커다란 우산을 쓰고 있었다.

"야, 덕남이 행님이 그라던데 어제 광래햄하고 광수햄하고 학교에 안 왔다더라."

"맞나? 와?"

그러자 종도는 고개를 갸웃거리며 말했다.

"나도 모르지."

"새끼가…, 무슨 일 있는 것처럼 지가 말해놓고."

"나중에 쉬는 시간에 5학년 교실 올라가 보자."

"알았다."

하지만 내가 올라가기도 전에 덕남이 형이 먼저 종도와 같이 우리 교실로 찾아왔다.

"있다 아이가…, 광래 엄마가 태풍 칠 때 차에 칭기가 억수로 크게 다쳤다더라. 그래가 학교 안 온단다."

"맞나? 그라믄 우짜노? 그 행님들은 어디 있다던데?"

"몰라, 만날 수가 있어야제."

그때 학교에선 비가 너무 많이 와서 단축 수업을 한단 소문이 쫙 퍼지고 있었다. 동천의 물은 어느새 더 불어나서 하수구를 역류하고 있었고 학교 화장실에도 물이 거꾸로 솟아나고 있는 지경이었다.

"오늘 단축 수업한다니까 일찍 마치면 교문에서 다 모이자."

"와?"

"덕남이 햄이 광래, 광수 햄 집에 물들어 오는 거 막아주잔다."

철수와 난 고개를 끄덕였다. 머릿속에는 아침에 본 뉴스의 침수된 집이 떠올랐다. 매일 돌아다니던 썩은 다리 주변이라 '에이, 설마….' 하는 생각을 하며 내 자리로 돌아갔다.

 물이 역류해서 학교 복도까지 물이 차자 학교에선 아예 수업을 중단시켰다. 멋모르는 아이들은 와! 만세를 외치며 교실을 뛰어나갔다. 교문에서 모두 모인 우리는 곧장 썩은 다리 쪽으로 향했다. 하지만 이미 물가 쪽은 통행을 금지시킨 상태였다. 어디에서 실려 온 물인지 엄청난 양의 물이 동천으로 콸콸 쏟아지고 있었다.

"이 모양이면 우리 집도 잠기겠다. 씨바…."

 종도가 중얼거렸다. 다행히 우리 집은 기찻길 쪽이라 지대가 높았고 철수네 집은 건물 위라 안전했다. 덕남이 형과 종도는 안 되겠다며 일단 자기 집으로 돌아갔다. 철수와 나도 겁이 나서 집으로 그냥 돌아갔다. 비는 다음날이 되어서야 그쳤고 학교는 하루 임시 휴교를 했다. 난 시장가에 가서 친구들을 만나고 싶었지만 어머니는 아예 일도 안 나가시고 동생과 나를 집에 꾹 잡아놓고 있었다.

 오후 3시가 되어서야 바깥 사정을 확인한 어머니는 외출을 허락하셨다. 일단 나는 썩은 다리를 향해 달리기 시작했다. 거리는 쓰레기로 온통 뒤덮여 있었고 아직도 물이 채 빠지지 못해 곳곳이 진창이었다. 나는 통행제한을 한 썩은 다리 쪽 큰 길로 가지 못하고 골목골목을 돌아 광래, 광수 형의 집으로 뛰어갔다. 형들의 집이 있는 골목으로 들어서자 역한 냄새가 코를 찔렀다. 역류된 하수구의 냄새였다. 다세대 주택인 형들의 집 대문을 기웃거리는데 광래, 광수 형의 목소리가 들렸다. 반가운 마음에 집으로 들어서자 낯선 어른이 형들에게 뭐라고 말하고 있었다.

"건질 거는 하나도 없다. 그만 가자."

대답이 들리지 않자 남자가 짜증이 섞인 목소리로 그들을 재촉했다.

"너거 엄마 통장하고는 다 챙겼으이 고마 가자. 이불도 시키먼 똥물에 젖어가 못쓴다."

그때 내 귀에 광수 형의 애절한 목소리가 들려왔다.

"외삼촌, 테레비는 엄마가 며칠 전에 산 건데…."

"물에 잠갔던기라 케먼 터진다. 벌써 전기 누전 됐을 끼다."

외삼촌이라 불린 사람이 집을 나서며 침을 뱉다가 나와 눈이 마주쳤지만 곧바로 대문을 나섰다. 그 뒤로 광수 형이 눈물을 닦으며 나왔고, 광래 형이 고개를 숙인 채 나왔다. 그들은 나를 보더니 가만히 서있었다. 나도 뭐라고 해야 할지 몰라 가만히 있었다.

"우리 인자 다시 못 올지도 모른다."

광래 형이 내 얼굴을 보지 않고 한마디 했다.

"어?"

"엄마가…, 엄마가…."

광수 형이 벌컥 큰 울음을 터뜨렸다. 그러자 광래 형이 고개를 들며 말했다.

"울지 마라."

그러나 광수 형은 울음을 그칠 생각을 하지 않았다. 광래 형의 숨이 거칠어졌다. 그러더니 갑자기 손을 들어 광수 형의 뺨을 때렸다.

"새끼야! 엄마 앞에서 절대 안 운다 했나 안했나?"

형의 목소리가 좁은 마당에 쩌렁쩌렁 울렸다. 광래 형이 화내는 모습은 처음 보는 것이었다. 그런 형의 눈에도 눈물이 차올랐다. 하지만 형은 이를 악물고 울음을 삼키고 있었다.

"안 운다, 흐으…. 안 운다, 흐으…."

광수 형 또한 울음을 참으려 어깨를 들썩였다.

"뭐하노? 안 나오고?"

형들의 외삼촌이 밖에서 그들을 재촉했다. 광래 형은 동생의 손을 잡더니 곧장 대문으로 나가다 나를 다시 돌아보았다.

"꼭 다시 올게. 아아들한테 인사 못하고 가서 미안하다 해라."

"병욱아, 갈게."

난 아무 말도 못하고 뭔가에 홀린 듯 한참을 서 있었다. 형들이 떠나가는 게 실감나지 않았다. 문득 정신을 차리고 대문 밖으로 뛰어가자 두 사람의 모습이 보이지 않았다.

"광래 행님아! 광수 행님아!"

고함을 지르며 이리저리 두리번거리는데 두 형의 뒷모습이 눈에 들어왔다. 두 형은 이미 썩은 다리를 건너가고 있었다.

"광래 행님아! 광수 행님아!"

내 목소리가 안 들리는지 그들은 외삼촌을 따라 종종걸음으로 점점 멀어져 갔다. 몇 번이고 두 형의 이름을 불렀지만, 콸콸거리는 동천의 검은 물소리가 내 목소리를 잡아먹을 뿐이었다. 형들을 부르는 나의 뺨으로 눈물이 주르르 흘러내렸다.

쌍둥이 형제는 그 후 다시 돌아오지 않았다. 외삼촌을 따라 다른 고장으로 갔다는 말도 있었고, 어머니가 돌아가서 고아원에 갔다는 말도 있었다. 두 형을 생각하면 가슴 저편이 아려온다. 그럴 때면 광래 형이 마지막으로 보여줬던 당찬 모습과 형의 말대로 울음을 참아내던 광수 형의 모습을 떠올려보곤 한다. 그들은 정말 울지 않고 뭐든지 잘 이겨냈으리라….

지금도 썩은 다리에 가면 두 형이 멀어지던 시장 길이 그대로 있다. 그때 두 형의 머리 위로 구름이 서서히 개어가던 것을 선명하게 기억한다.

부산데일리 훌랄라 기획부

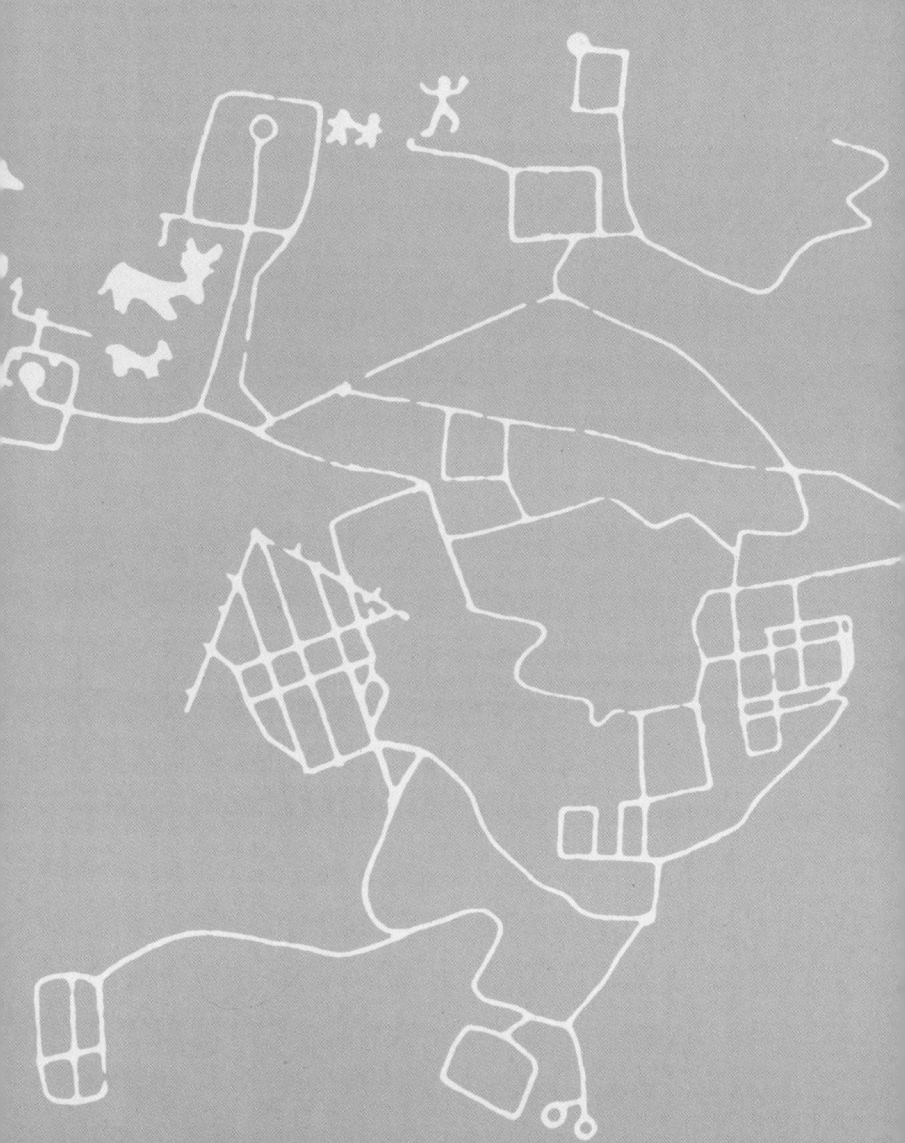

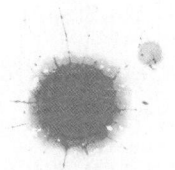

지하철을 타지 않고 버스를 탔다. 좌석은 군데군데 비어있었다. 자리에 앉아 창문을 조금 여니 선선한 바람이 불어왔다. 얼굴에 있던 뜨거운 기운이 식혀지며 마음이 가라앉았다. 수첩을 꺼내 날짜와 목적지를 메모하는데 여자 친구에게 전화가 왔다.
"지금 어딘데?"
"응, 인터뷰할 사람이 있어서 동래 쪽에 가고 있다."
인터뷰에 힘을 주어 말했다.
"회사 분위기 안 좋다더니 웬일로 밖에 나왔네?"
"전부다 망하든 말든 나는 묵고 살아야지. 오늘은 진짜 돈 되는 걸로 한 건 할 거다."

"기자가 자부심이 있어야지 돈 밝히면 안된다미?"
"니 내 약올릴라고 전화했나?"
"알았다, 알았다. 까칠하기는…. 오빠, 내 바쁘다. 끊는데이."
 전화를 끊고 잡지를 몇 개 꺼내 인터뷰이의 기사를 다시 살펴보았다.
 '조이스틱의 신기원 J-TECH 대표 김철수 씨'
 '추억이 새로운 기술로. J-TECH'
 대략 1년 전의 기사들이었는데 내용은 모두 비슷했고, 어색하게 웃고 있는 중년 남성의 사진도 마찬가지였다. 흔들리는 버스에서 글을 읽다 보니 금방 눈이 피로해졌다. 열을 냈던 터라 졸음마저 밀려왔다. 창 밖 풍경이 고개를 들 때마다 바뀌어 갔다.

 7개월 전, 그러니까 대학을 졸업하고 2년이 지난 무렵이었다. 졸업과 2년이란 제법 중량감 있는 단어들이 쓰였지만 나는 사회적 기준으로도 개인적 기준으로도 자리를 잡지 못하고 있는 게 분명했다. 열심히 땅을 일구면 풍년이 든다는 이솝 우화를 굳게 믿어보려 노력했지만, 하는 일마다 어긋장이 났고 마지막으로 근무하던 컴퓨터 학원은 재정난으로 문을 닫아 버렸다. 학원이 망한 날, 술을 진탕 마시던 나는 그 우화가 지금의 시대와는 어울리지 않는다는 것을 깨달았다. 그리고 애인에게 전화를 해 직장이 문을 닫은 것을 알리며 이렇게 소리쳤다.

"인자 작가 꿈 포기 안할란다. 멀리 떠나가 글도 쓰고, 자유롭게 살고 싶다!"

다음날 아침은 화려했다. 변기를 부여잡고 웩웩거리고 있자니 화장실 문이 벌컥 열리며 어머니의 욕설이 쏟아졌다.

"저런 걸 대학까지 공부시킨 내가 미쳤지. 미쳤어!"

어머니는 반 죽어 가는 아들의 상태는 아랑곳없이 한참동안 삿대질을 하다 출근하셨다. 그러나 숨 돌릴 틈 없이 애인이 바통을 받아 집으로 달려왔다. 애인은 방으로 들어오자마자 쓰러져 있는 날 일으키더니 양 볼을 사정없이 몇 차례 올려붙이며 외쳤다.

"이런 걸 믿고 있는 내가 미쳤제. 그래, 잘 떠나봐라, 이 새끼야!"

패닉 상태에 빠진 나는 며칠간 곰곰이 인생에 대해 고민할 수밖에 없었다. 그러나 어차피 글을 쓰는 꿈을 좇겠다는 결심은 변하지 않았다. 그리하여 어머니와 애인을 설득시키기 위해 가진 삼자대면에서 글과 관계된 일을 찾아보자는 합의를 하기에 이르렀다. 사실 서울도 아닌 부산에서 그런 직장이 많지도 않을뿐더러 그런 직업하면 바로 떠오르는 게 기자인데, 기자가 되는 게 쉬운 일이 아닌 걸 잘 알고 있던 나는 그냥 시간을 벌 속셈으로 얘기를 꺼낸 것이었다. 그러나 애인은 실천이 빨랐다. 그녀는 이틀도 지나지 않아 부산에도 기자를 구하는 잡지사가 제법 많다는 정보를 알아내서 나에게 면접 날짜를 통보했다. 나는 그녀의 화끈한 지원 속에 이것저것 가릴 것 없이 한 잡지사에 면접을 보았고 의외로 덜컥 합격하고 말았다.

'기자라…. 으음, 그것도 나쁘지 않지. 그렇다면 이 일을 열심히 하며 많은 경험을 쌓아 나중에 멋진 소설을 완성하는 거다.'

나의 꿈은 뭉실뭉실 부풀어갔고 나름 순풍의 돛단배처럼 뭔가 잘 풀려가는 듯 보였다. 그러나 나는 정확히 5일 만에 잡지사를 그만 두었다. 그 사실을 숨기다 발각돼 애인에게 이 새끼 저 새끼 소리를 듣고 있는 중에도 내 결정을 절대 후회하진 않았다. 세상 물정이란 걸 조금 더 알게 되었다고나 할까? 그만치 나의 실망은 컸다.

멋모르고 입사했던 그 잡지사는 몇몇 유명 인사의 인터뷰를 잡지 앞면에 배치하고, 지역 각계 각처의 사람들을 유혹해 인터뷰를 실은 후 그들에게 역으로 잡지를 판매하는 희한한 영업을 하고 있었다.

인터뷰의 미끼를 문 상대방을 처리하는 영업 전술은 혀를 내두를 정도였는데 일단 기자의 인터뷰는 강압적 자세와 쉴 새 없는 질문으로 상대를 몰아붙이는 게 원칙이었다. 인터뷰 당사자는 대답에 급급해지기 마련인데, 여기에 녹음기를 갖다 대고 보조기자가 플래쉬까지 터뜨려대면 결국 넋을 놓기 일쑤였다. 하지만 혼을 빼놓더라도 마무리가 흐지부지하면 말짱 도루묵. 상대가 정신을 차리기 전에 재빨리 '일도양단의 쇼부'(그 잡지사 베테랑 기자의 표현이다.)를 치는 게 아주 중요했다.

당당하게 잡지의 판매 가격을 말하고 "몇 백부 정도 구입하시겠습니까?" 라고 질문을 던지고는, 뜻밖의 상황에 당황하는 상대방에게 "보통은 300부에서 500부, 많이 필요하시면 1000부 정도를 구입하십니다." 하고 일반적 시세를 살짝 언급해 주면 작업은 끝이었다. 이후 생기는 잠시의 여유 시간은 인터뷰이의 체면과 지갑상태를 고려한 계산시간이라 보면 됐다. 이런 일련의 과정이 마무리되면 인터뷰는 어느새 계좌 번호가 오고가는 잡지 판매 계약으로 둔갑해 있었다.

물론 모든 잡지사가 이런 구조를 가지고 있는 것은 아니겠지만, 하필 내가 갔던 곳은 이런 방식으로 수익을 창출했고, 그 뒤에 면접을 봤던 다른 몇몇 잡지사도 비슷한 영업을 하고 있었다. 메이저급의 정통 언론사(물론 '정통 언론사'라는 게 무엇인지도 애매하지만)가 아니라면 내가 생각했던 기자는 드라마나 영화에서나 존재했던 것이다. 얼마간 비슷한 잡지사들을 갈아타던 나는 차라리 정식 기자가 못될 바에는 제대로 된 기획 기사로 돈을 벌어보고 싶다는 생각을 품게 되었다. 이상을 현실에 맞추려 했던 탓인지 글을 쓴다는 꿈은 어느새 다른 모양이 되어 점점 애매모호하게 바뀌어 가고 있었다.

그런 때에 눈에 띈 것이 '부산데일리'라는 신문사의 기획부 기자 구인 광고였다. 어느 정도의 배경지식이 있던 나는 쉽게 면접을 통과했지만 또 하나의 통과 시험이 기다리고 있었다. 사장은 나를 포함한 세 명의 합격자를 텔레마케팅부에 배정하며 사흘 안에 오만 원 이상의 광고실적을 올리라고 했다. 영업 감각을 테스트한다는 것이었다.

 망설일 틈도 없이 끌려 들어갔던 텔레마케팅실은 독서실과 흡사했다. 각각의 칸막이 책상에는 전화 한 대와 개개인이 가져온 벼룩시장, 상가로 등의 생활정보지가 배치되었다. 생활정보지에 광고를 낸 사람에게 전화를 해서 우리 신문에도 광고를 실어달라는 텔레마케팅이 주 임무였다.

 그곳의 시간은 시험 공부하는 독서실보다 무료하고 답답했다. 용기를 내어 전화를 했지만 열에 아홉은 첫마디가 끝나기도 전에 전화를 끊어버렸다. 혹여 통화가 된다 해도 "다음에 낼 게요."라는 맥없는 대답을 듣기 일쑤였다. 그럼에도 소비되는 에너지는 엄청나서 통화 몇 번에 열이 나고 목이 아파왔다. 근무 시간도 쉬는 시간도 쉴 새 없이 말하고 있는 건너편 아줌마 직원들이 위대하게 느껴졌다. 첫 날이 지나자 한 명이 나타나지 않았다. 남은 한 명도 다음 날 오후 3시쯤 자리를 박차고 나가며 나에게 말했다.

"씨발, 사기치고 있네. 기자는 무슨…. 형씨도 같이 나갑시다."

 나도 당연히 갈등이 생겼지만 끝까지 버텨보기로 했다. 어머니와 애인의 눈총은 둘째치고라도, 이 정도도 못 이기면 앞으로 아무 것도 못할 거라는 오기가 생겨났기 때문이었다.

 사흘째 오후, 난 특단의 조치를 내렸다. 이왕 하는 것 기획부 기자의 가면을 쓰고 제대로 한 번 사기를 치기로 결심한 것이었다.

'나는 부산데일리 기획부 기자입니다. 우리 신문에서 자동차 영업사원에 대한 특집을 준비하고 있는데, 지금 광고를 내면 특집 때 인터뷰하고 큰 사진이 실릴 겁니다. 우수 사원 10명을 선택해서 전화 드리고 있는데 좋은 기횝니다.'

내가 만들었지만 사기 멘트는 상당히 마음에 들었다. 나는 그걸 열심히 읽으며 연습했다. 독하게 마음을 먹은 탓인지 한 번에 통화가 되었다. 내 전화를 받아준 고마운 영업사원은 2시간 동안 연습한 내 사기 멘트를 중간에서 자른 다음 이렇게 얘기했다.

"저번에도 특집인가 내준다드만 연락도 없어놓고…. 어쨌든 젊은 사람이 고생이 많네. 광고는 어차피 내는 거니까 거기도 하나 내지 뭐."

누군가 벌써 이런 사기를 쳤지만 귀엽게 봐주겠다는 얘기였다. 얼굴이 벌개졌건 어쨌건 간에 난 부산데일리의 기획부 기자 면접에 합격했다.

"지역 발전과 나의 발전을 위해, 부산데일리!"

아침 조회가 끝나자 부산데일리 임직원 일동은 힘차게 구호를 외쳤다. 부산데일리는 '지역발전과 나의 발전'이라는 거창한 캐치프레이즈를 걸고 있었지만 연합뉴스의 기사를 편집해서 1~3면에 붙인 후 남은 면을 모두 광고로 채우는 일종의 생활정보지였다. 하지만 일반 신문과 똑같은 디자인과 사이즈로 만들어진다는 차별성과 하루 4만부이상 지하철에 배포되는 규모는 아침 조회마다 강조되곤 했다.

  내가 속한 기획부는 부산데일리에서 기자 명함을 파주는 유일한 부서였다. 그리고 아침 조회가 끝난 이후 즉시 사장실로 다시 집합하는 유일한 부서이기도 했다. 임직원 일동이 뿜어낸 구호의 에너지를 잔뜩 흡수한 사장은 매일 아침 기획부 직원들을 교육하고 독촉했다. 기획부가 생긴 5개월 동안의 수익이 단 백만 원이 안 된다는 이유에서였다. 그 중 오만 원의 수익은 입사한 지 1주일도 안 되는 내가 쟁취한 것이라서 사장의 기대는 제법 남달랐다.

  '지지부진했던 기획부에 새로운 피를 수혈해 목표 수익을 창출한다!'

  사장의 야심 찬 프로젝트 속의 '새로운 피'는 바로 나였다. 그는 말끝마다 '1주일도 안된 신입도 수익을 내는데…'를 반복해서 나의 입장을 아주 곤란하게 만들곤 했다. 사장의 그 말이 튀어나올 때마다 다른 네 명의 — 시기, 질투 따위는 절대 포함되지 않은 — 시선이 나에게 잠시 집중되었고, 옆 사람에게만 들릴 정도의 낮은 한숨 소리가 가끔 들려오곤 했다.

  사장의 교육이 끝나면 기획부는 따로 다시 모였다. 창고로 쓰던 칸막이를 뜯어낸 구석이 기획부의 자리였다. 내가 갓 들어갔을 때만 해도 기획부가 사용했던 사무실은 서면 로터리가 내려다보이는 전망 좋은 곳이었다. 그러나 체제 개편을 겸한 대대적 책상 이동이 있은 후, 기획부 자리는 원래 사무실의 반대쪽 끝으로 밀려나 버렸다. 기획부의 수장 격인 정 기자는 이곳으로 책상을 옮기며 창가를 흘깃 바라보고는 중얼거렸다.

"서면은 역시 대로보다 뒷골목이 좋다니까…."

정 기자는 K신문사 사회부 기자 출신이었다. 항상 만사태평한 인물이었는데 너무 낙천적이라 도리어 안쓰러운 느낌이 들 때도 있었다. 물론 간간히 보여주는 진지한 태도와 위트가 심상찮은 내공이 있음을 짐작하게 했지만 정작 그 내공을 발휘하는 모습은 한 번도 보지 못했다.

정 기자의 옆에는 언제나 J신문사 출신의 진 기자가 있었다. 기획부 차장 정도의 위치였고 성격이 꼼꼼해서 이것저것 잘 챙기는 사람이었다. 그는 정 기자보다는 훨씬 진지했지만 그 진지함을 주로 다른 부서의 사람들을 견제하는데 사용하곤 했다. 특히 사장의 측근인 편집장을 싫어했는데 — 진 기자는 단호히 그를 사기꾼이라고 불렀다. — 그에 관해서라면 공격성을 마음껏 발휘하곤 했다. 좀 심하다 싶었지만 "가짜주제에 기자랍시고 돈 밝히며 사기 치는 것들은 죽어야 돼."라는 그의 프라이드를 굳이 건드릴 필요는 없었다.

기획부에는 이런 40줄의 두 사람을 멘토 삼아 기자 수련을 하고 있던 내 나이 또래의 두 명이 더 포진하고 있었다. 그들의 이름은 준식과 경태였다.

 준식은 전체적으로 마른 생선을 떠올릴 정도로 호리호리하면서 정 기자의 말이라면 끔뻑 죽는 친구였다. 살짝 어리숙하기도 했지만 워낙 싹싹하고 성실해서 처음 말붙이기도 편한 편이었다. 하지만 그와 입사동기인 경태는 그 반대였다. 욕을 간간히 섞어가는 말투와 투박한 생김새는 척 보기에도 거칠어 보였고, 우리 세 명이 있을 때는 준식과 찰싹 붙어 은근히 나를 따돌리기도 했다. 그래서 나를 약간 경계하는가 보다 하고 대수롭지 않게 넘겼는데 첫 회식자리에서 바로 그 경계심을 폭발시킬지는 몰랐었다.

 회식을 시작한지 30분도 안되어 술에 금방 취하더니 나에게 "선배라고 불러라, 씨발놈아."하고 외치고는 삿대질을 몇 번하다 뻗어버렸던 것이다. 그래봤자 나도 어지간히 뻗댈 데는 잘 뻗대는 타입이라 담배피울 때 몇 번 따라 나섰더니 며칠 가지 않아 친구 먹고 서로 사장 욕을 하는 사이가 되어 있었다.

 사장의 교양이 끝나고 기획부만의 회의는 일단 과제를 체크하는 것부터 시작했다. 과제란 전날 뉴스 중 아무 것이나 정해 자신만의 기사를 한 꼭지씩 써오는 것이었다. 정 기자와 진 기자는 과제를 검사할 때 가장 진지했다. 준식, 경태, 나 세 명은 기자학교에라도 온 듯이 두 분 선생님들께 숙제 검사를 받아야 했다.

 "이 구절에 했던 말이 두 번이나 반복되잖아? 글 좀 똑바로 못 쓰나?"

"주제 단락이 벌써 나오면 우짜노? 그리고 맞춤법 봐라."

과제체크가 끝나면 정 기자의 '기자가 가져야 할 덕목 시간'이 돌아왔다. 바로 10분 전까지 사장과 함께 세속의 세계에서 헤엄치던 우리는, 어느새 이상과 가치의 세계에서 바른 기자관을 확립하고 있었다. 얘기가 지루하다 싶어질 때면 편집부의 하 기자가 커피 잔을 들고 항상 나타나곤 했다.

"저 봐라, 저 봐라. 준식이 눈 감긴다. 아침부터 사장 땜에 머리 터지겠구만 뭐하는 기요? 애들 그만 괴롭히고 담배나 피우러 갑시다."

우리를 구원한 하 기자는 쾌활한 사람이었고 기획부와 가장 친한 인물이기도 했다. 그는 진보성향의 N신문사 출신인데 부산데일리를 일반 신문 흉내라도 내게 해주는 1~3면의 편집을 담당하고 있었다.

어떻게 해서 중앙무대에서 한 가닥 하던 사람들이 모여 이곳으로 흘러왔는지는 모르지만, 어차피 돈보다 꿈(물론 변종된 꿈이지만)을 택하겠다는 나에게는 더할 나위없는 동료이자 스승격의 인물들이었다. 다만 기획부 직원들의 성향에서도 알 수 있듯이 사장의 프로젝트와는 전혀 다른 방향으로 노를 젓고 있는 것이 문제일 뿐이었다. 결국 나 또한 사장의 기대와는 다르게 그들에게 동화되어 가는 것은 어쩔 수 없는 노릇이었다.

기획부에 들어간 지 한 달쯤 지나자 우려했던 대로 나는 완벽하게 그들과 하나가 되어있었다. 사장의 실적 타령은 여전히 계속되었지만 기획부의 수익은 백만 원에서 한 푼도 더해지지 않았다. 사실 그것은 당연한 결과였다. 기획부의 두 축인 정 기자와 진 기자가 영업부분에서는 아예 손을 놓고 있었기 때문이었다.
 두 사람이 이곳에 처음 올 때, 사장은 최소 1면 이상의 지면을 지역의 취재 기사로 채운다고 약속했다고 한다. 그러나 재정 상황을 핑계 삼아 한 번도 실행에 옮긴 적은 없었다. 두 사람은 좋은 매체를 만들어 놓고 수익을 챙겨야한다는 입장이었고, 사장은 먼저 기반을 만들어 놓은 뒤에 좋은 매체를 만들자는 입장이었다. 말하자면 닭이 먼저냐 달걀이 먼저냐의 이야기였는데, 현실은 사장 마음 내키는 대로였다. 그래서 두 사람이 내린 결론은 광고 영업만 빼고 주어진 일을 열심히 하자는 거였다. 정 기자와 진 기자가 엉뚱하게 수습들의 기자수업에 열중하는 것도 이런 맥락에서 보면 이해가 가는 일이었다. 하지만 사장 입장에서 그런 행동은 속된말로 개기는 것이었다. 사장 또한 기획부의 실적과 편집장의 쉴 새 없는 고자질로 상황을 뻔히 알고 있었다. 그럼에도 불구하고 기획부가 유지되는 건 신기한 일이 아닐 수 없었다.
 "정 기자하고 사장하고 뭔가 또 다른 약속이 있는 기라."
 준식이 목소리를 깔고 혼자만 알고 있는 듯이 얘기했지만, 정 기자와 사장 사이에 있던 모종의 계약관계가 있다는 것은 누구나 짐작할 수 있는 사실이었다.

"큰 거 한 방!"

정 기자는 사장과 마시던지 우리랑 마시던지 거의 매일 술을 마셨는데 취하면 꼭 저 소리를 입에 달고 있었다. 나를 포함한 수습 세 명은 거기에 많은 의문을 가지고 왈가왈부했는데 저 '큰 거 한 방'이 터지면 처음에 약속했던 취재 지면이 주어질 거라는 결론이 가장 그럴 듯 해 보였다.

그러나 기획부의 생존이 우리를 먹여 살리는 건 아니었다. 난 3개월 수습으로서 한 달 월급으로 30만 원을 받았고 경태나 준식도 고작 60만 원을 받는 형편이었다. 우린 나름대로 여기저기 전화를 시도하고 발품을 팔았지만 기획기사는 고사하고 한 줄 광고도 따내지 못하고 있었다. 이런 부진의 가장 큰 이유는 부산데일리가 가진 '싼 티'나는 인지도 때문이었다.

유수의 A급 B급 일간지도 불황으로 광고가 없다는데 부산데일리 이름을 말하고 기자 명함을 꺼내들면 어디서나 찬밥취급 당하기 일쑤였다. 실제로 나는 정 기자가 주목했던 'ㅇㅇ 아울렛'의 개장업무 사무실에 들어갔다가 "내가 담당이 아니니까 저 쪽으로 가보세요."라는 말을 네 번 듣고 책상을 다섯 번 옮겨 다녔던 기억이 있다. 사무원들의 무관심과 그들의 뒤통수만 보고 서 있던 일은 그 곳을 나올 때 겪은 수모에 비하면 아무 일도 아니었다. 나의 자존심은 부산데일리의 이름과 함께 두 번이나 무참히 짓밟혔는데 그 눈물의 시나리오는 이렇다.

　책상 : (심드렁하게) 어디서 왔다고요?

'나'는 30분간 기다려서 얼굴이 달아올랐지만 표정을 관리한다.

　나 : (명함을 꺼내며) 예, 부산데일리 기획부에서 왔습니다.

　책상 : (손을 내저으며) 아, 명함은 필요 없고, 우린 광고 기획 다 끝났으니까…, (그러다 얼굴을 힐끗 쳐다보며) 거기서 쓸데없는 전화도 자주 오던데 우린 필요 없습니다.

　나 : (내민 명함을 집어넣으며) 예에….

'나' 돌아서는데 몇몇 사람들의 시선과 마주친다. 얼굴이 더 달아오른다. 계단을 내려가는데 '나'의 뒤로 책상들의 대화가 들려온다.

　책상1 : 뭐 어디라고요?

　책상2 : 몰라, 뭐 부산데일리인가 뭐라나?

　책상3 : 개장할 때 되니까 택도 아인 것들이 다 달리들어가…, 쯧.

　책상2 : 꼴에 무슨 기자라네, 요샌 개나 소나 지랄안하나. 돈 냄새나 맡고 왔겠지….

'나'는 뛰어 들어가 멱살잡이라도 할까 고민하다 계단을 내려와선 담배를 피워 물며 한숨을 쉰다.

　이런 경우는 기획 광고를 생각하고 찾아갈수록 점점 많아졌다. 학원, 가게, 패션몰 등등 업종을 불문한 무관심과 멸시는 처음의 패기 있던 자세를 점점 사라지게 했다. 심지어 돈을 생각하지 않는 취재라도 부산데일리라는 이름을 내걸 땐 괜히 주눅이 들어버렸다. 그래도 기자 수업에서 체득한 자부심만은 끝까지 지켜냈다. 정 기자, 진 기자를 너무 본받은 나머지 가끔씩 얻어 걸린 일반 줄 광고 따위(?)는 광고부에 그냥 넘겨버리는 대범한 행동도 서슴지 않을 정도였다. 하지만 이런 패턴은 사람을 지치게 하거나 '될 대로 되라, 홀랄라'로 만들어 버리기엔 딱이었다. 그리고 나를 포함한 세 명의 수습기자들은 '홀랄라'로 점차 바뀌어 갔다.

어느 오후, 차창으로 햇빛이 비춰 들어오자 세 명은 땀을 흘려가며 꿈틀거리고 있었다. 뒷좌석에 엎드려있던 경태가 중얼거렸다.
"아 씨발, 햇빛 들어온다 아이가, 차 좀 앞으로 땡기라."
"나는 운전 잘 못한다."
"키 꼽히 있다 아이가, 준식이 니가 어떻게 좀 해봐라. 아 씨발."
"거 차 빼는 것도 못하고…, 이게 내 차냐고?"
준식이 부스스 일어나 시동을 걸며 짜증을 내었다. 차가 그늘 밑으로 다시 들어가자 준식이 털썩 누우며 씹어뱉듯 또 투덜거렸다.
"이게 내 차냐고?"
눈을 떠 시간을 확인하자 오후 3시 반이었다. 일어날 때가 됐음에도 몸이 말을 듣지 않았다.
"차 대리점 가서 카탈로그 뽑아와야지. 그만 일어나자."

둘은 대답이 없었다.

"쌰, 안 들리나? 또 가서 쿠사리 먹지 말고 일어나자니까."

"뭐, 쌰? 니 그거 선배한테 할 소리가?"

준식이 드러누운 채 말꼬리를 잡았다.

"웃기고 있네, 나이도 한 살 어린 게…."

"씨바, 잠 좀 자자. 와 또 투닥거리노?"

"어, 경태 선배님, 줄 광고 두 개나 해 드신 준식 선배가 뭐라고 하는 데예?"

광고부로 양보했던 줄 광고 수익이 서류 오류로 인해 준식에게 4만원이 입금된 일이 있었는데 우린 그걸로 매일 준식을 약올렸다.

"음, 그래? 저런 놈은 신경 쓰지 말고 나한테만 꼭 선배 대우하도록!"

"경태 선배님 말 들었냐? 요 배신자 선배 새끼야."

"와아! 미치겠네. 내가 하고 싶어 했나? 그거 갖고 너거들 술 사줬다아이가?"

"사장 칭찬 받으니 좋드나? 새끼…."

얼굴에 시트자국을 크게 새긴 경태가 비아냥대며 일어났다.

"잘 때 얼굴 싸고 자라고 했제? 저번에도 니 얼굴에 찍힌 거 보고 진 기자 지랄했다 아이가?"

"진 기자 눈치가 백단인데 우짜라고?"

우린 그렇게 잠에서 깨어 자동차 대리점을 네 군데 거친 후에야 회사로 들어갔다. 물론 우리는 따로 돌아다닌 거였고 기획광고를 위해 많은 취재를 뛴 증거로서 카탈로그를 적당히 배분했다. 경태의 얼굴 때문에 살짝 긴장한 채 회사로 들어가자 분위기가 심상찮았다.

"너거 어디 갔다가 이제 오노? 전화도 안 받고."

진 기자가 복도에서부터 우리를 잡았다.

"아니, 그냥, 거기 대리점에 갔다 왔는데…."

괜히 긴장한 경태가 더듬거리며 대답했지만 진 기자는 신경 쓰지 않고 말했다.

"정 기자가 이번에 제대로 물었다. 전에 말한 'ㅇㅇ 사업' 연간 기획이다. 오늘 사장이 회식한다니까 그리 알고."

우린 서로의 얼굴을 쳐다보았다. 정 기자가 툭하면 말하던 '큰 거 한 방'이 터진 것이다.

"연간 기획이면 한 달 전면 광고만 최소 5회 이상이다. 우리 신문이 암만 꾸져도 전면이 최소 500만원에서 700만원, 거기에 기사까지 쓰면…."

기획부에 드디어 봄날이 온 것이다.

우린 1주일간 눈코 뜰 새 없이 바빴다. 광고와 함께 나갈 기사를 쓰고 정리했으며 시안에 맞춘 사진들을 찍고 찾았다. 자료나 문서를 모으는 작업을 하느라 야근을 해도 시간이 모자랄 지경이었다.

그러나 도리어 피곤이 느껴지지 않았다. 기획부 전체에 돌아올 수익이 커져서 흥이 난 것도 있지만, 무엇보다 그 '한 방'이 우리 '훌랄라 보이스'의 심장을 뜨겁게 데워줬기 때문이었다. 사장은 회식자리에서 기분 좋게 취하여 연신 우리의 노고를 취하했다. 끝 무렵에 수습 삼총사는 버려둔 채 정 기자와 진 기자만 데리고 야릇한 2차를 갔었지만, 우린 너그러이 그들을 용서했다.

정 기자는 몰라보게 깔끔한 차림으로 엘리트의 면모를 유감없이 과시했다. 드디어 'ㅇㅇ 사업' 광고가 부산데일리 뒷면에 전면광고로 실리던 날, 기획부는 고급 횟집에서 회를 먹는 회식까지 감행했다. 정말 순풍에 돛단 기획부였다. 하지만 그 놈의 순풍은 항상 태풍으로 돌변해서 문제였다.

'ㅇㅇ 사업 전면 백지화'

다음날 조간신문 1면의 기사와 '부산데일리' 뒷면의 전면 광고는 완벽한 대조를 이루고 있었다. 망연자실한 정 기자의 얼굴과 사장의 화난 얼굴이 크로스 되며 사장실의 문이 닫혔다.

"자그마치 2천이야 2천! 다른 광고 들어올 것하고 이미지 타격 받은 거 따지면 손해가 5천이 훨씬 넘어. 이거 우짤끼야?"

문밖으로 터져 나오는 고함소리는 내가 앉은 구석자리까지 울려 퍼졌다. 'ㅇㅇ 사업'을 진행하던 회사는 곧바로 문을 닫았고 계약한 광고비는 공중에 떠버렸다. 정 기자는 다음날부터 출근도 하지 않았다. 진 기자의 말에 따르면 손해를 만회하려 동분서주하고 있다고 했다. 그에게서 전화가 온 것은 사흘 뒤였다.

"30분 뒤에 회사 앞으로 전부다 나와 있어라. 총무부하고 영업부에도 전화 해 놓을 테니 손놓고 있는 사람은 다 데리고 나오고."

수화기를 놓고 어리둥절한 표정의 나에게 경태가 물었다.

"뭐라 하는데?"

"몰라, 다 나온나 하는데 뭔가 심상찮다."

"씨바, 또 무슨 일 터지는 거 아이가?"

저쪽 너머 영업부를 보니 편집장이 사람들을 불러내고 있었다. 우린 고개를 갸우뚱거리며 바깥으로 나섰다. 마침 서면 거리에선 저축은행 피해자들의 항의 시위가 벌어지고 있었다. 경태가 침을 퉤 뱉으며 말했다.

"전신에 받을 돈 못 받아서 난리다. 씨바."

"와, 니가 줄끼가?"

"내가 와 주노? 있는 새끼들이 다 해 처묵어서 이 꼬라진데."

"자슥, 제법 똑똑해졌네?"

"새끼야, 그래도 기자아이가?"

경태와 준식이 이렇게 떠들고 있을 때 짐차 두 대가 앞에 섰다. 정 기자가 차에서 내려 기사와 함께 짐칸의 커버를 벗겨냈다. 커버를 벗기기 전까지만 해도 뭘 싣고 왔나 의아해하고 있었는데 그 정체가 밝혀지자 우리는 입을 딱 벌리고 말았다. 트럭 두 대에 실린 것은 다름 아닌 책이었다.

"책은 뭐한다고 들고 왔노? 설마 저거 돈 대신에 들고 온기가?"

준식이 눈을 동그랗게 뜨고 중얼거리는데 정 기자의 커다란 목소리가 들렸다.

"뭐하노? 박스에 담긴 거부터 옮기라."

우리와 같이 황당한 표정을 짓던 신 기자가 정 기자에게 다가가 뭔가 얘기를 나누고 있었고, 두 번째 짐차의 영업부 사원들은 이미 편집장의 지시에 따라 책이 담긴 박스를 옮기고 있었다. 그 모양을 지켜보던 준식이 말했다.

"뭐 볼 거 없네. 사장하고 얘기 벌써 끝났는갑다. 일단 옮기자."

책의 양은 엄청났다. 대충 봐도 2천권이 넘어설 것 같았다. 정리되지 못한 책은 쓰지 않는 창고에 차곡차곡 쌓여갔다. 무려 2시간의 노동 뒤에 책은 모두 옮겨졌다. 이 책 저 책 뒤져보니 별의별 종류가 다 있었다.

"이거 정비석 손자병법이다. 홍명희 임꺽정도 있다. 이거는 서양철학사…. 우와, 미치겠네."

난 오래간만에 맡아 보는 책 냄새에 빠져 잠시 흥분했지만 금방 이성을 되찾았다. 어느 샌가 창고 앞에 서있던 사장과 편집장의 대화를 들었기 때문이었다.

"나참…, 도서관 차릴 것도 아이고 이기 무슨 야단이고?"

"이거 있어봐야 짐만 될끼고 우짜까예? 그냥 팔아 치우는 게 안 낫겠습니꺼?"

"이걸 어디다 판다고?"
"보수동 같은 헌책방에 팔면 안 되겠십니꺼, 가만 보자, 권당 500원 씩만 치도…."
"마 조용히 하소. 그래봐야 꼴랑 100만원도 안되는 거, 벌써 계산 다 해봤다."
 갑자기 밀려오는 흡연 욕구에 바깥 계단으로 나섰더니 정 기자가 쭈그리고 앉아 담배를 피우고 있었다. 난 잠시 망설이다 곁에 서서 담뱃불을 붙였다.
"사장 우짜고 있더노?"
 난 또 한 번 망설이다 솔직히 말했다.
"편집장하고 권당 500원씩 팔아도 100만원 밖에 안 된다고…."
"그래? 그리 보면 그래 보이겠지."
 정 기자는 담배를 하나 더 꺼내 물며 하늘을 쳐다보았다. 한 번씩 느껴지던 안쓰러운 기분이 들었다. 뭔가 말하고 싶었으나 위로를 해야 할지 느낀 바를 얘기해야 할지 헷갈려 담배만 한 대 더 피우고 다시 안으로 들어갔다. 하지만 정 기자는 끝내 사무실로 들어오지 않았다.

 동래로 김철수 씨를 만나러 가던 날은 책 사건이 있은 지 사흘째 되던 날이었다. 그날 아침 사장은 우리들을 모아놓고 기획부를 폐지하고 광고영업부와 통합시킨다는 말을 꺼냈다. 정 기자와 진 기자는 말이 없었고 준식, 경태와 나는 이런 사태가 오면 다 같이 때려 치자고 입을 맞춰놓은 상태라 고개만 숙이고 있었다. 사장은 말 없는 다섯을 바라보다 한숨을 쉬며 말했다.

"너거가 원하는 거 잘 알고 있다. 연합 기사만 따서 편집하지 말고 직접 취재한 기사를 싣다보면 광고도 자연히 따라온다는 거 아이가? 그란데 아직까지는 우리 신문이 그럴 때가 아니란 말이다. 수익이 우선 되야지, 수익이! 마, 큰일 한 번 겪었으이 이번 기회에 다시 으쌰사 하자. 한 달 안에 목표 수익 채우면 내 다시 생각해 볼게."

사장실에서 나와 모조리 담배를 피우고 있자니 정 기자가 말했다.

"달라진 기 뭐가 있노? 맨날 똑같은 소리지. 너거 세 명은 돌아 댕기면서 줄 광고라도 따온나."

"뭐 돌아만 댕기면 줄 광고는 그냥 줍니꺼?"

입이 불쑥 나온 경태가 한 마디 하자 분위기가 쌩해졌다. 아닌 게 아니라 정 기자의 태평한 소리에 나도 살짝 반감이 들던 차였다.

"전화도 열심히 돌리고 알아서 해 봐란 말 아이가?"

진 기자가 나무라자 경태가 대거리를 하려는데 준식이 꼬집으며 뒤로 당겼다. 휴대폰으로 김철수 씨의 전화가 온 건 그때였다.

"아야! 와 이라노 새끼야."

경태의 주절거림을 뒤로 하고 얼른 전화를 받았다. 며칠 전 의뢰했던 인터뷰에 응한다는 얘기였다. 전화를 끊는데 통화를 듣고 있던 진 기자가 말했다.

"방금 무슨 전화고? 인터뷰 한다고 했나?"

아무 말 없이 가만히 있자 진 기자가 언성을 높였다.

"인터뷰 기획 광고는 아직 허락받고 하라고 했제?"

"그게 아니고예…."

"니는 아직 그런 거 할 때가 아니라고 했나 안했나?"

자꾸 다그치자 참고 있던 반감이 슬며시 터져 나왔다.

"아니…, 못할 게 뭐 있습니꺼?"

"뭐? 이 자슥들이…. 오늘 전부 와 이라노?"

진 기자는 혀를 차며 더욱 화를 냈다. 나는 나대로 가슴 속에 있던 말을 뱉어 버렸다.

"돈도 안 되는 거 맨날 열심히 해봤자 남는 거는 욕밖에 더 있습니까? 뭐 제가 나쁜 거 한답니까?"

대드는 날 바라보던 진 기자는 한숨을 쉬며 고개를 돌려 버렸다. 잠시 동안 모두 아무 말 없이 서 있었다. 후회가 밀려왔지만 감정이 정리 되질 않았다. 그 때, 정 기자가 뜻밖의 말로 침묵을 깼다.

"갔다 온나."

그를 바라보니 표정에 아무런 변화가 없었다.

"버릇없이 굴어가…, 죄송합니다."

그러나 정 기자도 진 기자도 말이 없었다. 돌아서서 한 발짝 가는데 정 기자의 목소리가 다시 들렸다.

"사기는 치지 마라."

또 한 번 울컥하는 기분에 돌아보려다 문을 열고 안으로 들어갔다. 그 자리를 빨리 벗어나고 싶었기 때문이었다.

버스는 동래에 거의 도착해 있었다. 나는 정 기자의 말을 몇 번이고 곱씹었다. 그냥 던진 말인지 의미가 있는 말인지 당최 분간이 가지 않았다. 목적지에 도착한 나는 김철수 씨와 다시 통화한 뒤 약속장소에서 그를 만났다.

"전화로 사무실 설명하기가 그래서…."

김철수 씨와 나는 사무실로 향했다. 40대 초반인 그는 잡지에서 본 사진보다 훨씬 초췌해 보였다. 나름 잘나간다는 기사로 도배되었던 인물이라 다른 사람이 아닌가 착각이 들 정도였다. 대형 마트 근처의 낡은 건물 5층이 그의 사무실이었다. 물론 엘리베이터는 없어 걸어올라 갔는데 3층과 4층은 비어있는 상태인지 ㅇㅇ공업, ㅇㅇ철물 등 상호만 붙어있고 모두 문이 열린 채 비어있었다.

"요새 워낙 불경기라 입주한 회사가 다 나가가지고…."

김철수 씨도 보기가 딱했는지 비어있는 공간을 흘긋 보며 중얼거리듯 말했다. 5층의 사무실은 초라했다. 직원은 하나도 없었고 20평 남짓한 곳을 작업실과 사무실로 같이 사용하는 모양이었다. 삐까뻔쩍한 공장 같은 건 바라지도 않았지만 예상보다 더 영세한 모습이었다. 언론이 비추었던 그 허울 좋은 껍데기가 생각나자 기분이 묘해졌다.

"너무 지저분하지요?"

"아닙니다. 꼭 영화에 나오는 발명가 집 같네요."

아닌 게 아니라 사무실은 '백 투 더 퓨처'에 나오는 박사의 집과 흡사한 느낌이었다. 주위를 살피니 문제의 조이스틱이 눈에 띄었다.

"저게 그 유명한 판타지 조이스틱입니까?"

"아, 저건 구형이고 이번에 개발한…."

김철수 씨는 조이스틱 하나를 들고 와 내 앞에 놓았다. 조이스틱은 마치 어린 시절 오락실의 조정기판을 그대로 가져온 모양이었다. 단단한 철판으로 외형을 만들었고 버튼은 게임용으로 8개, 옵션용으로 2개가 붙어있었으며 왼손으로 잡는 스틱이 듬직하니 서 있었다. 잠시 조작하듯 다루어보니 손으로 느껴지는 감이 그 옛날 오락실과 거의 완벽하게 같았다. 반갑기도 하고 황당하기도 해서 웃음이 저절로 흘러나오는 걸 막을 수가 없었다.

"아니, 어떻게 이런 감각을 살려냈지요?"

김철수 씨는 쑥스러운 듯 머리를 긁적였다.

"일반 조이스틱은 버튼식이 대부분인데 우리가 어릴 때 오락실에서 하던 손맛 하고는 천지차이거든요. 우리나라 유저들은 그 방식에 워낙 익숙해져있기 때문에 그 손맛만 살리면 사람들이 많이 찾을 거라고 생각했지요."

"기술적인 면이라든지 좀 자세히 알고 싶은데요."

"서울 용산 같은 데서 이전부터 일반 조이스틱을 오락실용으로 개조한 것들을 팔고 있었지만, 그것들은 고장도 잦고 호환이 안 되는 것도 많았거든요. 컴퓨터용, 게임을 돌리는 에뮬레이터, 비디오 게임 등등 게임방식에 따라 호환되는 게 천차만별인데, 저는 하나하나 작동해 보면서 최적의 호환성을 찾으라고 노력했습니다. 또 부품을 보면 스틱이 일단 다릅니다. '환타 방식 스틱'이라고 8방향으로 움직일 때 따각따각 소리가 나는 스틱인데, 이게 고장률도 작고 반응속도가 빠릅니다. 버튼은 제일 부드러운 소재로 특수 주문해서 만든 겁니다."

"컴퓨터하고 호환은 어찌 됩니까?"

"구형은 윈도우 XP에만 됐는데 신제품은 플레이스테이션 3하고 윈도우7 드라이버까지 지원합니다."

"고정은 어째하지요?"

"철판으로 제작한거라 적당한 무게가 있어서 큰 문제는 없는데, 찾는 사람들이 많아가지고…, 조이스틱 거기 밑에 보면 벨트 끼우는 구멍이 두 개 있을 겁니다. 이 벨트를 이렇게 끼워서 무릎에 고정합니다."

김철수 씨는 어느새 무릎 고정용 벨트를 손에 들고 시범을 보이고 있었다. 또 웃음이 나왔다. 디지털과 아날로그가 공존하는 이 엉뚱한 천재의 발명품은 묘한 매력을 지니고 있었다.

그는 여러 가지 이야기를 하다 이런 사실을 털어놓았다.

"작년에 냈던 인터뷰 기사들도 반 정도는 돈 주고 냈던 겁니다. 광고 효과만 생각하고 냈던 건데…, 그게 희한한 방향으로 갈지는 몰랐습니다. 서울에 있는 회사 하나가 우리 제품을 보고는 방식만 바꿔서 조이스틱 특허를 따라 냈더라고요. 아까 '환타 방식 스틱'에 대해 설명 드렸었지요? 그것과 다른 방식이 '크라운 방식'이라고 있는데 이 방식은 접촉면에 구리판을 안대서 따각대는 소리가 안 납니다. 대신, 고장이 잦고 반응 속도가 훨씬 느려요. 그런데 스틱 방식이 다르다고 특허를 내고는 '소리가 나지 않는 스틱. 추억의 오락실 100% 재현'이라고 광고를 뿌리 대는 기라요. 자본이 있으니까 광고만 갖고도 점유율을 반 이상 뺏어가더라고요. 또 아무래도 서울 지역에 대상 고객이 많으니까 부산에 있다보니 꼭 한 발짝씩 늦게 되고…. 우리 제품 질이 훨씬 좋고 시작도 먼저 했지만 힘들어졌지요."

그의 눈가가 약간 젖는 듯 했지만 옆에 있는 신제품을 들어보더니 이내 미소를 지었다.

"그래도 새로 개발한 임마는 반응이 좋습니다. 새끼들이 암만 까불어 싸도 기술은 못 따라오거든요. 윈도우 드라이버 업데이트만 해도 우리가 제일 빠릅니다. 어쨌거나 신제품이 나온 마당에 광고를 안 할 수도 없고, 그렇다고 크게 광고를 뿌릴 수도 없고…, 안 그래도 어쩔까 하고 있는데 그 쪽에서 먼저 연락이 와가 전화를 드린 겁니다."

난 잠시 할말을 잃었다. 몇 번 넘어져도 자기 꿈을 향해 계속 달리는 그와 내가 비교되었기 때문이었다. 진정성 있는 얘기를 가면을 쓰고 듣는 자신이 한심하게 여겨졌다. 이런 사람들의 짐을 조금이라도 덜어주고 응원할 수 있는 위치라면 얼마나 좋을까? 정 기자의 '한 방'이 제대로 터졌다면 조금이라도 그런 위치에 다가갈 수 있었을까?

"저기…, 오늘 부산데일리 신문을 찾아봤는데 기사가 나가면 어디쯤 실릴까요?"

김철수 씨의 질문에 정신을 차렸다. 어느 정도 인터뷰도 끝났고 본격적인 돈 얘기를 꺼내야 할 때였다.

"예, 먼저 우리 신문을 설명 드리자면 아침마다 지하철에 매일 5만부가 배포되고요, 기사는 박스 기사로 4~5면 정도에 날 겁니다. 그런데…, 기사가 나가려면 어느 정도의 금액이 필요합니다."

신문에 대해 설명하는 내 목소리가 점점 낯설게 느껴졌다.

"그래요? 어…, 근데 기사 광고는 그렇게 효과 없던데…, 잠시만요."

전화가 울려와 그가 잠시 자리를 떴다. 그를 기다리던 중 무심코 바라본 벽거울에는 내 모습이 선명히 비치고 있었다.

'일반적으로 500부에서 1000부 정도 구입하십니다.', '일도양단의 쇼부….'

문득 7개월 전 그만두었던 잡지사의 베테랑 기자가 떠올랐다. 지금 내가 하고 있는 이 인터뷰가 그 기자와 다른 게 뭐가 있지? 생각이 여기에 미치자 갑자기 얼굴이 달아올랐다. 아니라고 부정하려 해도 부끄러움은 점점 커져만 갔다. "사기는 치지 마라." 그때 하필 정 기자가 던진 말이 머릿속을 울려댔다. 거울을 다시 바라보았다. 그러자 낯선 모습의 내가 나에게서 분리되는 듯한 환영이 보였다. 아니, 그건 내가 아니라 꿈의 모습이었다. 글을 쓴다는 꿈이 기자의 꿈과 함께 공존하다 다른 모습으로 변하기 시작했다. 그 변한 꿈은 어느새 다시 현재의 내 모습이 되어 거울 속에 있었다.

"어디 안 좋습니까?"

김철수 씨가 자리에 앉으며 물었다.

"아닙니다. 저…."

도저히 인터뷰를 이끌고 갈 수 없는 지경이라 포기하려는데 의외의 답이 날아왔다.

"기사 내겠습니다. 어차피 광고는 내야 되니까."

"아, 광고…, 아니, 좋은 기사로 보답하겠습니다."

현실로 겨우 돌아온 나는 서둘러 작업을 끝냈다.

"보잘 것도 없는 얘기 잘 들어 주서 고맙습니다. 잘 좀 써주세요."

그는 부산데일리의 계좌번호를 받아 적으며 이렇게 말하고는 굳이 사양하는 나에게 조이스틱 박스를 건넸다. 건물의 계단을 내려가면서 나는 다시 부끄러움을 느꼈다. 그것은 예전에 ○○ 아울렛의 계단에서 느꼈던 종류와는 전혀 다른 부끄러움이었다. 건물 입구에서 하늘을 바라보다 담배를 피워 물며 오늘은 술을 진탕 마셔야겠다고 생각했다.

 며칠 후 '김병욱 기자'라고 적힌 나의 첫 기사가 나가던 날, 나는 부산데일리를 그만 두었다.

 그로부터 6개월쯤 지났을 때 서면에 갔다가 부산데일리에 들른 적이 있었다. 그동안 여러 일이 있었는지 내부는 많이 바뀌어 있었고, 친한 이들은 준식과 하 기자 둘 밖에 남아있지 않았다.
"요새 학원 강사 한다고? 잘했다. 요 계속 있었으면 준식이처럼 우울증 걸렸을 끼다."
 하 기자는 여전히 쾌활했다.
"그런데 5층은 인자 안 씁니까?"
"여기도 인자 접어야 될 것 같다. 적자가 계속 쌓일라 하니까 사장이 적정선에 팔아 치울라는 갑더라."
 아무래도 회사가 문을 닫을지 모른다는 이야기였다.
"그라믄 다른 사람들은 전부 어째 있습니까?"
 경태는 아버지가 운영하는 개 농장에서 일을 돕는다고 했다. 어쩐지 잘 어울리는 것 같아 픽 웃고 말았다. 진 기자는 서울에서 아는 사람이 운영하는 잡지사에서 일한다고 했다.
"정 기자는 연락 끊긴지 한 달쯤 다 되가는데…, '우리 동네'라고 부산 각 구에 동단위로 지역 신문을 만들라 했거든. 그런데 몇 군데서 받은 투자금을 사기 당해갖고 난리가 안 났나? 와 그리 안 풀리는가 모르겠다."

정 기자의 사람 좋은 웃음소리가 귓가에 들리는 듯 했다. 나는 왜 그의 웃음소리에서 안쓰러움을 느꼈을까?

우린 얼마간 얘기를 나누다 헤어졌다. 건물을 나와 버스정류장으로 발걸음을 옮기는데 누군가 뒤에서 불렀다. 준식이었다.

"아까 준다는 게 깜빡했다. 이거 받아라."

준식이 내민 것은 다름 아닌 판타지 조이스틱이었다. 회사를 그만둘 때 물품을 모두 놓고 나갔는데 따로 챙겨놓은 모양이었다.

"정 기자가 나갈 때, 니 한 번 들리면 주라고 하더라."

아직 출근 전이라 학원으로 가는 버스에 올랐다. 낮 시간이라 좌석이 비어있었다. 바깥 풍경을 바라보다 박스를 천천히 열어보았다. 조이스틱과 설명서가 있었는데 따로 무언가가 끼워져 있었다. 꺼내보니 여러 가지를 메모한 취재 수첩과 기자 수업 때 썼던 공책, 그리고 내가 쓴 기사가 났던 날짜의 신문이었다. 그것들을 바라보고 있자니 지난 일들이 창 밖의 풍경처럼 지나쳐갔다.

"후우, 이 사람 끝까지 선생질이구만…."

나는 물건들을 다시 박스에 집어넣었다.

버스는 어느새 학원 앞 정류소에 도착해 있었다. 정류소에서 조금 걸어 학원 건물로 갔다. 입구의 계단을 올라가려다 돌아서서 하늘을 바라보았다. 비가 오려는지 먹구름이 잔뜩 끼어있었다. 갑자기 술 생각이 치밀어 올랐다. 잠시 그렇게 서있는데 휴대폰이 울렸다. 애인이었다. 휴대폰을 멍하니 바라보다 전화를 받지 않은 채 계단을 기계적으로 올라가기 시작했다.

"당분간 금주다. 당분간은 금주야…."

 나는 그렇게 중얼거렸고 조이스틱 박스 속의 물건들은 한 계단씩 오를 때마다 서로 부딪치며 툭툭 소리를 내고 있었다.

사라지는 것들

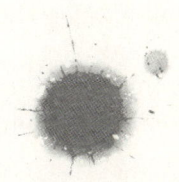

　평론가인 친구가 미술관의 계약직 일을 제의해 왔다. 글을 쓴다는 핑계로 잘나가던 학원 강사 일을 그만둔 지도 6개월이 지나있었다. 미술관의 일이란 데 호기심도 생겼고 딱히 글이 손에 잡히지도 않았던 터라 나는 순순히 제의를 받아들였다.

　광안대교를 건너가는 첫 출근길의 인상은 빳빳한 새 옷을 입는 느낌이었다. 해운대 신도시 쪽의 공사 중인 빌딩에서 반사된 햇빛이 가끔씩 눈을 할퀴곤 했다. 미술관의 일은 큐레이터의 전시 기획을 돕는 것이었는데 내 이름과 코디네이터라는 그럴듯한 직함이 적힌 명찰이 할당되었다.

　미술관 학예 사무실의 컴퓨터가 부족하단 이유로 나의 자리는 미술관 지하 1층의 미술정보센터라는 자료열람실의 사서석으로 정해졌고 그곳은 관람이 중지되어 있는 상태였다. 학교 교실 4개를 합친 것보다 큰 정보센터는 먼지 쌓인 책의 종이가 삭아가는 냄새와 약간의 잉크 냄새가 깊게 배어있었고 지하 특유의 냉기가 은은히 돌았다.

입구에서 오른쪽은 세계의 미술 관련 잡지 등이 진열되고 좀 더 들어오면 큰 창의 블라인드 사이사이 벽면에 관련 화가들의 흑백사진이 중후하게 걸려있었다. 왼쪽 편은 일반 도서관과 비슷한데 미술자료와 이론서, 문학, 사회서적 등이 두서없이 꽂혀있었고 자료의 반 이상은 라면박스 안에서 테이프로 꽁꽁 묶여 그대로 방치되어 있었다.

그곳에서 나는 내가 태어난 해에 죽었다는 '임호(林湖)'라는 화가의 유작 기록과 글들을 정리하고 타이핑하는 일을 했다. 처음에는 단순한 한글 타이핑으로 알고 있었지만 기고문 위주의 자료는 50~60년대의 신문 기사 원본으로 절반 이상이 한자로 가득 차 있었다. 처음 며칠간은 옥편과 워드 프로그램의 한자 부수와 힘든 씨름을 할 수 밖에 없었는데 그보다 더 큰 애로사항은 오래 지난 종이 인쇄 특유의 바래진 글자와 구겨지거나 찢겨진 기사내용이었다. 정체모를 희미한 한자를 눈이 침침해시도록 쳐다보거나 없이진 기사 내용을 문맥에 맞춰 넣다보면, 내가 암호해독가로 일하게 된 건 아닌가 하는 착각마저 들곤 했다.

그 중 첫 시련은 1949년의 팸플릿 도록에 있었던 '伽倻山 庵子'라는 한자 인쇄였는데, 내 추리력을 모두 쏟아 붓게 한 다부진 녀석이었다.

일단 원본 자료자체가 용량을 줄인 JPG파일로 제공되어서 알아볼 수 있는 글자는 '山'과 '子' 밖에 없었고, 도록의 다른 그림 제목들과는 내용상 전혀 상관없는 부분이었다. 희미한 인쇄 상태지만 '伽'를 확대하자 'イ' 부수를 제외한 '加'를 읽어낼 수 있었다.

〔가〕라는 음가를 획득한 나는〔가○산〕을 타이핑하고 몇 번이고 읽다 '가야산'을 떠올렸다. 작가가 부산에서 활동했다는 점을 이용해 인터넷에 경남의 모든 산을 검색하자 가야산은 지리산 다음으로 쉽게 검색되었다. 가야산(伽倻山)의 '伽'와 '倻' 두 글자를 사진에 나와 있는 희미한 글자에 대조하자 80% 이상의 싱크로율을 보였다. 팸플릿 도록의 산은 '가야산'이었다.

그 뒤의 '○子'가 또 문제였는데 '산에 있는 자(子)자로 끝나는 말은?' 하며 수수께끼 노래를 50번 쯤 불러야 했고, 그제야 가야산(伽倻山)의 가(伽)자가 '절 가'라는 게 눈에 들어왔다. 거기에 힌트를 얻어 알아낸 것이 산 속의 절 '암자(庵子)'. 드디어 다섯 글자는 '가야산 암자(伽倻山 庵子)'로 해독되었다.

다섯 글자 타이핑에 쏟아 부은 시간이 30분이나 되었다. 그림을 보지도 못했지만 벌써 수십 번은 본 듯한 착각이 들었다. 엉뚱한데다 에너지를 쏟곤 하는 내 버릇도 있었지만 빈 칸으로 처리할 수도 없는 노릇이었다. 그래도 30분의 결과물을 바라보니 흐뭇한 미소가 지어졌다. 그러나 곧 있지 않아 '가야산 암자'는 코웃음 칠만한 수많은 적들이 몰려와서 난 비명을 질러야 했다.

 그렇게 며칠이 흘렀다. 시간이 지날수록 작업은 익숙해졌고 한자를 다루는 시간도 빨라졌지만 욕심을 내면 낼수록 정리할 자료는 도리어 더욱 늘어났다. 수박겉핥기로 옛날 글의 한자나 번역해 파일만 만들어 내는 건 너무나 수동적인 소비라 여겼기 때문이었다. 또 옛날의 글이지만 현재의 문제들을 상기시켜 볼 수 있는 의미를 나름대로 찾기도 했다. 내가 주로 정리하던 '임호'의 글 하나를 소개하자면,

 〈부산 화단(畵壇)에 동양화가(東洋畵家)가 희유(稀有)한 탓인지 매년(每年)처럼 중앙화단(中央畵壇)이나 타지방(他地方)의 노대가(老大家)라는 화가(畵家)들이 집시의 상인(商人)처럼 상례(常例)적으로 부산이라는 시장(市場)에 전을 벌린다. 더욱이 이러한 전람회(展覽會)일수록 모모기관(某某機關)과 모모신문사(某某新聞社)의 후원(後授)이 특서대필(特書大筆)로 되어있다. 말할 나위 없이 선전(宣傳)과 매각(賣却)의 후원(後援)이다.〉

 라는 글이 있었다. 정리를 마친 후, 타자에 신경 쓰지 않고 다시 읽다 나도 모르게 "서울이니 부산이니…, 지금이나 똑같구만." 하고 중얼거렸다.

 말은 그렇게 하면서도 왠지 속이 시원한 느낌이 들었다. '부산이

라는 시장에 전을 벌린다'라는 표현이 재밌었다. 다른 단어에는 필요치 않을 정도로 한자를 섞어 썼는데도 불구하고 '전을 벌린다'고 할 때는 한글 그대로 쓴 것이었다. 분명 '펼 전(展)'이 아닌 '가게 전(廛)'의 의미로 쓴 것이 분명했다. 지방에 내려와 뒷줄이나 대어 그림을 팔아먹는 인간들을 언급하다 울화통이 터졌을 거고, 쌍욕은 쓰지 못해 지적할 부분을 언어유희로 꾹 눌러놓았으리라 싶었다.

어쨌든 나는 성실히 임무를 수행하고 있었다. 물론 이런 식으로 모든 걸 평가하고 찾아내다가는 약속된 기간 안에 모든 자료가 정리 될 수 없었다. 하지만 묻혀있었던 기록과 기사의 내용들이 나의 도움으로 전시장에서 새롭게 재조명 될 것이었다. 지나간 무언가를 다시 살려낸다는 것은 무엇보다 유쾌한 일이었다. 그러나 한편으로 이런 노동이 실제 현실에서는 일급 4만원 안팎의 가치로 밖에 취급되지 않는다는 점이 씁쓸하기도 했다.

나와 일을 함께 하는 큐레이터는 30대 초반의 여성이었는데 나와는 이야기가 통하는 타입이었다. 그녀는 내가 착실히 정리한 자료를 보고 만족해했고, 우리가 해야 할 전시 기획 과정에 대해 비교적 동지의식을 가지고 친절히 설명해 주곤 했다. 물론 지하 정보센터에 주로 있어서 서로 부딪칠 일은 그리 많지 않았다. 일을 한 지 일주일 쯤 되었을 때 큐레이터와 식사를 하다 '한자 필기인식기' 프로그램 이야기를 듣게 되었다. 인터넷상에서 마우스로 비슷하게만 그리면 알아서 한자를 찾아준다는 빛과 소금 같은 정보였다. 큐레이터는 여태 그걸 사용하지 않고 어떻게 그 많은 자료를 정리했냐며 감탄해 주는 것도 잊지 않았다. 그 뒤로 나의 자료정리는 2배 가까이 속도가 빨라졌다. 이젠 시간이 남아돌 지경이었다. 다만 부수로 찾았던 한자가 머릿속에서 빠져나가는 시간보다 마우스로 찾은 한자가 잊혀지는 시간이 10배 이상 빨라진다는 게 단점이었다. 한자 자격시험을 칠 것도 아니라 옥편은 어느새 구석자리로 밀려나 버렸다.

시간이 남아돌자 지하 정보센터에서의 긴장감과 사명감은 점차 사라져갔다. 점심 식사 후의 식곤증에 어김없이 꾸벅꾸벅 졸았고 컴퓨터 모니터에는 낡은 신문 사진대신 게임이나 웹툰, 비키니 등이 나타나기 시작했다. 그렇다고 정보센터에 타 부서의 직원이 아예 안 오는 것도 아니고 일에서 완전히 손을 놓은 것도 아니라 나는 정말 4만 원어치의 역할을 다하고 있었다. 그러던 하루, 무료함을 이기기 위해 미술정보센터 안에서 할 수 있는 발칙한 짓들을 상상해보았다. 아무도 모르게 처리할 수 있으면서도 별 피해가 발생되지 않는 못되고 나쁜 짓은 의외로 많았고, 그중의 몇 개는 다시 떠올려 봐도 제법 발칙해서 혼자 키득거릴 정도였다.

제일 먼저 떠오른 것이 구석자리에서 섹스하기였다. 종이가 삭아가는 냄새가 진동하는 책장 사이에서, 사진에 걸려있는 흑백의 작고화가들이 지켜보는 가운데 섹스를 한다는 건 왠지 가슴 떨리는 일이라 여겨졌다. 오래된 것들이 줄 수 있는 기쁨이 이런 쪽으로도

발달할 수 있다는 사실에 경의를 표했다. 그러나 이내 솔로라는 사실을 인식하고 쓴 웃음을 지어야 했다.

두 번째는 정보센터의 자료 빼돌리기였다. 이곳은 쓸데없는 자료와 쓸모 있는 자료가 많다면 너무 많았고 적다면 너무 적었다. 아직 라면박스에서 나오지도 못한 자료가 수두룩했고, 뜬금없이 소설책이 미술자료 사이에 꽂혀있기도 했다. 거기에다 자료라고 하기에는 송구스러울 정도의 (차라리 사료로서 전시되는 게 마땅한) 책이나 팸플릿 등이 비닐 파일에 들어가 연도별로 거칠게 정리되어 있었다. 솔직히 시간과 돈만 주어진다면 저런 자료들을 내 힘으로 멋지게 정리해 놓을 수 있을 거란 자신이 있었다. 일어나 책장을 살펴본 후 정말 실례할 거라면 미술관 도장이 찍히지 않은 70년대나 80년대에 출판된 소설책을 선택하기로 했다. 먼지에 쌓여 묻혀가는 것도 아까운데 어울리지 않는 미술관 정보센터에서 푸대접 받는 게 안타깝다는 이유에서였다.

세 번째는 보기 좋게 진열된 세계의 미술 디자인 잡지들의 배열을 내 맘대로 바꾸어 놓고는 천연덕스럽게 모른 척하기였는데, 어쩌면 영원히 아무도 모르고 넘어갈지 모른다는 생각이 들자 소름이 끼쳐왔다. 갑자기 무서운 감이 들며 아까는 에로틱해 보이던 저쪽의 구석자리가 섬뜩하게 느껴졌다. 날도 흐려서 컴컴한 게 지하의 커다란 공간에는 서늘한 기운이 가득했다. 불현듯 술 생각이 났다. 이러지 말고 이 공간과 화해하자고 결심했다. 그래서 사진에 걸려있는 작고 화가 분들에게 소주 한 잔씩 올리자는 게 네 번째가 되었다. 물론 그 핑계로 내가 취할 때까지 마셔보는 거였다. 자료를 찾다 보니 조사한 화가 몇 사람만 해도 가히 전설의 경지에 오를 만큼 음주를 즐겼던 모양이었다. 특히 내가 조사하고 타이핑하던 화가 임호는 소주를 휘발유라 부르며 음복했다고 하는데, 가시던 전날에도 야외 스케치에서 과음해 갑자기 찾아온 고혈압으로 세상을 떴다고 했다.

 그렇게 꽤 오랜 시간동안 상상의 나래를 펼쳐 15번째로 발칙해지기 직전 나는 잠시 주춤거리고 있었다. 퇴근시간이 1시간 정도 남아 다른 아무 것도 하지 않고 20번째를 채우리라 했었는데 아무래도 목표를 포기해야 할 듯 했다. 상상이란 행위는 현실이 개입하면 금방 무너지는 경향이 있다. 바로 15번째가 그랬다.

〔책 찾는 게 몇 개 있어서 그러는데, 여기 큰 서점이 어디 있냐?〕는 친구의 문자를 받을 때까지만 해도 난 14번째 발칙함에 침을 흘리고 있었다. 오후 5시 즈음의 출출한 시간에 정보센터에서 가스레인지로 라면을 끓여먹을까, 삼겹살을 구워먹을까, 하는 선택이었는데 침이 정말 흥건히 고여 왔다. 난 사래 걸릴 걱정까지 하며 침을 삼키고는〔서면에 동보서적, L백화점 쪽 영광도서, 남포동 쪽이면 문우당 서점〕이라는 본능적이고 무의식적인 답을 보냈다. 그리고 15번째 상상에 돌입하려다 "여기가 뭐냐? 서울간지 얼마나 됐다고…. 쯧쯧!" 하고 친구에 대해 잠시 투덜거렸다. 다시 상상에

집중하려는데 [지금 동보서적 앞인데 간판 내려져 있구만] 이란 문자가 왔다. "지금 다섯 시인데 무슨 헛소리야…." 내 중얼거림이 채 끝나기도 전에 친구의 문자가 연달아 날아왔다. [동보 망했다 지금까지 이용해주신 고객여러분께 감사드린다고 붙어있다]

 난 잠시 충격을 받았다.
"동보서적이 망했다?"
 난 혼자 이렇게 뇌까려놓고서는 모든 행동과 생각을 정지시켰다. 정지시켰다기보다 일정량의 충격을 받아 정지 되었다고 보는 게 타당했다. 잠깐 충격을 완화시킨 나는 인터넷을 검색했다. 검색어는 말 그대로 '동보서적'이었다. 그러자 엉뚱하게 문우당 서점이 튀어나왔다.

 〈부산 동보서적 이어 남포동 문우당 서점도 이달 말 폐업〉
 〈문우당 55년 역사 이제 뒤안길로…〉
"문우당 서점도?"
 난 다시 충격을 완화시켜야 했다. 그러나 이번엔 시간이 오래 걸렸다. 이런 경우에 딱 맞는 사자성어가 설상가상일 것이다. 속담으로는 엎친 데 덮친 격 정도가 적당하겠지…. 이런 잡생각이 끼어들 때쯤 정신을 차린 것 같다. 친구의 문자에 너무나도 박력 있게 대답했던 세 서점 중, 두 곳이 눈 깜짝할 사이에 사라진 것이다. 어릴 적 친한 친구가 갑자기 전학을 갈 때, 친구를 군대 연병장에 남겨놓고 돌아설 때, 즐겨보던 드라마가 마지막 회를 마칠 때, 누군가가 죽었다는 소식을 들었을 때…. 대략 그런 느낌들과 크게 차이가 있는 것 같진 않은데, 이상하게도 뭔가 더 깊은 곳을 푹 찔린 듯 충격과 허전함이 진하게 감돌았다. 이런 곳에서 이런 소식을 접하게 된 것이 어쩌면 다행이었다. 너무나도 조용한 공간이 생각과 감정에 충실할 수 있도록 해주었다. 다른 것도 아닌 오래된 서점 두 곳의 죽음은 묘하게 감정을 흔들어 놓았다. 약속장소를 동보서적으로 잡아 기다리던 시간에 책을 봤던 기억, 여행 지도를 구하러 문우당까지 찾아가던 일들 따위가 낡은 앨범의 사진을 뒤지듯 지나갔다. 그런 젖은 감정 사이로 억지로 접어두었던 기억들이 걷잡을 수 없이 펼쳐져 밀려왔다. 비, 웃음소리, 술잔, 키스, 여행, 여름, 책, 이별…, 그리고 그녀의 전화번호. 난 많은 기억 중 갑작스레 떠오른 전화번호에 당황했다. 어떻게 해야 할지 갈피를 잡을 수 없었다. 기억에서 지워진 줄 알았던 번호를 휴대폰에 입력할지 한참을 망설였다. 그런 망설임 속에서 지하 정보센터가 어두워져갔다. 모니터에선 기사 밑 인터넷 서점의 광고가 하염없이 반짝거리고 있었다.

* * *

"가끔씩 있잖아, 책을 읽고 있는데 눈으로는 지나가면서 무슨 말인지 입력조차 되지 않을 때가 있어. ― 미안해, 입력이란 표현밖에 떠오르지 않아. — 그런데 더 재밌는 건 그렇게 지나가는 문장들 속에서도 눈에 확 들어오는 문장, 하여간 그런 문장이 있다는 거지. '아! 내가 뭐하고 있는 거야?'하며 처음으로 다시 돌아가 독서를 하더라도, 아까 말한 그 '눈에 확 들어온 문장'만큼은 다시 안 읽어도 된다는 거지. 확연하게 머릿속에 박혀있으니까 말야. 왜 그럴까? 그 문장이 나의 입맛에 딱 들어맞게 매력적이어서 일까? 아니면 알지 못할 본능적 이유로 내 오감을 자극해서 일까?"

그녀가 독서에 관한 이야기를 하는 동안 난 옆자리의 젊은 남자 세 명이 나누는 얘기를 듣고 있었다. 그러다 '아! 내가 뭐하고 있는 거야?' 부분에서 '아! 내가 뭐하고 있는 거야?'를 했고 그녀의 말이 끝나자 적당한 대답을 했다.

"반대로 다른 문장이 기분을 다운시킬 만치 지루하고 편향적이어서 쉬운 문장이 눈에 확 들어오게 된 건 아닐까?"

다행히 그녀는 내가 딴 곳에 신경을 쓴다는 것을 모르는 것 같았다.

"내 말을 이해 못했네. 이건 '확 들어온다.'의 문제가 아니라 '왜 확연히 머릿속에 박히는가?'에 대한 얘기야. '눈에 확 들어온 문장'은 이미 일반적이 아니라 특별한 것이라는 전제가 함의되어 있는 얘기라구."

그녀는 날 잠시 바라보더니 맥주잔을 비우고는 더 따라달라며 잔을 내밀었다. 동공이 살짝 풀려 술에 많이 취한 것 같지만 그녀는 내가 본 사람 중 가장 술을 잘 마시는 여자였다. 그리고 눈치가 빨랐다.

"네가 아까부터 무슨 생각을 그리하는지 모르겠지만 말이야…, 내가 한 얘기와 조금이라도 상관없다면…, 죽었어!"

그녀는 '죽었어.' 부분에서 맥주잔을 테이블에 사정없이 내리쳤다. 옆자리의 남자들이 쳐다보았다. 주변의 시선에 난처하기도 하고 속마음을 들킨 것 같아 무안하기도 했다.

"뭐 별다른 거 아냐. 그리고 네 얘기랑도 상관있는 거 같아."

"좋아, 내 얘기랑 상관있다는 거지? 그 생각이 알고 싶어졌어. 나 같은 미녀를 앞에 두고 도대체 무슨 생각을 했다는 거지?"

자신을 서슴없이 미녀라 칭하면서도 진지한 표정을 유지하는 걸 보니 웃음이 나왔다.

"넌 자기 입으로 그런 말이 나오냐?"

"그럼 내가 뚱뚱 호박덩이 아줌마라면 네가 내 앞에 앉아있기라도 하겠니? 아, 됐고! 빨리 말 안 해?"

그녀는 정말 궁금한 표정을 지었다.

"사실 정리가 되지 않은 이야기야. 요즘 내가 하는 일이 잊혀진 걸 다시 복원하는 거잖아? 잊혀져가는 것과 중앙과 동떨어져 도외시 됐던 지역의 문화를 되살린다는 긴, 보람 있는 일이라 여겨졌어. 사실 그 전엔 뭘 해도 했던 걸 다시 하는 느낌이 들 정도로 무력했는데, 어쩐지 힘이 나며 뭔가 사명감마저 들더란 말이지. 그런데요 며칠간은 내가 하고 있는 일과 생각들이 굉장히 하찮고 미약하게 느껴졌어. 거대 자본의 흐름, 경제 논리, 치열한 경쟁…, 이런 말들이 불도저처럼 밀려와 나까지 깔아뭉개는 것 같았어."

"기특한 생각이긴 한데, 재미는 없네."

"재미? 그럼 조용히 들어. 우리 옆에 애들 있지?"

"젊은 총각들이네, 내 앞에 있는 늙은 총각하곤 차원이 다른데?"

"차원이 달라도 너무 달라서 저쪽이 하는 얘기는 '귀에 확' 들어올 거야. 네 얘기를 듣기 싫었던 건 절대 아냐."

그녀는 대체 뭔데 하는 눈짓을 보내며 옆 테이블의 얘기에 귀를 기울였다. 그 쪽의 얘기는 같은 주제에 따른 두 번째 에피소드가 한창이었다.

"P마트 옆 주차장 들어가는 길에 과일 파는 할아버지 봤어? 왜 옛날 보림극장 자리 있잖아."

"나도 봤어. 과일 진열을 너무 퍼지게 해가지고 차 지날 때마다 굴러 떨어지고…. 큭큭."

"과일 떨어지면 욕도 하고 그러는데, 보고 있으면 웃겨죽겠다니까? 그런데 더 웃긴 건 거기서 과일이 팔리겠냐는 거지. 대한민국에서 제일 싸게 판다는 P마트 옆에서 햇빛에 시커멓게 타가지고 앉아있는데…, 말이 되냐?"

그 때 한 명이 꽤나 흥분한 목소리로 말했다.

"왜 그러고 있냐고? 우리 할머니 생각나게. 병신같이 뭐하는 거냔 말이야."

"야, 그래도 나이 많은 양반들 나가 있는 게 사람구경도 하고 혼자 적적하진 않을 거 아냐?"

"그래, 맞아. 그 나이쯤 되면 일부러 일해서 시간도 보내고 치매도 막고 그러는 거야. 돈이 문제가 아니고."

가만히 얘기를 듣고 있던 그녀는 고개를 돌려 한숨을 쉬더니 담배를 꺼내 들었다.

"앞에는 무슨 얘기였어?"

"마트 피자 이야기."

"훗, 동네에서 피자 파는 사람들 또 바보 됐겠네."

"응."

"전부들 골고루 하는구나. 일자리 떨어진 것도 분해 죽겠는데…. 만약에 서점 얘기까지 나오면 머리통을 쥐어박고 오겠어."

그녀는 그리고 다시 맥주잔을 비웠다. 그녀의 눈을 바라보았다. 동공이 더 풀려가고 있었다. 그녀는 며칠 전 직장을 그만 두었다. 아니, 그만 두게 되었다. 직장이 문을 닫은 것이다. 그녀가 일한 곳은 동보서적이었다. 그녀는 그곳에서 8년간 일했었다. 그리고 그 8년 중 어느 1년을 하루도 빠짐없이 나와 보낸 적이 있었다.

"저, 있잖아…."

"있긴 개뿔. 나 여기 싫어. 답답해. 우리 자주 가던 중앙동 그 술집에 가자."

난 뭔가 말하려 했지만 그녀는 그걸 외면했다.

우린 술집을 나와 택시를 타기 위해 예전 태화 백화점 건물이 있는 거리로 걸어갔다. 사업주가 몇 번이고 바뀐 그 커다란 건물은 왠지 속이 텅 빈 느낌을 주었다. 서면의 밤거리는 전단지와 음악과 사람들로 한데 뭉쳐져 있었다. 이제 이곳의 밤은 유흥밖에 남지 않은 소돔이 되어가고 있었다. 약간 쌀쌀한 날씨에 그녀가 몸을 움츠렸다. 난 그녀의 손을 잡았다. 부드럽고 따뜻한 느낌이 들었다.

"우리…, 안본 지 벌써 1년이 다 돼가는 거 알아?"

몇 걸음 걷다 그녀는 손을 슬며시 빼며 말했다.

"담배 떨어졌어. 사올게."

난 걸음을 멈추고 잠시 머뭇거리다 밝은 목소리로 말했다.

"내가 사올게, 잠시 기다려."

편의점에 들어가다 뒤를 돌아보니 그녀는 날 물끄러미 쳐다보고 있었다.

* * *

우리가 알게 되었던 것은 3년 전이었다. 그때 난 희라는 여자를 알게 되었다. 그리고 희와 함께 동거하는 그녀를 만나게 되었다. 셋은 친하게 되어 곧잘 어울렸다. 함께 여행을 갔고 함께 토론을 했으며 함께 술을 마시기도 했다. 비가 억수같이 쏟아지던 장마철, 셋

사라지는 것들

이 술을 마시고는 길바닥에 주저앉아 진실게임을 할 정도로 엉뚱하기도 했다. 우리는 뫼비우스의 띠와 같은 관계였다. 희는 헤어진 남자를 잊지 못했고 나는 희를 마음에 두었으며 그녀는 나를 좋아했고 그녀와 희는 가장 친한 친구였다. 이런 사실을 우린 숨기지 않았다. 도리어 이 네 가지의 관계가 충돌하며 일어나는 감정의 깊이와 사건들을 마치 프로야구의 순위 매기듯 체크하곤 했다. 그녀는 희와 관계된 여러 정보를 알려주며 나의 연애 전선을 독려하기도 했고, 난 감사한다며 희를 빼놓고 둘이서 술을 마시기도 했다. 물론 그러다 보면 어느새 희가 우리 곁에 앉아 있었고 둘의 밀담을 모두 알고 있다며 깔깔거리곤 했다. 우린 그렇게 1년을 보냈었다. 그러던 어느 날 희는 모든 연락을 끊은 채 갑자기 사라졌다.

    우리가 자주 찾던 술집은 근대역사관 근처의 대청로 옆 골목에 자리 잡은 곳이었다. 택시에서 내리자 아까와는 정반대의 을씨년스러운 거리가 펼쳐졌다. 부산의 얼굴과도 같았던 이 일대는 이미 도태되어 있었다. 술집은 간판이 바뀌어 있었지만 막상 안으로 들어서자 인테리어는 예전 그대로였다. 마주 앉아 소주와 안주를 시켰다.
"우리가 항상 앉던 자리다. 훗!"
"주인이 바뀌었나봐."
"그래도 테이블은 똑같네. 어디 보자…, 어, 여기 봐. 우리 이름 그대로 있다. 와, 신기하지 않아?"

 그녀가 가리킨 테이블 가장자리에는 그녀와 나의 이름이 희와 함께 적혀있었다. 그녀는 과장되게 웃었고 난 잠시 멈칫거리며 그녀를 바라보았다. 그녀는 아무렇지도 않다는 듯 술잔을 채우며 말했다.

"오늘 갑작스레 날 보자 한 이유가 뭐야?"

"동보는 못 갔고 문우당이라도 가볼까 하는데 같이 갈 사람을 생각하다 네가 떠올랐어."

"홍, 떠올라 버린 거겠지."

"전화번호가 그대로더라구."

 난 전화번호를 잊어버렸던 걸 숨기고 말했다.

"나 원래 가지고 있는 걸 잘 바꾸지 않잖아. 새로 뭔가 생겼다고 불편하지도 않은데 바꿀 필요는 없으니까."

"난 번호가 바뀌었는데…. 안 받을까봐 걱정했어. 왜 요즘 스팸번호도 많잖아."

"몰라, 실직 축하전화가 워낙에 많이 와서…."

 그녀는 젖은 목소리로 말했다. 그 말이 '난 그대로 널 기다렸는데 넌 왜 그렇지 않았니?'라는 것처럼 들려왔다. 그녀를 안본지 1년이 넘었지만 하나도 변하지 않은 모습이었다. 다만 지친 기색이 간간히 보여 서점의 마지막을 지켰던 피로가 남아 있으리라 넘겨짚을 따름이었다. 우린 말없이 소주를 마셨다. 안주가 식어갈수록 우리가 나눌 이야기는 쌓여만 갔다. 테이블에 새겨진 이름에 자꾸 신경이 쓰였다. 왜 이 술집으로 왔을까, 그냥 다른 곳에 갔다면 희를 떠올리지 않았을 텐데…. 난 이곳으로 온 것을 후회하고 있었다.

  희가 떠난 후, 둘만 남은 우리는 언제나 그랬듯 매일 만났다. 내가 서점으로 가기도 했고 내가 다니던 학원 앞으로 그녀가 오기도 했다. 그녀는 내가 말하는 모든 것에 고개를 끄덕였다. 단 희에게서 연락이 왔냐고 물을 때만 고개를 저었다. 우린 영화를 같이 보았고 밥을 같이 먹었고 술을 같이 마셨고 같은 책을 돌려 보았다. 우리 사귈래? 난 그렇게 말했고 그녀는 고개를 끄덕였다. 난 희가 있던 집에서 희와 살던 여자와 동거를 시작했다. 모든 게 좋았다. 다만 희가 없을 뿐이었다. 희는 이상한 사람이었다. 존재하지 않아도 우리 둘의 곁에는 항상 희가 있었다. 우린 말은 안 해도 희를 그리워하고 있었다. 그럴수록 서로를 더욱 세게 껴안았지만 결국 외로움은 점점 커질 뿐이었다.

"나…, 아까 네가 뭘 말하려 했는지 알고 있어."
드디어 그녀가 입을 뗐지만 난 가만 있었다.
"나 사실…, 희가 어디에 있는지 처음부터 알고 있었어."
그녀는 소주잔을 만지며 중얼거리듯 말했다. 그녀의 눈을 다시 보았지만 내리깔고 있는 시선에 눈동자를 볼 수 없었다.

"내가 거짓말 못하는 걸 알잖아. 내가 숨기는 걸 알면서도 넌 항상 모른 척했어."

난 대답하지 않고 담배에 불을 붙였다.

"잔인한 새끼."

그녀는 내가 피고 있던 담배를 뺏어 물었다.

"피던 담배 뺏는 건 여전하네."

그녀는 웃었다. 하지만 눈에는 눈물이 고여 갔다.

"그렇게 하나하나 아는 척 하지 마란 말야. 아무 것도 모르면서…."

뺨으로 눈물이 흘러내렸다. 술집의 문이 흔들릴 정도로 바람이 불고 있었다. 이제야 겨울이 다가오고 있음을 실감했다.

"희가 그렇게 떠났어도 우린 희를 탓하지 않았어. 도리어 그리워하기만 했지. 외로웠는지도 몰라. 희가 그랬어. 지금 아무리 외롭다고 느껴도 시간이 지나 곁에 있던 무언가가 사라지면 더더욱 외로워질 거라고. 그래서 이전의 외로움은 그리움이 될 거라고."

그녀는 혼잣말을 하듯 계속 말을 이으며 소주잔을 비웠다.

"희는 나쁜 애야. 결국 우릴 외롭게 했으니까."

그녀는 많은 술을 마셨고 많은 말을 하고 있었다. 난 차츰 그녀의 말을 그만두게 하고 싶어졌다.

"모두 떠나려고만 해. 그렇게 떠나고 떠나면 이곳은 차츰 더 외로워지겠지."

"그만 마셔."

 술병을 기울이는 그녀의 손을 잡자 그녀는 손을 뿌리쳤다. 난 그녀의 손을 더욱 세게 잡으며 말했다.

"그 외로움 때문에 나와 사귀었다고 말하고 싶은 거야, 헤어졌다고 말하고 싶은 거야?"

 그녀는 아까처럼 날 물끄러미 쳐다보았다. 날 바라보는 눈이 가끔씩 깜빡였다. 눈이 감겼다 떠지면서 검은 눈동자는 내게 집중되다 이내 흔들리곤 했다. 그때마다 표정을 어떻게 지어야 할지 어색해졌다. 그녀는 손을 빼며 조용히 대답했다.

"둘 다…."

 그녀는 내가 떠난 이유에 대해서 에둘러 이야기하고 있었다. 그녀는 우리 둘 다 희를 잊지 못했다는 말을 했지만 사실 그것은 나에게만 해당되는 이야기였다. 우리의 뫼비우스의 띠는 희가 사라진 다음 일방적 직선으로 바뀌어 있었던 것이다.

"내가 희를 좋아했던 건 맞아. 하지만 희가 떠난 후 너와 함께 지냈어. 넌 날 받아들여줬고 난 널 사랑했었어. 내가 널 떠난 건…, 그건 말야…."

 내가 말을 잇지 못해도 그녀는 다음 말을 기다렸다. 그리고 한숨을 쉬었다.

"나 취했어. 우리 그만 나가."

"몇 번이고 널 다시 찾아가려 했었어. 진짜야."

난 또 거짓말을 했다. 그녀를 달래고 싶었다. 그녀와 함께 있지 않으면 안 된다는 기분이 들었다. 다시 시작하고 싶은 건지, 단순한 욕망인지도 분간이 되지 않았다. 그녀는 아무 말도 하지 않았다.

 우린 술집을 나와 걸었다. 남포동 쪽으로 가고 싶었지만 그녀는 반대방향으로만 걷고 있었다. 그녀는 문득 걸음을 멈추더니 말했다.

"그만 가볼게."

"택시 타는 데까지 데려다 줄게."

"됐어. 그냥 갈게."

 그녀는 손을 흔들고 뒤로 돌아서서 걸어갔다. 그녀는 한 걸음씩 멀어지고 있었다. 따라가려 했지만 무언가가 막고 있는 듯 몸이 말을 듣지 않았다. 그렇게 나를 밀어내듯 걸어가던 그녀는 부산우체국 주변의 골목으로 들어가 버렸다. 그녀가 시야에서 사라지자 덩그러니 혼자만 남은 느낌이 들었다. 그녀를 다시 보지 못할 것 같은 허전함이 밀려왔다. 그녀를 잡고 싶은 마음에 발을 떼자 허공을 걷는 듯 다리가 휘청거렸다. 싸늘한 바람이 밀려와 나를 할퀴고 지나갔다. 그제야 정신이 드는 듯 했다. 걸음을 옮겨 골목 입구에 이르렀으나 그녀는 보이지 않았다. 점점 마음이 급해지고 발걸음이 빨라져 갔다. 어두운 골목을 통과하니 희미한 가로등의 40계단이 눈에 들어왔다. 이리저리 고개를 돌리며 살피자 계단의 중간쯤에 누군가 앉아 있는 게 보였다. 그녀였다. 난 안도의 한숨을 쉬고 그녀 곁으로 다가가 앉았다.

"바보야, 여기서 뭐하는 거야?"

난 그녀의 손을 잡았다. 그녀가 고개를 들자 슬픈 눈동자가 크게 보여 왔다. 그녀는 울고 있었다. 여전히 날 기다리고 있었다는 생각이 들었다. 난 무의식적으로 그녀를 안고 키스를 했다. 그녀는 잠시 거부했지만 곧 있지 않아 나의 입술을 받아들였다. 그녀의 체온과 숨결이 느껴졌다. 내가 입술을 뗐을 때도 그녀는 계속 울고 있었다. 고개를 옆으로 숙인 채 날 바라보지 않던 그녀가 말했다.

"왜…, 왜 하필 지금 찾아온 거니?"

* * *

그날 중앙동의 어느 모텔에서 나는 그녀와 잤다. 그녀는 따뜻했고 편안했다. 잠을 자다 잠시 깨었을 때 그녀는 나의 머리를 쓰다듬고 있었다. 냉정할 정도로 그녀를 찾지 않았지만 사실 그녀를 그리워했는지도 몰랐다. 이렇게 그녀는 항상 내 곁에 있어줄 거라 생각했다. 난 그렇게 다시 잠이 들었다.

내가 눈을 떴을 때 그녀는 이미 없었다. 허전한 마음이 들어 주위를 살피자 쪽지 하나가 놓여있었다.

〈며칠 여행을 다녀 올 거야. 사흘 뒤 문우당 서점에서 만나. 오후 2시.〉

난 그녀에게 전화를 했지만 꺼져 있었다. 무심코 쪽지를 버리려다 잘 접어 지갑 속에 넣었다. 시간을 보니 아직 이른 시간이라 씻고 미술관으로 바로 출근하기로 했다.

문서작업이 끝나고 나는 정보센터와 작별을 했다. 상상은 하나도 실천하지 못했지만 나와 정보센터 둘만의 비밀을 간직한 것 같아 약간 섭섭하기도 했다. 미술관의 남은 일은 전시할 그림을 청소하고 정리하는 것 외엔 우체국 심부름이나 초대장 봉투를 접는 등의 시시껄렁한 잡무가 대부분이었다. 미술관의 업무도 서서히 마무리되어가고 있었다.

사흘이 지났다. 몇 번이고 통화했지만 그녀의 전화기는 여전히 꺼져있었다. 큐레이터에게 말해 휴무를 얻었기에 집에서 여유 있게 나와 남포동으로 가는 버스를 탔다. 조금 서두른 탓에 오후 1시 30분쯤 남포동에 도착했다. 남포동은 오랜만이었다. 극장가엔 여전히 'PIFF'란 글자가 도배되어 있었다. 하지만 이제 국제영화제는 남포동의 것이 아닌 해운대의 것이었다. '영화의 도시 부산'이란 슬로건이 '영화제 말고 볼 것 없는 부산'이란 말 아니냐는 한 친구의 독설이 떠올랐다. 이곳에서 살아가는 사람들의 부산이란 어떤 것일까 생각하다 절대 'Dynamic' 하진 않다고 중얼거리며 쓴웃음을 짓고 말았다.

나는 길을 건너 자갈치 쪽으로 걸어가 문우당 서점으로 향했다.

사라지는 것들 151

동보서적의 마지막을 지켜보지 못한 미안함을 문우당 서점에서나마 풀 수 있는 게 그녀 덕분이라 여겨졌다. 입구에 서있었지만 오후 2시가 되어도 그녀는 나타나지 않았다. 전화를 하려다 꺼져있었던걸 상기하고는 서점 안을 살펴보기로 했다. 서점에 들어가자 매장 안은 한산했다. 폐업을 며칠 앞두었지만 매스컴에서 떠들었고, 책을 20% 이상 할인해서 북적일 거라 예상했는데 정반대였다. 다만 이 서점을 상징하던 큰 액자의 지도들을 내리느라 한 쪽이 분주할 따름이었다. 가만히 그걸 바라보고 있으니 쓸쓸한 마음이 들었다. 주위의 직원이나 몇몇 손님들도 멍하니 서서 그 장면을 지켜보고 있었다. 한 여직원이 눈물을 터뜨렸다. 그런데 어디서인가 갑자기 플래시가 터졌다. 울고 있던 여직원은 플래시가 터진 쪽을 노려보다 나가버렸다. 언론사의 기자가 사진을 찍은 모양이었다. 나도 모르게 인상이 찌푸려졌다. 여태까지 관심도 주지 않다가 정작 문을 닫는다고 하니 취재를 왔을 것이다. 내리고 있는 액자와 여직원의 눈물, 그만치 좋은 취재사진이 있겠는가 싶었다. 그러나 정작 이 곳에서 일하고 생활했던 사람들의 감정은 어떤 것일지….

그녀는 1시간이 지나도 나타나지 않았다. 아까의 여직원이 내 곁을 지나갔다. 플래시가 터지던 장면을 되새기다 문득 그 상황에 그녀의 모습이 투영되었다.

나와 그 사진기자는 뭐가 다를까? 그녀도 8년이 넘게 근무하던 서점의 마지막을 지켜보았을 것이다. 그 때 그녀가 느꼈을 감정에 대해 이해하는 척만 했지 깊게 생각해 본 적도 없었다. 2년 전 희가 떠났고 1년 전 내가 떠났고 이번엔 그녀의 직장이 떠났다. 그녀는 항상 제자리에 있었을 뿐이었다. 그리고 그녀는 기다려 주었다. 찾아오지 않는 떠나간 것들을.

그제야 그녀가 왜 문우당 서점에서 만나자고 했는지 알 수 있을 것 같았다. 그녀는 나에게 무언가 말하고 싶었던 게 아닐까? 그녀가 중얼거리듯 했던 말이 떠올랐다.

"모두 떠나려고만 해. 그렇게 떠나고 떠나면 이곳은 차츰 더 외로워지겠지."

순간 가슴이 횅해졌다. 이상한 예감이 들었다. 그녀에게 서둘러 전화를 했다.

〔지금 거신 번호는 없는 번호입니다〕

건조한 기계음이 들려왔다. 몇 번이고 다시 전화를 걸어도 마찬가지였다. 불현 듯 그녀가 떠난 건 아닐까 하는 불안감에 사로잡혔다. 당연히 곁에 있어주었던 사람, 잊고 있다가도 언제든 찾으면 그 자리에 있었던 그녀였다. 그런데 그녀가 사라진다면….

그렇게 저녁이 될 때까지 기다렸지만 그녀는 오지 않았다. 난 수십 번도 더 확인했던 전화결번 메시지를 다시 듣고 서점에서 나왔다. 어디로 가야할 지 갈피가 잡히지 않았다. 차가운 바람이 불어왔다.

그녀의 목소리가 들리는 듯 했다.

"희가 그랬어. 지금 아무리 외롭다고 느껴도 시간이 지나 곁에 있던 무언가가 사라지면 더더욱 외로워질 거라고. 그래서 이전의 외로움은 그리움이 될 거라고."

 한 달이 지나갔지만 그녀가 어디 있는지 알 수 없었다. 난 종종 그녀가 남겼던 쪽지를 꺼내보곤 했다. 쪽지를 버리려고 했지만 버릴 수가 없었다.
 문우당 서점은 예정대로 사라졌고 그녀도 사라져 버렸다. 사흘 뒤에 만나자는 약속은 이제 언제가 될지 알 수 없었다. 하지만 어느 사이엔가 난 외로운 사람이 아닌 그리운 사람이 되어 있었다. 이젠 내가 기다려야 할 차례였다. 그녀의 여행이 얼마쯤 늦어질 지는 아무도 모를 일이었다. 쪽지를 보고 있노라면 글씨가 희미하게 흐려질 때가 있었다. 눈물이 났는지도 모른다.

램프불 옆 에드워드

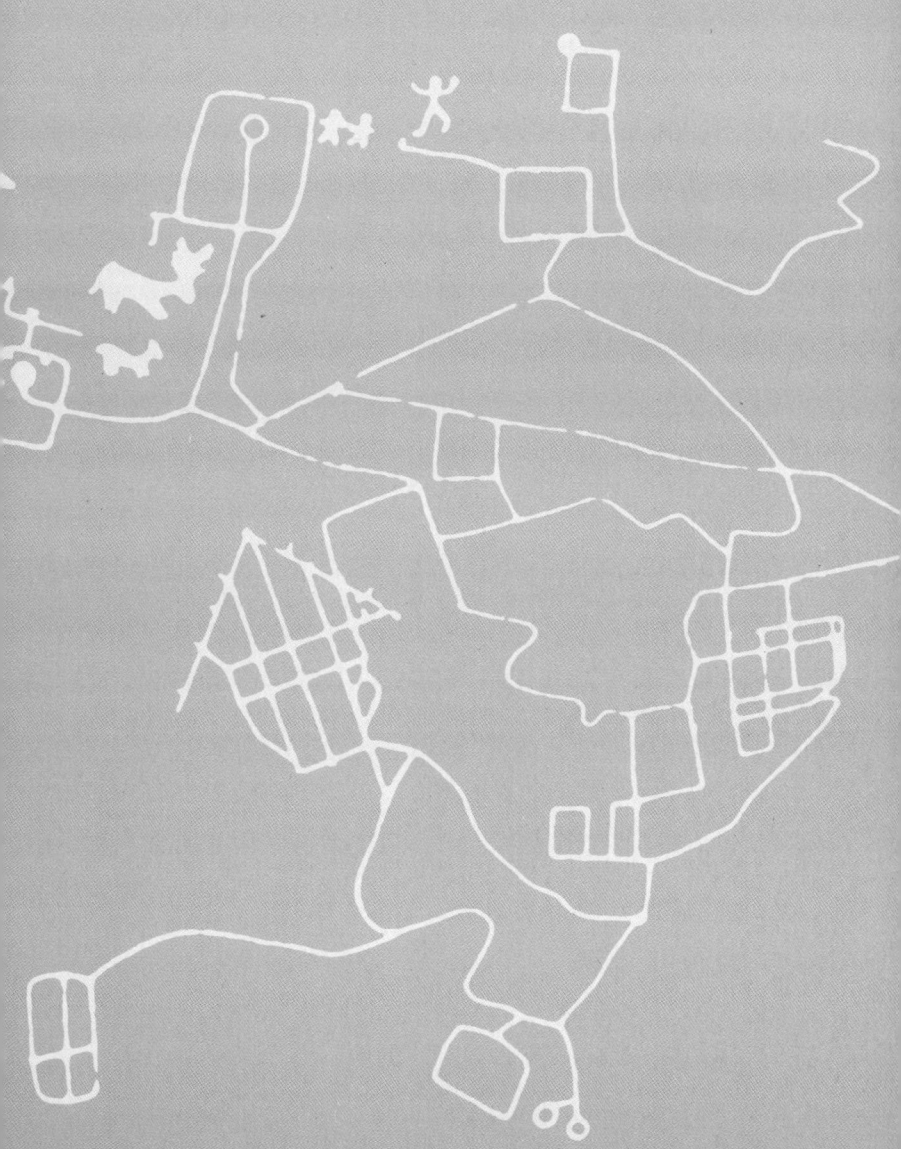

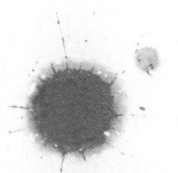

나는 여러분에게 에드워드라는 사나이의 이야기를 하려 한다. 나는 그의 이야기를 하기 위해 그가 꿈에 나타날 때마다 많은 메모를 남겨 두었고 그것을 정리했다. 그 속에는 그와 만난 희한한 상황들과 그의 말도 안 되는 이야기, 그리고 둘이 나누었던 대화들이 담겨 있다. 어느 것부터 이야기해야 할까? 여러분은 중구난방의 이 이야기를 읽던 중, 책을 덮고 욕을 할지도 모른다.

"나 이런 병신 같은…!"

아주 좋은 자세이다. 사람들은 유치하다 할지라도 어떤 이유나 논거가 있는 이야기를 좋아한다. 하지만 이 이야기는 온전히 나의 꿈에서 시작하여 꿈으로 끝나는 이야기이다. 나 자신도 에드워드란 사나이의 정체를 잘 모르는 정도니까. 이건 뭐, 뱀파이어도 아니고 불사신도 아니다. 그렇다고 그런 불멸의 캐릭터와 중첩되는 이미지가 없는 것도 아니니까 면밀히 따져 온다면 뭐, 할 말이 없기도 하다.

그런데 말이지, 그런데도 불구하고, 어쩔 수 없이, 아아 미치겠지만, 결국,

나는 그의 이야기를 써야 했다. 그 이유는….

에드워드는 자신이 살아있는지 죽어있는지 모른다고 말했다. 나 또한 그가 산 것인지 죽은 것인지 알지 못한다. 그가 애초에 존재조차 하지 않는지도 모를 일이다. 하지만 그런 사실은 중요하지 않다. 분명한 것은 에드워드가 끊임없이 이야기를 했었다는 점이다. 그 내용이 십자가의 방패를 낀 아더왕이 안드로메다 나이트에서 부킹하는 것이라 할지라도 내 귀에 그의 목소리가 울렸던 것은 분명했다. 그렇다고 몸이 체감하는 것만 믿어서도 안 된다. 그와 얘기하고 있는 순간이 꿈이라는 걸 명확히 알고 있기 때문이다. 그게 무슨 소리냐고 성급하게 따지지 말고 내 이야기를 잘 들어주길 바란다.

일단 에드워드의 정체를 밝히자면 그는 실제인물이 아니라 내 꿈 속에 등장하는 인물이다. 물론 나도 꿈이란 놈의 속성을 잘 알고 있다. 대부분의 꿈이 그렇듯, 제 아무리 생생한 4D 입체화면의 꿈

일지라도 눈만 살짝 뜨면 현실이란 악당은 꿈을 산산조각 내려 달려든다. 잠에서 깬 이가 잠시 어리벙벙할 수도 있겠지만 그것은 순간이다. '끄응!' 하는 기지개 한 번에 가엾은 꿈의 운명은 저 망각의 휴지통으로 던져지게 되어있다. 하지만 에드워드의 꿈은 달랐다. 그는 첫 등장부터 예사롭지 않았다. 도저히 잊어버릴 수 없을 만큼 그의 이미지는 강렬했다.

 그래서, 어쨌든 간에, 닥치고,

 본론은 에드워드다. 나는 그와의 만남이 어디에서부터 시작되었는지에 대해서 먼저 이야기하려 한다.

 그를 처음 본 곳은 1937년에 가라앉은 난파선 사라 인베인저 호의 선실이다. 다소 뜬금없겠지만 나는 꿈속에서 난파선을 탐사하는 탐사대원이 되어 있었다. 나의 임무는 해양탐사 잠수정을 타고 깊은 심해 속의 사라 인베인저 호를 인양하는 것이었다. 배 전체를 끌어올리지 못하고 일부분을 절단해 인양하는 작업은 순조롭게 진행되는 듯 보였다. 그러나 80년 이상을 바닷속에서 지낸 배는 이미 사람의 것이 아닌 바다의 것이었다. 절단 공정의 60%가 진행되었을 무렵, 바닥에 처박혀 솟아있던 배의 후미가 와해되는 사고가 일어났던 것이다. 절단된 후미는 순식간에 잠수정을 덮쳤고 잠수정은 거꾸로 세운 컵에 들어간 듯 내려앉은 배의 후미부위 속에 갇혀버리게 되었다. 선박인양 프로그램에 의해 철저히 계산된 수치는 깊은 심해 속에서 무용지물이었다. 남아 있는 산소는 5시간, 구조팀이 온다고 해도 생명을 건지기엔 촉박한 시간이었다. 충격 때문인지 무전이 되지 않았고 라이트가 작동되지 않아 주위는 캄캄한 어둠만이 존재했다. 내 머릿속에서 상상하지 못했던 감금의 형태는 잠수정과 난파선의 후미와 물과 암흑으로 이루어져 죽음보다 더한 공포와 고통을 가져다주었다. 두려움에 떨던 나는 압박감을 견디지 못하고 라이트와 보조라이트의 스위치를 미친 듯 눌러댔다. 다행히 전원이 다시 연결되었는지 라이트의 불이 들어오자 심해의 암흑이 어느 정도 걷히기 시작했다. 여객선이었던 난파선의 후미는 아직 선실의 모습을 유지하고 있었다. 그러나 그것은 죽음의 세계였다.

 빛에 모습을 드러낸 심해 속 인공 구조물은 기괴하기만 했고, 금방이라도 무언가 튀어나올 듯한 새로운 공포가 나를 사로잡았다. 나는 그런 나의 상태가 당연한 것이라 몇 번이고 되뇌며 자신을 다독였다. 그렇지만 그러면 그럴수록 신경질적으로 눈에 걸리는 무언가가 있었다. 그것은 선실 한 쪽에 딸려있는 문이었다. 배의 선실과 이어지는 전형적인 형태의 그 문은 사람 얼굴 크기 정도의 둥근 유리창이 달려 있었다. 보고 싶지 않은 것은 희한하게도 눈에 더 잘 들어오기 마련이다. 공포영화에서 제발 좀 고개를 돌리지 말라고 빌면 주인공은 꼭 고개를 돌리고, 돌린 방향에선 살인마가 쾅! 하고 등장하는 법이다. 나는 잠수정에 갇힌 채 덜덜 떨면서도 그 유리창만은 절대 보지 않으려 했다. 유리창 너머에서 무언가가 날 바라보는 시선이 느껴졌고 분명 뭔가 있다는 예감이 들어서였다. 하지만 망할 놈의 호기심은 차츰 나의 공포를 희석시키며 무모한 용기마저 들게 만들었다.

"의지가 약해지면 안 돼, 5시간 안에 구조팀은 반드시 온다. 저깟 유리창쯤 별것 아니라구, 쳐다봐, 까짓것!"

그건 공포를 이겨내야만 여기서 살아나갈 수 있다는 일종의 주문과도 같았다. 악마의 속삭임과 같은 호기심의 설득에 난 결국 굴복하고 말았다. 나는 힘차게 호통을 치며 고개를 들어 유리창을 응시했다. 그리고…, 이 세상의 모든 고통을 짊어진 듯한 하얀 얼굴이 둥근 유리창 너머에 있는 것을 확인하고 말았다. 심지어 그가 남자인 것도 알아 봤고 날 정면으로 응시하고 있다는 것도 눈치채 버렸다.

"뭐, 뭐야? 으아아악!"

짧지만 차라리 시체였으면 좋겠다는 생각도 했다. 하지만 그런 기대를 하자마자 놈은 몸부림치며 창문을 두드렸다.

"우와아아, 살아 있다, 으아아악!"

그렇다면 제발 문을 열고 나오지만 말라는 생각도 했다. 하지만 놈은 이제야 열린다는 표정으로 문을 열고 헤엄쳐와 잠수정 유리창을 두드리기 시작했다.

"으아아…, 켁켁, 으아아! 켁켁!"

목이 아파 비명도 나오지 않고 기침만 튀어나왔다. 심해 200미터의 난파선에서 살아있는 사람이라니…. 눈이 튀어나오고 심장이 터질 지경이었다. 잠수정을 두드리던 사나이는 거꾸로 내려앉은 배의 주위를 살피고 다시 내 앞에 모습을 드러냈다. 이미 질릴 대로 질린 나는 비명을 지를 힘조차 없어 멍하니 그를 바라보았다. 그의 얼굴은 태양을 한번도 보지 못한 것처럼 새하얬다. 하지만 고통으로 이지러진 얼굴은 아까와는 다른 또 하나, 절망이란 것을 더 얹어놓고 있었다. 신기하게도 그의 표정을 보자 방금까지 나를 억누르던 공포가 조금씩 사라져갔다. 대신 말할 수 없는 슬픔이 그 자리를 메워왔다.

난 뭔가에 홀린 듯 자리에서 일어나 조종석 앞 유리창으로 서서히 다가갔다. 그는 뭔가를 말하려는 듯 입을 벙긋거리다 작은 돌조각을 주워오더니 잠수정의 유리창을 다시 두드렸다. 그 행동은 유리창을 깨려 한다기보다 무언가를 알리려는 몸짓이란 걸 알 수 있었다. 잠수정을 울리는 소리의 파동이 모르스 부호라는 걸 알게 된 건 1분이 채 지나지 않아서였다. 나는 그의 신호를 재빨리 받아 적었다. 그것은 그와 나의 첫 대화이기도 했다.

『구해줘.』

난 그에게 대답하기 위해 방법을 찾다 보조등 하나를 껐다 켜며 모스 부호로 답했다.

『사고다. 당신을 구할 수 없다.』

불빛을 쳐다보던 그의 일그러진 얼굴이 다시 유리창으로 향했다.

『너무 아프다. 제발.』

뜻밖의 대답에 뭐라고 할지 몰라 망설이는 내게 또 다른 신호가 울려왔다.

『올해가 몇 년인가?』

『2014년』

나의 대답에 불빛에 비친 그의 얼굴은 더욱 괴로워졌다.

『80년 동안 갇혔다. 제발 구해다오.』

80년! 난 잠시 충격에 빠졌다. 과연 내 앞에 있는 이 사나이의 정체는 무엇이란 말인가? 경외감이란 말이 있다. 인간이 인지하고 상상하는 그 이상의 것이 현실로 등장하면 사람은 공포를 벗어나 경외감을 느낀다고 한다. 그때의 내가 그랬다. 단 1분 1초도 견딜 수 없는 이 심해에서, 80년을 갇혀 있었다고 말하는 사나이가 물속에서 몸부림치며 내 앞에 있었다. 난 문득 섬뜩한 오한에 몸을 부르르 떨었다. 내가 이미 그의 존재를 어렴풋이 알고 있다는 생각이 들어서였다.

불사와 재생의 육체, 그러나 그대로 존재하는 육체의 고통…. 그러나 그뿐, 가슴을 가득 채우는 슬픔은 도무지 이해할 수 없는 것이었다.

그때였다. 무전이 되지 않던 무전기에서 소리가 흘러 나왔다.

"T200, T200, 들리는가?"

"여기는 T200, 여긴 무사하다. 선체 후미에 갇혀 있다."

재빠르게 무전에 응하자 희소식이 들려왔다.

"구조 잠수정이 내려가 선체를 절단할 것이다. 조금만 참아라."

"롸저, 그리고…."

난 문득 사나이의 존재를 알리면 안 된다는 생각을 했다. 그의 존재가 알려지면 곤란한 일들이 발생할 것이다. 난 일단 교신을 끊고 그에게 사정을 알리기로 했다. 사나이는 초조하게 날 기다리고 있었다.

『구조팀이 온다. 그러나 당신을 얘기하진 않았다.』

그는 당연하다는 듯 고개를 끄덕이고 유리창을 두드려 의사를 전달했다.

『막힌 선체를 뚫는가?』

『그렇다. 당신의 능력으로 탈출할 수 있겠는가?』

『고맙다. 숨어있다 당신이 나간 후 탈출하겠다.』

"T200, 선체를 절단하겠다."

무전기에서 다시 교신이 들려왔다. 난 급히 무전을 받느라 사나이의 모습을 확인하지 못했다. 보조등으로 다시 신호를 보내보았지만 그는 돌아간 문에서 모습을 나타내진 않았다.

그로부터 1시간이 되지 않아 잠수정이 나갈 수 있는 구멍이 뚫렸다. 나는 죽음의 공간에서 탈출할 수 있었다. 살아났다는 안도감과 기쁨에 가슴을 쓸어내리면서도 나는 심해 쪽을 바라보며 사나이의 행방을 찾았다. 심해는 여전히 어둠 속에서 사나이를 놓아주지 않고 있었다. 그는 마지막 고통을 견디며 탈출의 시간을 기다리고 있는 것일까? 끌려 올라가는 잠수정과 해상 위에서 내려쬐는 햇살, 사람들의 목소리, 그리고 사나이에 대한 걱정, 그 모든 것들이 한데 뭉쳐져 가슴을 두드리기 시작했다. 한 번, 두 번, 세 번, 두드림의 강도가 커질수록 나는 현실로 다가갔다.

'꿈이었구나, 꿈이었구나, 꿈이었구나…!'

눈을 뜨고 현실로 돌아오자 이 모든 사건은 그저 꿈에 지나지 않게 되었다. 그러나 올곧이 남아있는 꿈의 체험은 이불 속의 나를 흠칫 놀라게 했다. 나를 두드렸던 것은 다름 아닌 그의 메시지였다. 가슴은 그의 메시지를 기억하며 그때까지도 두근두근 울리고 있었던 것이다. 나는 알 수 없는 벅찬 감정에 몸을 일으켜 고개를 들었다. 천장은 어느새 해면이 되었고 거기에선 빛이 내려쬐었다. 내가 그쪽으로 손을 뻗자 사나이의 손이 내 손을 대신해 힘차게 물속을 저어나갔다. 80년의 감금에서 해제되어 빛을 향해 솟아오르는 사나이의 모습은 아름다웠다. 그 눈부신 광경을 견딜 수 없어 눈을 감고 다시 떴을 때, 나는 또 한 번 현실로 돌아왔다. 해면은 이미 천장이 되었고 뻗었던 손은 천천히 제자리로 돌아왔다. 그러나 가슴에 남아 있던 울림은 계속해서 그의 메시지를 전해왔다. 나는 가슴에 손을 얹고 조용히 그의 메시지를 중얼거렸다.

"우린…, 다시…, 만날 것이다. 내 이름은…, 에드워드."

그와의 첫 만남에 대한 이야기가 끝이 났다. 갑자기 판타지 소설이 되었다고 꾸짖지는 마시기 바란다. 어차피 어디로 튈지 모르는 꿈속 이야기가 아닌가?

그런데 한 가지 짚고 넘어갈 것이 있다. 그것은 꿈임에도 불구하고 여러 가지 상황들이 이후에 들려줄 이야기와 너무 잘 들어맞는다는 것이다. 결국 꿈에서 깨어 메모를 남길 때 나의 이성적 상상력이 개입했을 가능성이 크다는 말이다. 난 별 수 없는 소설쟁이니까…. 사실 그렇다. 내가 에드워드의 이야기를 여러분에게 하고 있다는 것도, 꿈을 'To be continued!' 하며 이어갔던 것도, 그놈의 이성적 상상력이 개입한 이유가 크다. 그런데…, 난 그 사나이를 생각하면 할수록 약간 불안해지고 제법 슬퍼지기도 하며, 어쩔 땐 그 사나이로 인해 깊어진 내 철학적 사고를 대견해 하기도 한다. 그 사나이는 나에게 많은 영향을 주었고 많은 이야기를 했으며 항상 내 주위에 있는 듯 신경 쓰이게도 했다. 그리고 어느 날인가 그는 갑자기 사라져 버렸다. 아니, 사라졌다기보다 내 곁을 떠났다고 표현하는 게 더 맞는 말인지도 모른다. 이랬든 저랬든 그건 뒤에 있을 일이다. 이번에는 에드워드의 재등장에 대해 이야기할 때이다.

첫 만남의 꿈에서 에드워드가 아무리 강력한 이미지를 발산했더라도 그건 결국 꿈에 지나지 않는 것이었다. 나는 약간은 고통스럽고 약간은 슬펐지만 현실의 삶을 잘 살아나갔었다. 그런데 에드워드는 계속해서 꿈에 등장해 나를 찾기 시작했다. 처음 몇 번 에드워드의 꿈을 꾸었을 때 '뭐 이딴 개꿈이 다 있어?', '이 자식 또 나왔네?'하고 가볍게 잊어버렸던 게 사실이다. 그러자 이 사나이는 나와 만나기 위해 새로운 방법을 모색했다. 그는 잠이 드는 순간마다 나타나 나를 괴롭혔다. 그 반복적인 등장은 꿈이란 단어와 에드워드를 치환하지 못하도록 만들어 버렸다. 즉, 꿈을 꾼다기보다 그를 만난다고 여기게 했던 것이다.

 나는 나대로 치열하게 그를 만나지 않으려는 시도를 해보았다. 가위를 베개 밑에 넣기도 했고, 잠자리의 방향을 바꾸기도 했다. 꿈을 조정할 수 있다는 얘기를 듣고 영화나 노래를 듣고 자기도 했으며 심지어 포르노를 틀어놓고 잔적까지 있었다. 하지만 자지 않는 것을 제외한 모든 방법을 그는 우습게 뛰어넘어 버렸다. 마치 나의 꿈 따위는 마음대로 조정할 수 있는 통신수단쯤으로 여기는 듯 보였다. 그렇게 모든 반항이 무산되자 나는 일단 그를 받아들이기로 했다. 나도 내 의지를 가지고 그와 만나기로 결심했던 것이다. 하지만 에드워드는 그것조차 허용하지 않았다. 그는 강렬한 이미지들로 날 옭아매어 잠시도 딴청을 피울 수 없도록 만든 후에야 자신의 이야기를 하나씩 털어놓았다. 이미 나의 꿈은 내 것이 아닌 에드워드의 것이었다. 꿈속의 모든 상황은 갑의 입장인 에드워드의 의도에 의해 을의 입장인 내가 따라가는 형식이었다. 이런 지경에 이르자 그의 존재는 차츰 현실의 삶까지 잠식하기 시작했다. 어떠한 결정을 내릴 때 에드워드의 경험이 내 선택에 영향을 끼치는 일마저 생겨났다.

 햇살이 좋은 어느 날이었다. 버스의 빈 좌석에 앉은 나는 이 사나이와의 관계를 어떻게 할 것인지 곰곰이 생각하고 있었다. 그것은 사뭇 진지한 것이어서 주위를 둘러 볼 여유조차 갖지 못할 정도였다. 공교롭게도 그런 와중에 버스에 갓 탑승한 할머니가 내 곁으로 다가왔던 모양이다. 생각의 끈을 계속 이어갔음에도 나의 오감 중 어느 하나가 다행히 할머니의 존재를 알아차렸다. 평소 어지간한 경우가 아니면 흔쾌히 어른에게 자리 양보를 해왔었던 나였다. 나는 대한민국 유교 사회에 어느 정도 세뇌되어 있기 때문에 내 육체나 감정에 관계없이 거의 기계적으로 자리 양보를 하곤 했었다. 어떤 때는 그런 과정에서 오고가는 '고마워요.'와 '괜찮습니다.'에 뿌듯한 감동을 느낀 적도 있었다. 그날도 나는 할머니에게 자리를 양보하려 했다. 말 그대로 당연하게! 그런데 에드워드의 말이 뇌리를 스치고 지나갔다.
 "늙는다는 것은 자신이 느끼는 게 아냐. 주위 사람들이 그 사람을 늙었다고 느끼게 하는 거지."
 순간 나의 고민이 시작되었다. 내가 자리를 양보함으로 이 할머니를 늙었다고 느끼게 하는 건 아닐까? 할머니는 잠시 자리에 앉는 즐거움보다 '내가 이제 늙었구나. 자리 양보나 받는 퇴물이 되었구나….' 하는 우울을 갖게 되는 건 아닐까? 달리는 버스 속에서 나의 고민은 빠르게 진행되었다. 이런 내 생각과 관계없이 팔과 다리는 양보를 종용하며 기계적으로 움찔거리는 중이었다. 아아, 나의 선택은….

"할머니, 여기 앉으세요."

갑자기 뒷좌석에서 이런 말이 튀어나왔다. 할머니가 고개를 돌리곤 말했다.

"아이고, 고마워요."

"괜찮습니다."

눈에 보이지 않는다고 모두 안 보이는 것은 아니다. 나의 뒤통수는 할머니가 살짝 째려보는 것과 날 향한 사람들의 곱지 않은 시선 모두를 느꼈다. 나의 고민은 이 사태를 어찌 하나로 바뀌었고, 왠지 모를 후회와 죄책감에 얼굴이 붉어졌다. 내가 할 수 있는 것은 '눈감고 자는 척하기' 밖에 남지 않았던 아주 슬픈 상황이었다.

'자리 양보는 타이밍이다!' 따위의 이야기를 하려는 것이 아니다. 문제는 에드워드다. 에드워드, 에드워드…!

"이봐, 이제 일어났나?"

에드워드는 둥근 책상 앞에 앉아 종종 이런 말을 했다.

'이제 일어났나?' 라니….

분명 잠이 들어 꾸는 꿈인데도 불구하고 에드워드는 항상 같은 말로 나를 마중했다. 그 말만 듣고 나면 꿈을 꾸는 것인지 꿈에서 깬 것인지 나는 혼란스러워졌고, 이야기의 주도권은 이미 에드워드에게로 넘어가 있곤 했다.

이 꿈의 대화 중 가장 특이한 점은 나의 이해력이었다. 에드워드의 이야기는 못되게 말해서 기승전결도 없는 중구난방의 우울한 서사에 불과했다. 그러함에도 나의 영민한 두뇌는 우울의 포인트를 정확히 포착하고 있었다. 심해에서의 첫 만남 이후, 두 번째의 만남이 그 좋은 예이다.

그는 서양의 범선처럼 치장해 놓은 방에서 둥근 책상 앞에 앉아 흔들리는 램프의 불을 조절하며 이 말을 먼저 던졌다.
"이봐, 이제 일어났나?"
앞에서 미리 말했듯 저 말을 듣고 나자 당장 내가 서있는 곳이 어딘지 부터 헷갈리고, 장주지몽(莊周之夢)인지 호접지몽(胡蝶之夢)인지 이상한 상태가 되어버렸다. 그 와중에 촌철살인과 같은 한 마디가 에드워드의 입에서 떨어졌다.
"무려…, 80년이야."
그랬다. 죽을 수도 없고, 죽지도 않으며, 죽더라도 다시 태어나는 그는 저 깊은 심해의 뱃속에 갇히는 운명에 처했던 적이 있었다. 문제는 80년이란 한 마디에 그 모든 고통을 내가 이해하고 있다는데 있었다. 아아, 나는 왜 말 한마디에 모든 걸 알아들어 버렸을까? 이후의 이야기는 이미 이야기가 아닌 고통을 되새기는 형벌에 지나지 않았다. 그의 이야기는 생각하기 싫은 고통들을 하나하나 지적해가는 형식이 되어갔다. 그 고통의 지적들은 에드워드 자신에 대한 소개라고도 할 수 있는데, 말이 나온 김에 에드워드에 대한 정확한 소개를 간략하게 하려한다.

에드워드는 불멸 재생의 삶을 살아간다. 67세가 되면 죽지만 23살의 나이로 항상 태어나고, 죽기 전 갖고 있던 모든 기억을 그대로 가지고 태어난다.
누구나 꿈꿀 법한 청춘의 재생!
그러나 그 영원한 삶은 슬프다. 재생되는 삶은 그에게 희망이란 단어를 제거한다. 설렘과 기대 따위는 이미 존재하지 않게 된다. 더 절망적인 것은 모든 세상의 지식을 다 알고 있다는 점이다. 덕분에 두려움마저 사라지고 없다. 단 하나 두려운 것이 있다면 끊임없이 이어지는 삶을 사람들과 동떨어져 지속해야 한다는 것이다. 그건 외로움, 고통이다. 그것이 항상 그를 압박한다. 게다가 사람을 사랑할 수 없다. 사랑해버린다면 그들은 너무나 일찍,
죽는다!
에드워드는 고통을 느낀다. 그는 고통을 싫어했다고 한다. 하지만 어느 순간부터 그는 그런 고통에 무감해졌고 어떤 때는 그런 고

통을 즐기기도 한다. 그는 아무리 심한 고통도 자신을 죽이지 못할 것을 안다. 그러니까 그 고통은 몸의 반응에서 끝날 뿐 공포를 가져다주지 못한다.

그는 흔들리는 램프 불에 손을 넣었다 빼고를 반복하며 이렇게 말했다.

"그건 대단히 슬픈 일이야. 생에 대한 일말의 애착조차 허용하지 않기 때문이지."

고참에게 매일 맞던 쫄병이 한 대도 안 맞고 하루를 넘기자 이불 속에서 방긋 웃었다는 이야기를 들은 적 있다. 세상의 기쁨 중에는 700원짜리 라면을 먹다 800원짜리 라면을 먹을 때 느끼는 기쁨 같은 것도 있는 법이다. 그리고 그것은 극한의 한계에 처하더라도 앞으로 더 나아질 것이란 희망이 있을 때 존재하는 기쁨이다. 그 다양한 기쁨 속에 완벽히 들어가려면 실제 고통 속에 들어가 있어야 서서히 나아지는 발전의 기쁨을 느낄 수 있다. 그러나 에드워드는 모든 것을 가졌고 그런 체험을 다만 선택할 뿐이다. 그리고 거기에서 겪는 체험의 기쁨은 점점 닳고 닳아 결국 채울 수 없는 공허한 가슴만 남기고 만다.

에드워드에 대한 소개는 사실 간략하지도 않을뿐더러 폭력적인 반복만이 존재한다. 우리가 가지지 못한 삶을 설명하려다 보니 고통에 대한 비교만 있을 뿐이다. 진행상 중간 요약의 시점이지만 여러분에게 미안한 감정이 들 정도로 저 고통의 하소연은 일방적이고 이질적이다.

"그런데 어쩌라고?"

누군가는 비웃으며 그렇게 물어올 지도 모를 일이다. 나 또한 그런 의문을 가진 적이 있었다. 그건 의외의 반항적 심리를 가지게 만들었다. 매일 에드워드의 우울에 결박되어 있던 나였기에 의문이 생겨난 이후 그를 뿌리치고 싶은 욕망은 점점 커져만 갔다. 이미 그 고통의 나열에 질릴 대로 질린 상태이기도 했다. 어느 날인가 얼굴 가득한 슬픔을 향해 나는 큰 소리로 외치고 말았었다.

"닥쳐, 그만해! 어쩌라고?"

에드워드의 표정이 생각난다. 그건 슬픈 것도 기쁜 것도 아니었지만 딱히 아니라고 말할 수도 없는 것이었다.

"안 죽으면 좋지, 무슨 불만이 그리 많아? 난 한 번이라도 그래봤으면 좋겠네!"

말을 하면서도 말이 심하다고 느끼긴 했다. 그의 고통을 하나도 이해하지 못한 것도 아니었다. 하지만 내친 김에 뱉은 말들은 항상 주워 담지 못하는 법이다. 나의 뜻밖의 대응에 에드워드는 조용히 일어났다.

"이봐, 나와 같은 능력을 갖고 싶다면…, 줄 수 있네. 다만 날 이해하고 싶은 거라면…."

그가 다가와 손을 내밀었다. 그때였다. 그의 표정이 더 슬퍼졌고 더 기쁨짐을 느낄 수 있었다. 그것이 무엇을 뜻하는지 나는 어렴풋이 알 수 있었다. 그러자 온몸에 소름이 끼쳐왔다. 그는 자신의 삶을 내게 넘겨주려 했던 것이다. 그의 의도를 간파했음에도 불구하고 마음 속 한 쪽에선 욕망이 꿈틀거리기 시작했다.

불멸 재생의 삶!

망설이던 나의 손이 점점 그를 향해 뻗어갔다. 떨리는 손이 그의 손을 잡으려던 순간 에드워드의 표정이 다시 바뀌었다. 그의 얼굴은 맹수가 포효하듯 일그러졌고 내밀었던 그의 손은 도리어 나의 손목을 덥석 잡아채었다.

"바보 같은 놈!"

그의 외침이 들려옴과 동시에 멀어져 갔다. 그 외침은 나를 향한 것이었을까, 자신을 향한 것이었을까? 내 온몸엔 무언가가 끼어 들어오기 시작했다. 그것은 전쟁과도 같이 치열했다. 나는 에드워드가 되고 에드워드는 내가 되고 있었다. 우리는 점점 격렬하게 하나가 되어갔다. 그리고 에드워드의 삶이 나와 하나가 되었다고 느끼자마자 나는 빛과 같이 어느 곳으로 빨려들었다.

정신을 차리니 그곳은 내가 근무했었던 한 학원의 교무실이었다. 복사기가 요란한 소리를 내며 무언가를 열심히 찍어냈다.

"이것 한 번 드셔보세요. 몸이 산뜻해 질 거예요."

내 자리 옆의 선생에게 영업사원 하나가 붙어 녹즙을 권하고 있었다. 그녀는 내 자리로 얼른 다가와 팩 하나에 빨대를 꽂아 건네며 말했다.

"선생님 얼굴색이 안 좋네요. 하나 드셔보세요."

얼떨결에 녹즙 팩을 받아들고 주위를 살피자 같이 근무했었던 동료 선생들이 대화를 나누고 있었다.

"이거 술 마신 다음날 좋겠군."

"허구한 날 마셔대니 몸이 견뎌나나? 난 집에서 녹즙 받아먹는데 이거 좋더라구."

"암이나 당뇨에도 좋아요."

그때 선생 하나가 나에게 말을 걸었다.

"배 선생도 건강 챙길 겸 하나 받아먹지 그래?"

순간 나는 그의 말을 이해할 수 없었다.

"나, 난…."

가슴 속 한 구석에 구멍이라도 난 듯 외로움이 쏟아졌다. 그와 함께 공허하고 집요한 어둠이 달려들기 시작했다. 녹즙과 그 선생을 번갈아 쳐다보며 무언가 대답하려했지만 혀는 그 어둠의 무게를 이겨내지 못하고 굳어져만 갔다.

"하하하, 그 사람, 이제 몸 생각 좀 해. 뭘 그리 고민해?"

몸 생각을 해?

그 말 하나가 갑자기 큰 상처가 되어 다가왔다. 더 나아질 것도 더 나빠질 것도 없는 육체는 작은 녹즙 팩으로 유발된 대화에서도 철저히 소외되고 있었다. 일상의 하찮은 대화마저 에드워드의 삶속에선 끊임없는 소외의 언어뭉치들이었다. 죽음에 대한 공포가 없는데 건강에 대한 준비가 무슨 소용 있으며 현재 자신의 상태에 대한 안도가 어떻게 있겠는가? 에드워드가 되어 버린 내 가슴은 에드워드를 대신해 끊임없이 절망을 속삭였다.

'이 세상 그 무엇이라도 기쁨을 주지 못한다. 나는 모든 걸 경험했고 모든 걸 할 수 있다. 실패의 두려움마저 없다. 실패하면 어때? 죽으면 어때? 또 살아나면 그 뿐인데. 아까울 것 없는 시간이다. 아끼고 안타까워하는 소중한 가치란 존재하지 않는다. 불멸 재생의 삶은 무한한 기회만 있을 뿐 거기에 따른 성취감과 만족은 유한할 뿐이다!'

교무실이 옅어져 갔다. 나는 유령에 이끌린 스크루지 영감처럼 또 다른 곳으로 가 있었다. 그 곳은 대도시의 중심가였다. 행복한 사람, 즐거운 사람, 고민하는 사람, 절망하는 사람…, 수많은 사람들이 분주하게 나를 스쳐 지나갔다. 당황스럽게도 그 사람들 하나하나의 생각과 감정들이 나에게 흘러들어 오기 시작했다. 그것은 대단히 혼란스런 경험이었다. 내가 겪어보지 못한 갖가지 삶들이 가슴 속 에드워드를 통해 펼쳐졌다. 하지만 나는 그런 혼돈에 금방 익숙해졌다. 놀랍게도 그들의 삶이 하나하나 정리되어 인지되었던 것이다. 나는 걷기 시작했다. 더 많은 사람들의 삶이 나를 향해 쏟아졌다. 사람들은 제각각 자신이 갈 곳을 향해 움직였다. 그들

사이로 한참을 걷던 나는 결국 걸음을 멈추고 말았다.

"어디로 가야 하지?"

가슴 속 에드워드는 대답하지 않았다. 또다시 외로워지기 시작했다. 나는 그것이 에드워드의 대답이란 걸 알게 되었다. 사람들은 하나같이 무언가 추구하고 있었고 그것은 가깝고 먼 것에 관계없이 하늘의 별처럼 가슴 속에서 반짝였다. 그러나 내 가슴의 에드워드는 암흑 속을 헤매고 있었다. 불멸 재생의 삶은 끝도 없이 빛을 제거해 나갔다.

"뭘 해봤자 뭐하지? 끝없는 시간은 또 다른 목적만 강요할 뿐이었어."

에드워드의 말이 생각났다. 목적 없이 길을 걷고 있는 지금의 나처럼 그 또한 갈 곳을 찾지 못했단 말인가? 그때 누군가가 내 어깨를 치고 지나쳤다. 나의 눈은 커졌다. 방금 지나친 이의 가슴에서 무언가 다른 것이 반짝이는 것을 느꼈기 때문이었다.

'자살?'

그랬다. 그의 목적은 죽음이었다. 돌아서 그를 잡으려 했지만 어디에선가 몰려온 사람들로 가까이 갈 수 없었다. 사람들을 밀치며 그를 쫓았지만 그는 점점 멀어질 뿐이었다. 순간 무서운 생각이 나를 스쳐갔다.

부러움…!

걱정하고 고통 받는 유한의 삶이지만, 하나뿐인 삶을 가진 사람들이 끝없이 부러워졌다. 심지어 그 삶을 버리는 것마저 부럽게 느끼고 있었다. 그러나 부러움은 어느새 외로움으로 변질되어 갔다. 가슴 속의 집요한 어둠은 그 외로움을 집어 삼키며 더더욱 짙고 무거워졌다. 웃음인지 울음인지 모를 에드워드의 신음소리가 들려오기 시작했다. 그것은 점점 커지며 나를 어지럽게 했다.

"그만, 제발 그만!"

비틀거리던 나는 머리를 감싸 쥐고 소리쳤다. 그러자 견딜 수 없는 고통이 밀려왔다. 숨이 쉬어지지 않았다. 고개를 들었을 때 나는 이미 암흑의 물속으로 옮겨져 허우적대고 있었다. 심장과 폐는 공기대신 검은 바닷물로 가득 찼다. 고통은 죽음의 공포를 주었지만 이내 절망으로 바뀌었다. 고통으로 인해 생을 포기하고픈 욕망은 부질없는 것이 되어버렸기 때문이었다. 아직 멈추지 않은 시계가 1937년이란 숫자를 표시하고 있었다. 절망은 다시 공포로 바뀌었다. 어릴 적 친구들과 장난치다 장롱 속에 갇혔을 때의 일이 떠올랐다. 고함을 지르고 발버둥을 치자 놀란 친구는 문을 열어 주었었다. 그러나 지금은 다르다. 아무리 발악을 해도 에드워드, 즉 나의 삶은 해방되지 못한다. 80년을 이 속에서 갇혀 지내야 한다. 아니, 이곳은 차라리 탈출이라는 하나의 목적이라도 존재한다. 그러나 불멸 재생의 삶은 영원히 자신의 몸과 시간과 기회를 귀하게 여기는 기쁨을 빼앗아 갈 것이다. 나는 그때 진심으로 기도했다.

아아, 죽음의 은혜여, 제발 다시 나에게…!

"허억!"

꿈에서 깨어난 나는 온몸이 땀으로 젖어 있었다. 방금까지 내 속에서 꿈틀거리던 그 어둠이 꿈속의 것이었단 걸 깨닫자 안도의 한숨이 절로 튀어나왔다. 그리고 잠시지만 남아 있던 그 어둠, 꿈의 흔적에 다시 한 번 몸서리를 쳤다. 그랬다. 에드워드는 그 고통의 삶을 나에게 넘기지 않고 단지 이해해 주길 바랐던 것이다. 눈가에 눈물이 고여 왔다.

"에드워드…."

난 그제야 그의 삶을, 그의 고뇌를 이해할 수 있었다. 난 그를 위해 고개를 숙였고 그를 위해 울었다.

에드워드는 그 이후로 한참동안 모습을 드러내지 않았다. 가끔 만나더라도 ―내가 찾아가는 형식이 되어버린― 자신의 방 의자에 앉아 무언가를 생각하고 있을 뿐 내게 말을 걸지는 않았다. 꿈속의 침묵은 참 묘한 것이었다. 더구나 에드워드의 침묵이라니…. 그럴 때면 난 마련된 소파에 앉아 조용히 그를 바라보곤 했다. 램프의 불은 언제나 조금씩 흔들렸고 그의 그림자는 함께 흔들렸다. 그의 삶을 겪어 본 나는 그 램프 불의 흔들림이 바람에 의한 것이 아님을 알고 있었다. 그의 내면에 몰아치는 고통의 격랑은 겉으로 평온하게 보이는 방안을 폭풍처럼 휩쌌다가 잦아지고를 반복했다. 하지만 이제 에드워드는 이야기를 하지 않았다. 다만 이심전심의 상태에서 서로의 교감을 나누는 것으로 만족하는 듯 보였다. 그것은 한 가지 예감 같은 것을 가지게 했는데 마치 즐겨보던 드라마나 소설이 끝나갈 때의 느낌과 같은 것이었다. 이별…. 나는 문득 에드워드와의 이별이 다가오고 있음을 직감했다. 그게 언제일지 몰라도 일방적으로 다가왔던 그가 막상 떠난다는 생각을 하니 가슴이 먹먹해졌다. 꿈에서 깨어나서도 나는 왠지 모를 쓸쓸함을 느끼곤 했다. 그리고 어느 날 에드워드는 마지막으로 입을 열었다.

"슬퍼 보이는군. 친구."

술에 취해 쓰러진 나를 향해 에드워드가 한 마디 던졌다. 그때의 나는 현실의 무게에 짓눌려 누구나 겪어 보았을 절망에 사로잡힌 상태였다. 현실의 괴로움은 꿈까지 따라와 나를 붙잡고 늘어져 있었던 것이다.

"슬픈가? 친구."

그가 다시 묻자 소파에 쓰러져 있던 나는 대답 대신 고개만 끄덕였다. 묵묵히 있던 에드워드가 갑자기 크게 소리쳤다.

"그년이 배신하고 딴 놈하고 놀아났어. 나한테 어떻게…, 어떻게? 씨발, 나 지금 죽을 것 같아!"

평소 점잖기만 하던 에드워드의 쌍욕에 놀라 몸을 일으키자 그는 다시 한 번 인상을 쓰며 외쳤다.

"돈 빌려준 인간이 날라버렸어! 내 돈, 난 어떡해? 내 피 같은 돈!"

에드워드의 외침은 계속 되었다.

"가만히 있는 나한테 왜들 지랄이냐고? 왜 건드려? 왜 욕해? 왜 뒤에서 수군거려? 내가 그리 만만해 보여?"

"우리 집이 조금만 있는 집이였으면 돈 걱정 안하고 벌써 좋은 글 썼을 거야. 나 같은 놈은 꿈꿀 자격도 재능도 이미 없어!"

"세상 꼬라지 좀 봐! 있는 놈들은 떵떵거리고 없는 놈들은 맨날 밑바닥이지! 그래도 선거철만 되면 같은 놈들만 찍어대. 전부 미쳐가지고!"

.

.

.

에드워드의 외침은 한참이고 계속되었다. 그의 외침이 그치자 방 안에는 다시 침묵이 내려앉았다. 입을 벌린 채 멍하니 있는 날 향해 에드워드가 손가락질을 했다.

"분노."

두 번째 손가락이 또 한 번 날 가리켰다.

"분노!"

"……."

"전부 네가 외치던 분노들이야…."

그는 의자에 다시 앉아 흔들리는 램프의 불을 조절했다. 불은 꺼질 듯 격하게 흔들리고 있었다.

"모두 다 빼고 사랑이야기 하나만 할까? 자넨 이렇게 생각하겠지. 차라리 그녀가 죽었다면 이 고통이 아름답기라도 할 텐데…, 하고 말이야. 하지만 그 여자는 널 배신했을 뿐이지. 곧 있지 않아 다른 남자와 결혼해 애도 낳고 잘 살거야. 자네와 자네와의 추억 따위는 전혀 상관없이 말이지."

난 그의 무정한 말에 또 울컥 했지만 잠자코 있기로 했다. 그게 사실이었으니까. 이미 에드워드는 나의 사정에 대해 훤하게 알고 있을 터였다.

"자네의 사랑에 대해 분노하지 말게. 그 때문에 자신의 인생이 송두리째 망쳐졌다고 생각하지 마. 그렇다고 자책할 필요도 없어. 이런, 이런…. 네까짓 게 뭘 아냐는 식으로 쳐다보지 마라구. 내가 자네와 함께 하는 것도 오늘이 마지막일 테니. 자, 자, 시간이 얼마 없어. 내 이야기를 들어봐. 이건 내 사랑의 이야기야. 자네가 생각했었던 그 아름다운 사랑이란 말이지."

에드워드의 수다가 시작되었다. 마지막이란 말에 의문도 가질 새 없이 그의 이야기가 쏟아졌고 나는 또 멍하니 그의 이야기를 경청할 수밖에 없었다.

"처음 그녀를 만났을 때 내 모든 괴로움은 한낱 먼지와 같이 대수롭지 않게 여겨졌어. 그녀와 함께 있다는 것만으로 나는 기뻤지. 그녀를 위해 시를 지었고 그녀를 위해 노래를 불렀어. 그녀를 위해 고백을 준비했고 그녀가 내 고백을 받아줄 것이라는 세상에서 가장 벅찬 자신감이 있었지. 그런 날 향해 수줍게 짓던 미소는 가을 하늘과 같이 맑고 청량했어. 붉은 단풍과 노란 은행에 둘러싸인 공원에서 난 그녀에게 목걸이를 선물했었지. 그녀는 고개를 숙인 채 수줍은 듯 말했어.

'이런 건 직접 목에 걸어주는 거예요.'

그녀의 목소리는 항상 내 심장을 뛰게 만들었어. 마치 이전엔 심장이 없었다고 여겨질 정도였지. 내 온몸은 활기로 넘쳐났고 쾌활한 웃음소리가 떠나지 않았었어. 그랬지…, 그랬었어. 저주받을 삶의 순환이 그녀를 만나기 위해서였다면 그것은 차라리 고마운 것이었다는 생각까지 들었어."

램프의 불이 심하게 흔들렸다. 에드워드의 이야기는 계속 되었고 나는 그와의 마지막 시간을 보내고 있었다. 그의 이야기가 끊임없이 나를 안고 쓰다듬어 주는 착각이 들었다. 나는 그의 이야기를 들으며 생각했다. 이번에 다가온 시련도 절망의 진짜 모습을 보여주진 않았던 건가? 나는 또 한 번 기지개를 켜고 상처를 묻은 채 살아갈 수 있다는 건가…?

"그녀는 희미하게 웃었어. 내게 보여주는 마지막 웃음이었지. 사실 그녀의 모습은 예전의 모습이 아니었어. 병은 그녀를 시들게 했거든. 하지만 난 그녀가 아름다웠어. 더 이상 같이 하지 못한다는 절박함은 오히려 그녀를 더욱 빛나게 했어. 그녀의 얼굴은 새벽의 여명과 함께 느껴지는 찬 공기와 같이 하얗고 싸늘했어. 시한부의 삶을 살아가는 그녀는 불멸 재생의 삶을 사는 나를 만났지. 이기적인 생각인지 몰라도 나는, 그녀가 행복했다고 생각해. 적어도 나보다…."

 에드워드는 더 이상 말을 잇지 않았다. 어느 순간 그의 이야기는 마무리되어 있었다. 난 그녀가 어느 시대의 사람인지, 그녀가 어떤 성격이었는지, 어떻게 만났는지…, 그런 것들을 물어보려 했었다. 하지만 곧 그러지 않기로 생각했다. 그런 것이 무슨 소용이 있겠는가? 불멸의 삶속에서 추억 또한 불멸하며 빛날 것을…. 추억의 빛이 주는 그 아련한 고통은 어쩌면 그가 가진 고통들 중에 유일하게 그를 위로하는 고통일지도 모른다. 그리고 그것은 불멸 재생의 에드워드나 평범한 나나 다를 바 없이 가지고 있는, 다시 돌아오지 않지만 멀어지지도 않는 그런 아름답고 슬픈 빛일 것이다.

 우리는 한참동안 말없이 앉아 있었던 것으로 기억된다. 이건 이성이 개입된 연출인지 몰라도 흔들리던 램프의 불이 결국 꺼졌던 것 같다. 꿈은 거기에서 끝이었다.

 에드워드….
 이후 그는 나의 꿈에 나타나지 않았다. 고로 에드워드에 대한 나의 이야기도 이제 마무리 되어야 한다. 그는 나에게 무엇을 원했던 걸까? 그리고 나는 그에게서 무엇을 원하고 있었던 것일까? 지금 생각해 보면 에드워드의 이야기 속에는 항상 '이봐, 아무리 힘들어도 나보다 낫잖아?'라는 위로가 담겨 있었던 것 같다. 나는 그것을 값싼 비교의 위로가 아닌 '힘내, 즐겁게!'라는 희망의 은유라고 믿고 싶다. 가끔 에드워드의 방에 혼자 있는 꿈을 꾸곤 한다. 아무리 불러도 에드워드는 나타나지 않는다. 램프 불은 여전히 흔들리지만 에드워드처럼 솜씨 있게 불을 조절하진 못해 가만히 내버려 두곤 한다. 꺼질 듯 꺼지지 않는 램프 불을 바라보며 언젠가 다시 들려올 에드워드의 목소리를 기다리는 것이다.
"이봐, 이제 일어났나?"

한밤중의 손님

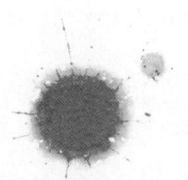

  어느 밤, 길을 걷다 뒤에서 누가 부른다면 아는 사람의 목소리인지 확실히 확인해야 한다. 만일 확인도 안하고 돌아본다면 '놈'이나 '놈과 같은 족속'을 만나게 될지도 모를 일이다.

  나에게 해당되는 '어느 밤'의 일이다. 골목을 걷는데 누군가 뒤에서 부르는 소리가 들려왔다.

"백수야, 백수야."

"응? 누구야?"

  물론 나는 확인도 하지 않은 채 얼른 뒤를 돌아보았다. 돌아보니 이상한 꼬마 녀석이 내 이름을 부르고 있었다.

"너 내 이름 어떻게 알아?"

"백수야, 백수야, 나 돈이 없어 그러는데 천 원만 빌려 주라."

"하!"

뭐 이런 게 다 있나 싶었다. 취직을 못해서 돈도 없고, 애인도 없고, 심지어 내일마저 없는 나에게, 생전 처음 보는 꼬마 놈이, 싸가지 없이 반말 짓거리로, 그것도 천 원! 그, 그러니까…, 내 전 재산을!

삥 뜯으려 하고 있었다.

참으로 아방가르드한 상황에 무차별 노출되었던 나는 겨우 정신을 차리고 꼬마 놈을 노려보았다. 그러자 심히 치솟는 불쾌감으로 쌍욕이 순식간에 목구멍까지 차올라왔다.

"너 임마, 쬐끄만 새끼가 나 이런…, 에이, 씨푸알…, 어, 어?"

욕을 뱉기 직전 나는 무언가 보고 말았다. 녀석의 아랫입술 양쪽 끝을 덮고 있는 날카로운 그것! 그것은 두 개의 어금니였다. 말 그대로 이빨, 놈은 괴물처럼 뾰족한 어금니를 가지고 있었던 것이다.

"백수야, 백수야, 돈 안 빌려줄래?"

손을 내밀며 한 발짝 다가오는데 한기가 쏴악 덮쳐왔다. 본능적으로 소름이 끼치고 등골이 서늘해졌다. 녀석은 분명 사람이 아니었다. 그럼 뭐지, 유령? 하여튼 귀신이나 도깨비 같은 게 분명했다. 함부로 하다간 총각귀신이 되겠구나 싶었다.

"처, 처, 천 원은 뭐 하려고?"

그래도 심적으로 밀리면 안 된단 생각에 정신 바짝 차렸지만 목소리는 이미 진동 만땅인 상태였다.

"백수야, 백수야, 그런 건 묻지 마라. 천 원만 빌려다오."

놈은 내 목소리 같은 건 신경도 안 쓰고 또 한 걸음 다가오며 손을 내밀어왔다. 이제 보니 그리 무서운 것만도 아니고 제법 귀여운 놈이었다. 게다가 순진한 눈망울로 쳐다보는데 말로만 듣던 '착한 어린이의 눈빛 공격' 바로 그것이었다!

가진 돈 탈탈 털어 소주 한 병 사러 나왔는데…, 이건 또 무슨 경우냐? 잠시 망설이던 나는 결국 알콜의 유혹을 참기로 했다. 문득 도깨비건 귀신이건 잘못하면 해코지한다는 말도 떠올랐다. 그래, 놀고 먹는 놈이 무슨 술이냐? 그냥 잃어버린 셈 치자.

"자, 천 원."

"고맙다, 백수야. 고맙다, 백수야. 내일 꼭 갚을게."

꼬마 녀석은 활짝 웃더니 쌩하니 뛰어가 버렸다. 전 재산을 잃은 내게 먼지바람이 쌩하니 불어 닥쳤다. 그러나 그뿐, 주위를 둘러보아도 아무런 변화가 없었다.

"이런 젠장. 귀신이냐 사람이냐?"

한참동안 멍하니 섰던 나는 부르르 몸을 떨고 휘적휘적 집으로 돌아가고 말았다. 꼬마에게 천 원 삥 뜯긴 것 말고는 뭐, 별일 없었던 것이다. 문제는 다음날이었다. 그렇게 조용히 지나갔으면 내가 이렇게 떠들고 있을 일은 없을 것이다. 그놈의 '별일'이 하루가 지난 뒤 완전 업그레이드 될 지는 꿈에도 예상 못한 것이었다.

어디서 술 한 잔 얻어먹고, 엄마에게 욕 한 번 들어먹고, 방에 냅다 드러누웠던 차에 창문 사이로 날 부르는 소리가 들려왔다.

"백수야, 돈 갚으러 왔다. 백수야, 돈 갚으러 왔다."

온 몸이 섬뜩한 게 술이 확 달아났다. 고함이라도 치려다 해코지한단 말이 떠올라 덜덜 떨며 창문을 열었다.

"빌린 돈 여기 있다. 옛다. 받아라."

꼬마 녀석의 얼굴이 살짝 보이더니 후다닥 사라졌다. 방에 던져진 천 원짜리는 아직도 바닥에 닿지 않고 허공에서 춤을 추고 있었다. 진짜 귀신에 홀린 기분이었다. 갑자기 술기운이 머리를 공격해 왔다.

"아아! 대가리야!"

머리를 잡고 뒹굴던 나는 결국 뻗어버리고 말았다.

또 다음날 밤, 그 녀석이 왔던 시간이 되자 도무지 잠이 오지 않았다. 도깨비는 한번 오면 계속 온다던데…. 에이, 설마 또 오려고?

"백수야, 빌린 돈 갚으러 왔다. 백수야, 문 열어라. 백수야, 문 열어라."

이런, 저 녀석이!

깜짝 놀란 나는 창을 열고 "도대체 뭐야? 어제 갚았잖아!"하고 말하려 했지만 녀석은 먼저 말할 기회를 주지 않았다.

"빌린 돈 여기 있다. 옛다, 받아라."

그러더니 또 후다닥 사라져버리는 것이었다.

1주일간 계속된 녀석의 등장은 머리카락을 한 줌이나 빠지게 했다. 골머리를 앓던 나는 놈이 어떤 놈인지 알아내기로 결심했다. 인터넷 검색은 물론 인근 도서관을 모조리 뒤지고 또 뒤졌다. 유령 자료와 고전 설화들을 수백 개 모은 결과, 놈의 정체는 도깨비로 밝혀졌다. 도깨비란 놈은 워낙 건망증이 심해서 했던 짓을 또 하고, 또 하고, 또 하고! 무한 반복한다는 것이었다. 특히 꼬마 도깨비는 건망증이 더욱 심하다는데 영락없이 날 찾아온 그 녀석이었다.
"가만히만 놔두면…, 아무런 해코지를 하지 않는다, 이거지?"
내 머리는 더욱 치열한 분석으로 뜨거워졌다.
"그렇다면 1년 365일 매일 천 원씩 들어온다는 것이지. 계산하자면 삼십 육만 오천…!"
하지만 분석에 숫자가 들어가자 나의 뇌는 곧 딱딱하게 굳어졌고 급피곤이 몰려오기 시작했다. 나는 벌렁 드러누우며 이렇게 외쳤다.
"에라이, 모르겠다. 백수가 하루에 천원 버는 게 어디냐?"

그러길 석 달 쯤 지났나? 이젠 녀석의 방문도 시계 알람 소리마냥 익숙해져 있었다. 그러던 어느 날, 그 날도 마찬가지로 1000원을 던져주곤 '후다닥' 할 줄 알았는데 녀석이 쭈뼛쭈뼛 눈치를 보며 안가고 서있었다. 그래서 왜 그러고 서 있냐? 하고 물어보았다.
"있잖아…, 백수야. 내가 그러니까…, 백수야. 나 심심하거든. 그

한밤중의 손님 193

런데 너랑 놀고 가면 안 되냐?"

 석 달 동안 정(情)도 들어버리고 해서 무심결에 들어오라고 했다. 그러자 녀석은 아파트 창문 창살 사이에 엿가락처럼 끼어들더니 통과해서 쑤욱 들어왔다. 뭐, 뭐, 뭐…, 이런 게 다 있냐는 생각에 소름이 쫙 끼쳤지만 할 수 없는 노릇이었다. 녀석은 몸을 툴툴 털더니 내 방에 자리 잡고 턱하니 앉았다. 둘이서 가만히 앉아있기도 그렇고 전부터 궁금했던 것도 있어서 점잖게 한마디 물어보았다.

"너 도깨비인지는 알겠는데 뿔은 왜 없냐?"

 녀석은 똘망똘망한 눈으로 내 얼굴을 바라보더니 갑자기 코웃음을 치며 말했다.

"참, 무식하긴…. 그건 일본 도깨비 오니(鬼, Oni) 애들 얘기야, 우린 그런 거 없어. 아직도 일제 강점 잔재가 남아 있구만. 쯧쯧쯧…!"

 그러더니 날 정말 무식한 놈인 양 쳐다보는 거였다. 약이 바짝 올라 이것저것 물으니 녀석은 해박한 수준을 벗어나 척척박사였다. 무슨 주제를 꺼내도 이 얘기 저 얘기 다 술술 지껄여대는 거였다. 그나마 영화 얘기라도 하면 나을까 싶어 살짝 건드렸다가 우루루 쏟아지는 영화론 강의에 두 손 두 발 다 들고 항복할 수밖에 없었다.

"미국과 일본의 영상 예술만 봐도 우리나라의 상상력이 얼마나 떨어지는 지 잘 확인할 수 있지. 미국은 과학이란 것으로 세상의 이치를 파악하려는 노력을 하고 있고, 그러니까 〈프로메테우스〉

같은 것? 일본은 애니메이션에서 우리가 넘지 못한 벽을 마음대로 오가고 있지. 예를 들자면 〈진격의 거인〉! 사람을 그냥 눈앞에서 찢어버리잖아? 그런데 우리 영화에서 가장 끝간 데를 갔다는 〈악마를 보았다〉 같은 경우만 해도 봐봐? 결국 최민식이 죽는 복수의 끝엔 가족이 등장하잖아? 우리의 상상력은 결국 몸과 가족에서 벗어나지 못하고 있다는 거야. 듣고 있냐, 백수야?"

앉은뱅이 책상에 기대있던 나는 꾸벅꾸벅 졸다가 책상 위의 컴퓨터에 머리를 박고는 녀석의 말에 얼른 대답했다.

"커, 컴퓨터! 아, 아니…, 상상력! 그래, 상상력!"

잠결에 잘못 튀어나온 컴퓨터란 말에 녀석의 얼굴이 환하게 밝아졌다.

"컴퓨터? 오오! 나 요즘 게임 못했는데. 게임 있냐, 백수야, 게임 있냐?"

마침 놈의 수다에 질려있던 터라 얼른 컴퓨터를 켜고 게임을 시켜줬더니 미친 듯이 좋아했다.

"백수야, 백수야, 근데 이 게임은 왜 이리 느리냐?"

한참 매달려 있던 녀석이 불쑥 물어왔다.

"으응, 우리 집 컴이 5년도 넘은 거다. CPU가 1기가 될까 말까야."

"백수야, 백수야, 우리 집에 좋은 컴퓨터 있던데 갖다 줄까?"

녀석의 행동으로 볼 때 우리 집이 컴퓨터로 꽉 찰 지도 모를 일이었다. 그리고 고전 설화들을 생각하니 도저히 못할 짓이었다. 도깨비들은 건망증으로 자기 집 재산을 몽땅 남에게 갖다 주고 나서도 영문을 모른 채 도깨비 임금한테 벌을 받는다고 했다. 녀석도 하는 짓을 보아하니 꼭 그 짝이었다. 녀석이 좋아지기 시작했는데 그럴 순 없었다.

"우리 집에 컴퓨터 업그레이드 할 거니까 괜찮아."

"응? 언제? 언제? 언제?"

녀석이 다그쳐 묻기에 대충 대답해 버렸다.

"응, 내일! 그냥 황금CD나 있으면 갖다 줘."

황금CD란 불법복제 CD를 말한다. 조심한다고 해놓고는 생각 없이 내뱉고 말았는데 그게 화근이었다.

"거짓말 아니지? 거짓말 아니지? 우리 집에 게임CD 많다. 업그레이드! 업그레이드하면 할 수 있는 게임 구워서 갖다 줄게. 한 스무 개는 될 거야. 거짓말 아니다. 거짓말 아니다."

그러면서 녀석은 또다시 엿가락처럼 끼어서 빠져나가 후다닥 사라졌다.

"잘 놀았다. 백수야, 잘 놀았다. 백수야, 거짓말 아니다. 거짓말 아니다."

'거짓말 아니다.' 이 말을 남긴 채….

멍하니 녀석이 나간 창문을 쳐다보다 깜짝 놀랄 짓을 저질렀단 걸 깨달았다.

"큰일 났다!"

컴퓨터 업그레이드…. 만약 녀석이 그게 거짓말인줄 알고 삐지면 화가 나서 무슨 짓을 할 줄 모른다. 이유는 없다. 그게 도깨비들 속성이니까. 에구에구! 말실수다. 진짜 실수다. 다음날 아침부터 어머니한테 괴발개발 욕 들으며 컴퓨터 업그레이드를 강조했다.

"너 직장 때려치우고 아르바이트하는 것도 아니고, 잠이나 자고 술이나 퍼먹으면서 무슨 소리야? 집에 돈 없다."

아아! 미치겠네. 돈 없는 거 누가 모르나? 누가 하고 싶어서 이런 줄 아셔요? 잘못하면 우리 집이 폭삭 주저앉는다니까…?

도저히 안 되겠다 싶어 사방으로 전화하고 뛰어다니기 시작했다.

"야, 부갑아! 돈 좀 꿔주라, 꼭 갚아 줄게. 야, 야! 끊지 말고!"

"벌재, 너 요즘 돈 잘 번다며…, 부탁이다."

"출대야! 고맙다, 꼭 갚을게. 뭐? 이자는 연이율 38.9프로라고? 아, 알겠다. 꼭 갚으마."

결국 돈 당길 수 있는 데선 다 당겨가지고 업그레이드 자금을 마련했다. 사흘 뒤에 된다는 걸 컴퓨터 집 아저씨한테 빌고 또 빈 다음에, 직접 택시 타고 부품까지 사주며 그날 가져오고 말았다. 덕분에 난 집이고 친구고 친척이고 간에 빚이란 빚은 다 져버렸다.

"진짜 돈 벌어야지. 미치겠네."

대자로 뻗어서 흘린 땀을 닦으며 중얼거리고 있을 때 녀석이 나타났다.

"백수야, 백수야, 돈 갚으러 왔다. 옛다. 1000원 받아라. 그리고 황금CD, 황금CD 여기 있다. 옜다, 받아라."

 창문 틈으로 날아든 1000원 권 지폐가 내려앉는 사이 묵직한 CD 케이스 하나가 툭 떨어졌다.

"어, 깨비야. 그러니까 니가 말한…."

"아이고, 바쁘다, 바빠!"

 뭔가 말하려는 순간 후다닥 녀석은 사라져 버렸다. 진짜 뭐야? 컴퓨터는 쳐다보지도 않았다.

"저 녀석…. 아이고, 미치겠네."

 분명 업그레이드니 뭐니 다른 건 다 까먹어 버리고 1000원과 황금 CD만 달랑 던지고 간 게 틀림없었다. 거실의 TV에선 아이돌의 노래가 흘러나오고 있었다.

 너 땜에 너 땜에 미쳐 나 아하하!

 CD케이스를 열어보니 최신 게임과 유틸이 복제되어 있었다. 하지만 좋은 일이 아니었다. 한 달 두 달 지나자 온 방은 CD로 꽉 찰 것 같았다. 이제 내 방에 들어오면 눈이 부셔서 선글라스라도 끼고 있어야 할 지경에 이르렀다. CD를 어떻게 처리하나 고민하던 중 친구 놈들이 놀러오면 한 케이스씩 안겨주었었다. 그러다 빚진 놈들한테 CD를 몽땅 돌려 버렸다. 대충 돈 갚는 셈치고. 그리고 인터넷에 연결해서 조심스럽게 광고를 하니 CD가 알게 모르게 팔려나가서 돈이 생기곤 했다. 그 돈으로 조금씩 빚을 갚던 나는 며칠 뛰게 된 노가다 아르바이트로 빚을 청산할 수 있었다. 물론 복리의

38.9프로 이자까지 쳐서!

 어쨌든 녀석의 말도 안 되는 기행에 두 손 두 발 모두 다 든 사건이었다.

"진짜 문제네, 이 녀석…."

 창문으로 던져진 CD케이스를 볼 때마다 난 그렇게 중얼거리곤 했었다.

 넉 달인가가 또 흘렀다. 시간이 지나자 유행이 지났는지 CD는 이제 팔리지도 않아서 곧 다시 쌓여가기 시작했다. 그러던 어느 날, 녀석이 또 쭈뼛거리기 시작했다.

"백수야, 백수야. 나 오늘 심심한데…, 진짜 심심한데…."

 얼굴이 벌게 가지고 말하는 폼이 진짜 불쌍했다. 안 된다, 녀석을 들이면 안 된다! 마음을 굳게 먹고 "시끄러! 빨리 꺼져!"라고 말하려 했으나 놈이 먼저 한 마디 하고 말았다.

"쪼끔만…, 쪼끔만 놀고 갈 수 없을까?"

 아아…, 하염없이 불쌍한 눈빛 공격이라니! 눈빛 공격이라니!

"아…, 그래. 쪼끔만이라면…."

 들어오란 말이 떨어지자 녀석은 우헤헤거리더니 또 다시 창살사이로 쑤욱 끼어 들어오는 것이었다. 난 눈을 감고 속으로 중얼거렸다.

'아, 저것만은 견딜 수가 없어…. 괴물 같은 놈!'

한 시간 가량 이 얘기 저 얘기 나누던 중, CD 생각이 나서 그만 갖고 오라고 말했더니 녀석이 외쳤다.

"아! 맞다. CD 갖다 준다고 했는데 까먹었다. 미안하다, 미안하다."

 그러더니 여태까지 던져 넣은 CD를 보고는,

"이거 유행 지난 거다. 이딴 거 왜 이리 많이 갖고 있니? 내가 좋은 걸로 갖다 줄게."

 이러는 거다!

 환장할 노릇이지만 말이 통하지 않는 걸 어떻게 하나? 녀석은 이리저리 둘러보다가 말했다.

"너 전자파가 얼마나 안 좋은 줄 모르는구나. 선인장이라도 사다 놓지."

"뭐, 별로. 당장 이상 있는 것도 아니고."

"아냐, 아냐, 우리 집에 선인장 이쁜 거 많다. 하나 갖다 줄게. 우와, 시간이 이리 되었나? 나, 간다. 나, 간다. 백수야, 잘 있어라. 백수야, 잘 있어라."

"그, 그게…. 야아, 야!"

 말 할 틈도 없이 밖으로 빠져나가 후다닥 사라져버렸다.

"맙소사! 선인장?"

 하루하루 선인장이 늘어난다. 온 집이 선인장으로 가득 찬다. 온 가족이 조금만 움직여도 가시에 찔려 괴로워한다. 난 결국 온몸이 선인장 가시에 찔린 채 숨을 거둔다….

뭐, 그딴 장면들이 머릿속을 둥둥 떠다녔다. 벌써부터 따가운 것 같았다.

"아이고, 머리야!"

녀석은 계속 나타났다.

"백수야, 백수야, 돈 갚으러 왔다. 옛다. 천 원 받아라. 아참, 잊을 뻔했네. 옛다, CD도 받아라. 참! 참! 내 정신이 이렇다. 선인장! 선인장도 받아라."

후다닥!

CD는 또 예전처럼 처리한다고 치고, 선인장은 진짜 문제였다. 내 컴퓨터 근처는 선인장으로 둘러싸여 전자파는커녕 양념파도 나올 수 없게 되었고, 그래도 남아서 쪽지를 붙여 아무나 갖고 가라고 아파트 앞에 내놓곤 했다.

그런데 깨비 녀석과 내 취업 말고는 평화롭던 우리 집안에 먹구름이 드리우기 시작했다. 할머니께 병환이 생기신 것이었다. 무슨 장염이라고 하는데 만성이라 암으로 전이되었다고 했다. 우리 집은 발칵 뒤집혔다. 암이라 매일 들어가는 병원비만도 어마어마했다. 돈이 문제가 아니었지만 덕분에 이 나라의 청년실업에 대해 정말 진지하게 고민해야 하는 청년이 되고 말았었다.

두 달간의 입원 끝에 병원에서는 집에서 임종을 맞이하시는 게 좋다는 소견을 밝혔고, 할머니는 집으로 다시 돌아오시게 되었다. 부모님께선 끝까지 포기할 수 없다며 병에 좋다는 온갖 걸 다 사와서 녹즙을 한다, 약을 달인다 수고를 아끼지 않으셨지만 힘든 나날은 계속 되었다. 문제는 여기 있었다.

"애, 백수야. 선인장 가격이 어떻게 되니? 그거 즙이 할머니께 좋다는데 화분 몇 개로 감당이 되겠니? 따로 즙만 파는 데가 있을까?"

"예? 선인장요?"

난 얼른 내방 문을 열고 선인장 수십 개를 꺼내놓았다.

"아이고, 그래도 철없던 게 철들었구나! 여보, 백수 아버지! 이것 좀 봐요. 이 녀석이 할머니 드린다고 말도 없이 이 많은 걸…!"

어머니는 그렇게 외치다 북받쳐 오르는 감정을 이기지 못해 고개 돌려 눈물을 흘리셨다. 그걸 지켜보던 아버지는 말없이 다가오시더니 날 뜨겁게 안고 어깨를 들썩이기 시작하셨다. 아아, 이 감동의 도가니탕! 깨비야, 너는 이 모든 걸 알고 매일 선인장을 던져 넣는 것이었더냐?

어머니는 당장 선인장을 찧어 가지고 즙을 만드셨다. 할머니께선 이제 약은 귀찮다는 듯 입에 잘 대지 않으려 하셨다. 그런데 그 다음날이었다. 그때까지 차도가 없으시던 할머니께서 엄청나게 회복되어 이부자리에서 우루사! 하고 벌떡 일어나신 것이다. 녀석이 가져온 선인장은 사람 몸에 무지 좋은 영약인가 보았다. 이후론 컴퓨터 앞에 놓인 선인장 두 개를 빼고 다른 것은 모조리 우리 가족의 건강 음료가 되어버렸다.

그렇게 또 몇 달이 지났다. 그동안 네 번의 대기업 면접과 열 번의 중소기업 면접을 보았던 나는 정확히 열네 번을 떨어지고 나서야 내 스펙이 아무짝에도 쓸모가 없다는 것을 깨달았다. 이놈의 세상은 별보다 더 반짝이는 스펙들이 별보다 더 가득한 곳이었던 것이다. 하지만 죽으란 법은 없었다.

"야, 백수야. 너 아직 취업 못했지? 잘됐다, 하하! 정말 잘됐어, 하하하!"

졸업한 지 3년 동안 연락도 없던 학교 선배 하나가 전화를 하더니 다짜고짜 저렇게 떠드는 것이었다. 그 순간 눈앞에 있었으면 그 선배는 토막 살인이 났을 수도 있었다. 그런데 사정을 알고 보니 정말 잘된 일이었다. 학원 강사를 하던 선배가 다니던 곳을 그만두게 되었는데 날 대신 소개시켜 준다는 것이었다. 학원장과 면접을 본 나는 종강을 남겨둔 수업 몇 개에 임시로 투입되었었는데, 며칠 후 원장이 따로 불렀다.

"아, 이런 인재가 어디서 나타났어? 애들 반응이 폭발적이야! 앞으로 잘 해봅시다!"

졸지에 나는 팔자에 없는 국어 선생님이 되어 학원에서 아이들을 가르치게 되었다. 나는 드디어 직장인의 대열에 끼게 되었던 것이다.

시간은 흐르고 흘러 다시 몇 달이 지나갔다. 이제 제법 직장인의 면모를 갖춘 나는 피곤에 절어 밤 12시의 골목을 걸어가고 있었다. 문득 처음 깨비 녀석과 만났던 일이 떠올랐다.

"아차, 이 녀석. 요즘 못 본지 꽤 되었군. 낮과 밤이 바뀌는 게 학원일이니…, 쯧!"

너무 바빠서 그랬는지 깨비의 일을 까맣게 잊고 있었던 것이다. 그때였다.

"백수야, 백수야."

기억하길 기다렸다는 듯 날 부르는 반가운 목소리.

"야, 오늘은 여기서 만나네?"

그런데 놈의 표정이 이상했다.

"백수야, 백수야. 미안하다, 미안하다. 빌린 돈 못 갚겠다."

이상한 예감이 들었다. 녀석이 불려 갈까봐 도깨비 방망이도 안 받았고, 비싼 것도 애써 안 받았는데….

"백수야, 백수야, CD도 못 주고 선인장도 못 줘서 미안하다. 도깨비 임금님이 나 벌주신다고 호출했다. 오랫동안 못 보겠다."

"왜? 돈 헤프게 쓴다고 그래? 1년에 삼십 육만 오천 원 밖에 안 되는 것 갖고…. 아, 그건 아니고. 뭐, 뭐 땜에?"

"나도 모르겠다. 선인장 한 개 몰래 가져 나오다가 들켰는데 막 혼났다. 나 땜에 소프트웨어 개발한 사람들도 다 망했단다. 임금님 보약도 없어졌단다. 그래서 벌 받는 단다. 난 아무 것도 안 했는데…. 무섭다. 무섭다. 백수야 무섭다."

아아, 그랬구나. 임금님 보약…, 게다가 불법 CD까지. 젠장, 그런 걸 생각 못하다니….

녀석은 결국 나 때문에 고전 설화처럼 벌을 받는 것이었다. 그러면서 끝까지 미안하다며 저러고 있다니…. 코끝이 찡해지고 눈가가 뿌옇게 되었다. 한 걸음 다가가 녀석의 손을 잡으려는데 깨비가 갑자기 비명을 질렀다.

"으아아, 무섭다아!"

녀석은 무엇에 밀린 양 뒤로 벌렁 넘어지더니 공중에 둥둥 떠서 발버둥을 쳤다.

"깨, 깨비야!"

놀라서 손을 잡았지만 깨비는 어느새 머리 위까지 올라가 있었다. 사태를 실감 못한 내가 급한 마음에 손을 다시 잡으려 했지만 도리어 손을 놓은 격이 되었다.

"백수야, 백수야!"

손을 버둥거리던 깨비가 우와앙 울음을 터뜨렸다. 녀석은 더욱 높이 떠올라갔다. 녀석의 눈물이 내 얼굴에 떨어졌다.

"백수야, 안녕. 백수야, 안녕…."

"이…, 임마!"

녀석의 모습이 점점 멀어지더니 어느덧 구름 너머로 사라져버렸다.

"흐윽!"

눈물 때문에 멀어져 가는 놈을 놓쳐버리자 나는 목을 놓아 엉엉 울고 말았다. 한참을 울다 고개를 드니 밤바람이 스쳐지나갔다. 문득 녀석의 목소리가 들리는 듯해 돌아보았으나 골목엔 아무도 없었다. 나는 결국 터덜터덜 집으로 돌아가야 했었다. 깨비는 그렇게 내 곁을 떠나갔다.

가끔이지만 녀석이 날 부르는 착각에 깜짝 놀라곤 한다. 그럴 때마다 녀석을 마지막으로 보았던 골목에서처럼 이리저리 뒤를 살피다 결국엔 한숨을 쉬고 만다. 녀석은 아직 벌을 받고 있는 것일까? 다시 돌아와 또 다른 백수와 웃지 못 할 헤프닝을 벌이는 건 아닐까? 귓가에 아련히 남아있는 녀석의 목소리가 그립다. 그리고 그리운 만치 잊지 못할 녀석의 말이 내 가슴을 둥둥 울리며 두고두고 아리게 하는 것이었다.

"백수야, 미안하다. 백수야, 미안하다. 다음에 와서 꼭 돈 갚을게, 다음에 와선 꼭…"

증오외전 2
―증오하려면 재떨이처럼

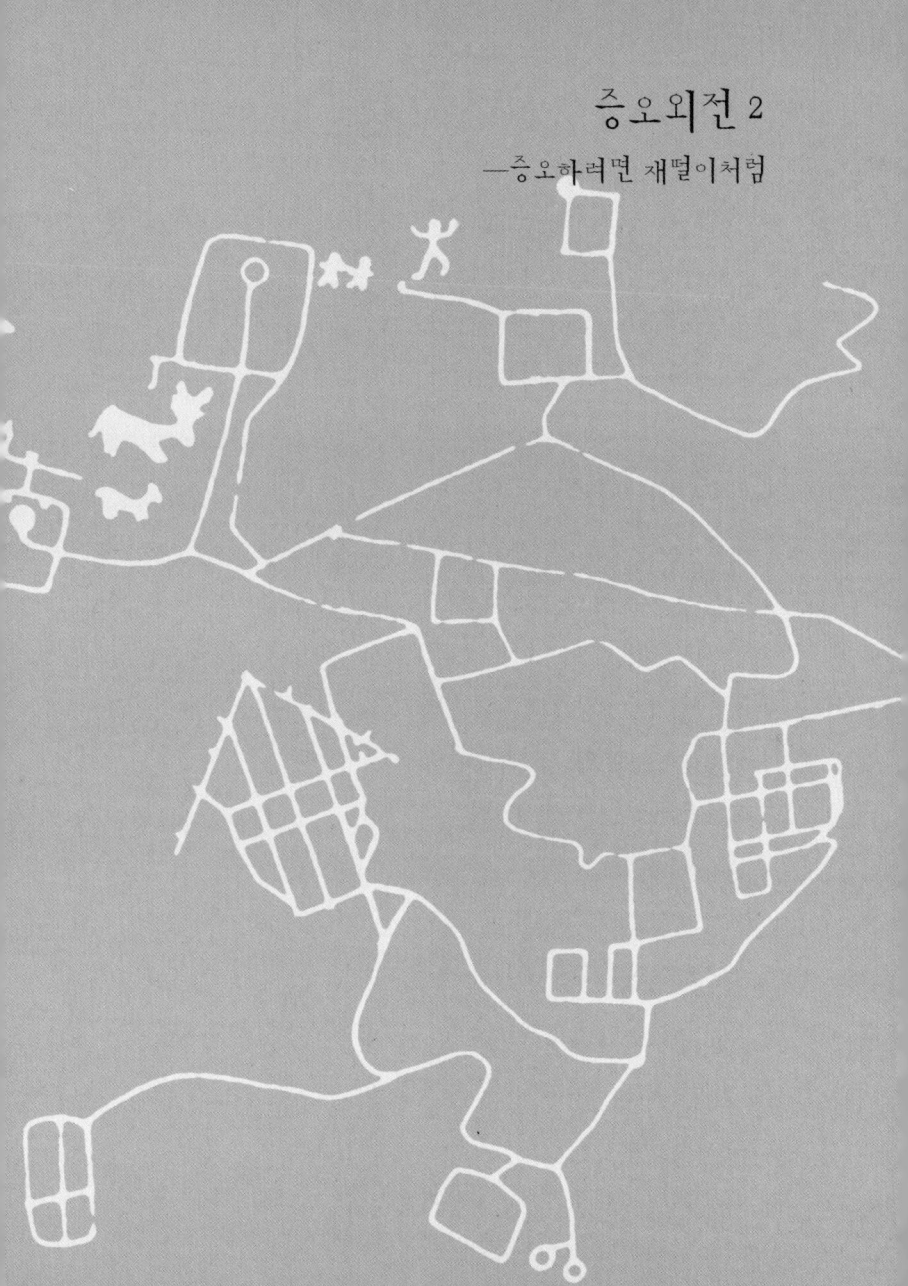

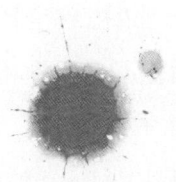

50층에서 추락하는 남자의 얘길 들어봤는가?

밑으로 떨어지는 동안 그는 계속해서 중얼거린다.

'아직까진 괜찮아'

'아직까진 괜찮아'

'아직까진 괜찮아'

치

지

직

!

남자1 —

귀에서 이어폰을 뺐다.

라디오엔 아직 내 소식이 나오지 않는다. 역시 경찰은 무능하다. 쫓아올 힌트를 그렇게 뿌려놓아도 우왕좌왕 정신을 못 차리고 있다. 재미가 없고 너무 지겹다. 한숨을 쉬는데 모텔 하나가 눈에 들어온다. 몇 년 전 이쪽을 답사할 때는 없었던 건물이다. 처음에는 국도변의 평범한 모텔인 줄 알았다. 그런데 그게 아니었다. 멀리서도 느껴지는 위험과 죽음의 냄새, 그리고 그걸 은폐하고 숨기려는 노력들. 아무리 숨기려 해도 내 감각은 모든 걸 놓치지 않는다. 곳곳에 숨겨진 CCTV, 오프라인으로 바깥을 감시하기 좋은 카운터…. 가만히 보니 모텔뿐만 아니라 이 일대 전부가 무언가 숨긴 냄새로 가득하다. 기묘한 곳이다. 가슴이 슬쩍 뜨거워지며 찌릿찌릿한 쾌감이 몸 한쪽을 콕콕 찌른다. 어느새 내 다리는 모텔을 향해 걸어가고 있다.

이게 전부 너 때문에 이렇게 된 거야. 난 죽기 싫어!

그래, 나도 죽기 싫어. 그래서 난 널 먹을 거야.

내 몸에 손 하나라도 대봐. 너도 온전치는 못할 거야.

헤헷! 과연 그럴까? 조금 있으면 우리 둘 다….

치

지

직

!

남자2 —

"야이, 쌍년아, 넌 뭘 틀어도 어째 이런 걸 틀어 놓냐? 딴 거 틀어!"
 대답이 없다. 당연하다. 이년은 지금 눈을 굴리며 뭐라 대답하려 했겠지만 자기 입에 물린 내 물건 때문에 말을 할 수 없을 것이다. 그래도 오디오 리모컨을 손에 쥐고 있으니 시키는 대로 채널이 바뀐다.

 오늘 오후 11시에 또 한 명의 여성이 살해되어 발견되었습니다. 경찰은 일주일 전 박 모 여인의 살인 사건과 동일범의 소행으로 보고 인근을 수색하고 있는 것으로….

"에이 씨팔! 차라리 꺼! 빨기나 똑바로 빨아!"
 라디오가 꺼지고 혀와 입이 움직이는 소리만 차 안을 울린다.
"아니, 라디오면 음악이 기어 나와야지, 어째 사람 잡아먹는 얘기만 튀어 나오냐고?"
 년의 머리를 더욱 세게 누르면서 액셀을 밟는다. 아랫도리로 전해오는 쾌감. 그 쾌감에 몸을 부르르 떨며 속도를 낸다. 이 지역 도로는 마음에 든다. 속도측정기도 없고 일직선으로 이어진 도로 주변이 시꺼멓다. 그 옛날 〈환상특급〉이라는 시리즈를 보면 꼭 이런 길에서 뭔가 튀어나오고 했었…, 어, 어? 어!

우당탕 드럭드럭 쿠다다당

차를 급히 세웠지만 분명 무언가 치었다. 아니, 무언가가 아니라 사람이다. 씨팔, 이게 무슨 경우란 말인가? 어찌나 세게 치었는지 정면 유리를 지나 지붕을 구르고 뒤로 날아갔다. 그건 그렇고….

"야이, 쌍년아. 입 떼! 지금 무슨 일이 벌어진지나 알아?"

그제야 물건에서 입을 뗀 년이 고개를 든다. 입을 닦으며 주위를 두리번거린다.

"오빠, 무슨 일 있어? 무슨 소리야?"

반응이 빠르기도 하다. 이년은 도대체 무슨 생각으로 살까? 젠장, 그건 그렇고 저 새끼는 왜 달리는 차로 달려든단 말이냐?

밖으로 나가 살펴보니 아무래도 죽은 것 같다. 미동도 하지 않는다. 주위를 둘러보니 시커먼 모텔이 하나 있고 아무도 없다. 그 흔한 CCTV도 눈에 안 보인다. 그렇다면 차라리 손을 안대는 게 낫지 않을까? 내 신분은 하나도 노출되지 않은 상태니까. 어차피 이 차의 번호판도 어느 게 진짜인지 모르는 판인데 굳이 만져서 증거 따위를 남길 필요가 없단 말이다. 일단 다시 차에 올라탔다. 마음을 단단히 먹고 시동을 거는데 년이 지랄을 한다.

"오빠 지금 뭐하는 거야? 크게 다쳤을 거야. 그냥 놔두면 죽어!"

"조용히 해, 이년아! 입 닥치고 있어. 가만히 있으라고!"

액셀을 밟는데 이년이 난데없이 핸들을 잡는다.

"안 돼, 가면 안 돼! 사람이 죽는단 말이야!"

비틀어진 바퀴를 따라 차가 가로수를 들이받을 뻔 했다. 아놔, 이거 진짜….

"미쳤나, 이게! 이게 얼마짜린데. 안 놔? 이거 안 놔?"

뺨을 몇 차례 올려붙이자 핸들을 잡은 힘이 빠진다. 머리채를 잡고 좌석 저 쪽으로 내동댕이치자 비명을 지르고 쓰러진다. 가지가지 한다.

"너 조금 있다 죽여 버릴 거야. 이 쌍년이 누구 인생을 망치려고…."

소리를 지른 후 주위를 둘러보았지만 아무도 없다. 다행이다. 핸들을 돌리고 액셀을 힘차게 밟았다. 차는 부우웅 하고 신나게 달리기 시작한다. 아까 그놈은 분명 죽었을 것이다. 그래, 그렇게 나뒹굴었는데 죽었을 것이다. 쓰러지고는 기척 한 번 없었으니 죽었을 것이다. 젠장, 그래봐야 무슨 상관이란 말인가? 아무도 본 사람이 없는데 어쩌라고? 아무도 본 사람이 없다. 다행이다. 정말 다행이다. 아무도 본 사람이….

아니다. 본 사람이 있다.

옆에 있는 이년이다. 어라? 이거 어쩌지? 이년에게 의리를 바랄 수도 없는 노릇이고. 이년 입에 좆이 아니라 돈을 처 물려야 된단 말이지. 뭐가 이리 꼬이지? 년을 협박해? 아, 쌍! 이년을 어떡하지?

─ 내 직업은 자살관리사.

사람들은 곧잘 킬러와 헷갈리곤 한다. 그러나 자살관리사와 킬러는 엄청난 차이가 있다. 당사자의 숨을 멈추게 하는 건 똑같지만 자살관리사는 당사자의 의견을 존중해준다. 자살관리업은 정말 죽고 싶은데 스스로 못 죽는 사람을 도와주는 일종의 서비스업이다. 심지어 고객이 원한다면 적당한 대출을 받게 해주어 사후의 유가족 복지까지 신경 써주기도 한다. 단순히 죽여주는 서비스를 하는 킬러와는 분명한 차이가 있는 것이다. 나는 이런 이유로 자살관리사란 직업에 충분한 만족도를 가지고 있었다. 회사의 경영방식이 변해가면서 은퇴를 고려하고 있긴 했지만, 한 치의 오차도 없는 일처리는 나의 프라이드였었다.

그런데, 오늘은 다르다.

오늘처럼 확실히 실수한 적도 없고, 오늘처럼 은퇴생각이 절실한 적도 없다. 오늘은 정말 재수 없는 날이다. 내 자살관리사 경력에 최고의 오점을 남긴 날.

제기랄!

뒤통수에서 아직도 피가 흐른다. 내가 죽여야 할 고객에게 도리어 죽을 뻔 하다니…! 이게 무슨 꼴이란 말인가?

물론 나도 실수는 했다. 꼴통 고객 새끼의 이야기에 홀려 뒤통수가 깨지고 말았으니까. 하지만 분명히 말하는데 이 고객 새끼의 이야기 솜씨는 하늘이 내린 것이었다. 천일야화의 세헤라자데가 살아 온다 해도, 조선시대 전설의 전기수(傳奇叟)가 썰을 푼다 해도, 이놈만큼 대단하진 않을 것이다. 이놈에 대한 이야기는 이 다음에 한보따리 풀기로 하자. 벌써 다 털어 놓은 듯한 묘한 느낌이 들기도 하지만….

 주목할 점은 그 최고의 이야기가 나에게는 최고의 독이 되고 말았다는 사실이다. 고객은 이야기로 날 홀려놓고 방심한 틈에 재떨이로 내 뒤통수를 깨트리고 달아났다. 다행히 이야기 실력만 출중하지 — 사실 놈은 자신의 이야기 실력이 좋은 지도 모른다 — 재수 없기로는 타의 추종을 불허하는 놈이라, 모텔에서 탈출하자마자 교통사고가 나서 지금은 다시 끌려와 꽁꽁 묶여있는 중이다.

 아아, 이 고객 새끼 이거!

 이 새끼는 정말 골 때린다. '저는 진짜 재수가 없어요.'라며 자살하려던 놈이 대형 교통사고가 났어도 한군데 다친 곳 없이 멀쩡하게 기절해 있다. 결국 내 뒤통수만 놈의 재수에 옴 붙은 격이다. 사실 이런 일은 단 한 번도 있은 적 없고, 또 있어서도 안 될 일이다. 그렇게 보면 이번 고객은 멍청하지 않을 수도 있다.

 어쨌든 그건 뭐, 내 선에서 끝날 일이니까 공적으로 별 문제가 없다. 또 교통사고를 낸 놈은 뺑소니를 쳐 버렸으니 조금 찝찝해도 할 수 없는 일이다. 하지만 그 시간 모텔에 있었다는 의문의 등산객은 보통 문제가 아니다. 잘못하면 회사 전체가 뒤집힐 일이다.

 모텔관리인의 말을 빌자면 이렇다.

"이 새벽에 말이여, 관리 구역 감시카메라 동선을 우찌 벗어났는가 모르겄어. 더 골 때린 건 모텔 CCTV도 다 제꼈다니께? 갑자기 짠하고 나타나드만 다짜고짜 물 한 잔 얻어먹자는 거여. 아, 참말 환장하겄더라니께?"

전라도도 아니고 충청도도 아닌 모텔관리인의 사투리를 듣자니 뒤통수가 더 뻐근하다. 게다가 등산객의 말을 그대로 옮기는데 그게 또 가관이다. 등산객이 물을 마시더니 혼잣말로 "사람이 죽어나가는데 도대체 뭐하는 거야…?" 하고는 뭐, 글자 그대로 '후헷, 후헤헷' 하고 웃었다나?

"그리 웃는 사람이 어디 있습니까?"

"아, 글씨! 참말이라니깐? 후헷, 후헤헷 하고 웃었당께?"

제기랄, 저 짬뽕 사투리! 그러면 잡아두던지, 말 그대로 '관리'를 하던지 해야 할 것 아닌가? 우리 직종이 비밀에 또 비밀을 지켜야 한다는 걸 모른단 말인가?

"갑자기 터진 우당탕 쿠덩 소리에 밖을 내다봤제. 이거 어떡혀? 사고가 난겨. 밖을 내다보다 아차 싶어 들어와 봉께 등산객이 또 없는 거여?"

"그래서요?"

기가 차서 뒤를 묻는데 뭔가 망설이더니 말을 겨우 뗀다.

"근디…, 그 눔이 고객을 본 것 같어."

"예?"

"근디…, 근디 더 큰일은 말이여…. 나가 열쇠를 두고 나갔는디…."

큰일도 보통 큰일이 아니다. 등산객은 두고 간 열쇠로 관리실의 서랍을 뒤지고 달아났다고 한다. 도둑맞았다는 영감 지갑은 상관없지만, 이 죽일 놈의 모텔관리인 영감! 죽은 고객들의 신분증은 왜 서랍에 모아두고 있었냐 말이다.

"혹시나 몰라 보험을 들어 둔 거지. 자네도 이 일이 얼마나 위험한지 알잖나?"

미칠 것 같다. 목소리가 갑자기 확 바뀌더니 이럴 땐 서울말을 쓴다.

"사장이나 본사에서 알면 난 죽은 목숨이야. 오늘 자네도 실수했으니 유리한 건 없잖아? 서로 비밀을 지키자구!"

게다가 영감은 거래를 제시한다. 내 약점을 물고 늘어질 태세다. 그래도 참아야 한다. 잘못하면 회사도 나도 모두가 날아갈 판이다. 이 모든 게 대규모 청부조직인 '협력업체'와 손을 잡은 사장 때문이다. 사장은 중소기업인 회사를 키운다며 대규모 청부조직인 '협력업체'와 자매결연을 했다. 말이 자매결연이지 곧 있으면 하청업체가 될 것이다. 멍청한 사장은 이제 대표이사가 된다며 좋아하고 있지만 그 대가로 데리고 온 인간이 지금 앞에 있는 모텔관리인이다. '협력업체'에 잘 보이려고 거기 은퇴자 영감탱이를 낙하산으로 앉히더니 결국 이 사단이 난 것이다. 영감탱이가 온 이후엔 모든 게 대충대충이고 설렁설렁이다. 사장이고 영감이고 전부 넋 놓고 있으니 나만 이 고생이다. 이제 정말 은퇴를 해야겠다. 그리고 은퇴 전에 이 영감탱이는 꼭 손 봐 주고 말테다.

남자2 —
 년은 아직 고개를 박고는 울고 있다. 뭐가 그리 서러운지 계속 쥐어짠다. 듣기가 정말 싫다.
 "야이, 쌍년아. 닥쳐! 애초에 널 안태우는 건데. 이런 재수가 없으려니…."
 고함을 지르자 그제야 울음을 그친다.
 그래, 맞아. 이년은 원래 그런 년이었지. 시키면 시키는 대로 다 하는 년. 돈만 주면 뭐든지 하는 그런 년이었지. 한 1년 쯤 지났나? 좀 데리고 놀다 버린 년이 있었다. 계속 엉겨 붙어서 사람을 시켜 혼쭐을 낸다는 게 잘못해서 죽어버렸다. 뒤처리가 까다롭긴 했어도 자살로 처리되어 별일 없이 잘 지나가긴 했었다. 그런데 이년은 바로 그년 친구다. 그것도 제법 친했다나 어쨌다나? 자살한 친구의 남자였단 걸 뻔히 알면서도 내 품에 파고 든 이년. 결국 돈만 있으면 된단 말이지. 흐음. 그런데 말이야, 지금 이 상황엔 이년한테 돈을 확 물려야 아무 일도 없다는 얘기인데…. 뭐 나는 돈이 넘쳐흐르는 사람인가? 하긴 나는 안 넘쳐도 우리 아버지가 넘치긴 하지. 그렇다고 돈이 아까운 줄 모를까? 정도를 벗어나면 안 된단 말이다.

 오늘 여기 오기 전만 해도 그래. 노동조합장인가 뭔가를 신나게 두들겨 주고 왔었다. 회사 편을 들라고 만든 어용노조 조합장 주제에 뭐? 더 이상 조합원을 해고하면 위험해? 이런 씨팔! 나도 아버지한테 인정은 받아야 될 거 아냐? 데모 없고 파업 없는 회사 좀 만들자는데 왜 돈 처먹은 새끼까지 지랄이냔 말이다.

 성미가 급한 나는 남들처럼 야구방망이도 안 썼고 골프채도 안 썼다. 그냥 재떨이를 좀 썼을 뿐이다. 갑과 을이 뭔지 확실히 보여주고 돈만 좀 발라주면 그만이다. 몇 천 따위로 쪼잔하게 보상하면 괜히 말썽만 일어나고 존경심도 얻을 수 없다. 최소 2억은 줘야 된다는 변호사의 말에 기꺼이 OK했었다. 어떻게 아버지 귀에까지 들어갔는지 전화가 왔지만 "이제 좀 자중해라."라는 한마디뿐이었다. 그걸로 끝이었다. 일은 깔끔히 해결됐던 것이다. 통화를 마치자마자 회사를 나와 이년을 불렀다. 잠시 긴장한 것도 풀고, 약도 좀 하고, 기분 전환도 할 겸 드라이브를 즐기는 중이었다.

 씨팔!

 그런 판에 일이 또 터진 것이다. 문제는 이년이다. 이년은 특히 돈을 좋아해서 입을 다물게 하려면 돈이 많이 들 텐데…. 아까도 말했지만 나는 자중해야 한다. 아버지가 아무리 돈이 많아도 정도를 벗어나면 안 된단 말이지. 말 그대로 내가 돈이 아까운 줄 모르는 인간은 아니란 말이다.

내가! 이, 내가 말이지!

남자1 —
후헷, 후헤헷!

입에 침이 고인다. 재미있는 일이 막 터지고 있다. 저 모텔 주인이 숨겨놓은 이 신분증 뭉치는 뭘까? 또 모텔에서 도망치다 교통사고 난 인간은 어떻고? 뭐니 뭐니 해도 뺑소니쳤던 차 속의 여자가 자꾸 생각난다. 고개를 들 때 슬쩍 맡아졌던 여자의 침 냄새….

나는 이제 초능력자가 된 것 같다. 그 순간에 모든 걸 감지하다니! 욕구의 엔진은 초감각적으로 자신의 연료를 찾는다. 나의 모든 계획은 그 여자 때문에 수정된다. 그 여자는 오늘밤 나의 먹이가 될 것이다. 이 동네 지리는 훤하게 알고 있다. 이 지역처럼 비효율적인 도로는 없다. 100킬로로 달리든 200킬로로 달리든 한참을 돌아봐야 모텔 뒷산으로 다시 돌아오게 되어있다. 아무리 좋은 차라도 나를 따라잡을 수 없을 것이다. 산중턱 벼랑이 있는 공터에서 차를 기다려야겠다. 앞으로 벌어질 활극을 생각하니 가슴이 터질 듯이 두근거린다. 좆이 부풀어 올라 미친 듯이 끄떡거린다. 다리는 피곤을 잊고 나는 듯이 달려간다.

나방은 불이 뜨거운 줄 알면서도 그 속으로 달려든다지? 경찰이 쫓고 있는 걸 알면서도 나는 자꾸 사고를 치고 싶다. 몸과 감각은 위험의 냄새를 본능적으로 감지한다. 그것은 나를 위태롭게 하면서도 안전하게 한다. 자극이 필요하다. 추격이 더 가까워졌으면 좋겠다. 이제 여자를 강간하고 죽이는 것만으로는 만족감이 들지 않는다. 스릴! 내겐 스릴이 필요하다. 무능한 경찰이 다가오기 전에 사고를 또 하나 치는 것이다. 후헷, 후헤헷…!

— 재떨이에 맞은 뒤통수를 응급처치 한 다음, 사장과 통화했다. 영감의 실수와 내 실수는 뺀 채 등산객에 대한 얘기를 하자 사장이 한숨을 쉬었다.

"그 지역에 연쇄살인범 하나가 떴대. 짭새가 꼬이는 이유가 바로 그거라구. 고객은 딴 데로 옮기면 되지만 사라진 놈이 고객을 목격했다면 아무래도 찝찝하군. 예감이 안 좋아. 아무래도 그놈은 처리해야겠어."

다행이다. 사장이 큰 의심 없이 알아서 협조를 해주었다. 사장의 협조가 있다면 한결 안심이다. 정보망을 가동해서 모텔 부근의 통신망과 경찰 무전을 해킹해 줄 것이다. 모텔관리인이 말해준 인상착의를 알려준 지 얼마 되지 않아 다시 전화가 왔다.

"머리 아프군. 주변에 협조를 구했는데 아무래도 놈이 그 연쇄살인범 같아. 뉴스에서 떠드는 강간살인마인가 뭔가 있잖아? 경찰 무전도 그렇고 협력업체도 같은 말을 해. 그건 그렇고 근처에 외제차 하나가 지나간 적 있나? 뭐, 이름이 람보르기니 아벤타… 씨발, 이거 뭐라 읽는 거야?"

람보르기니 아벤타도르.

뺑소니차의 차종이다. 가슴이 뜨끔해서 가만있는데 사장이 말을 이었다.

"이거 뭐 한국에 몇 대 없다며? 차에 탄 놈이 S그룹 재벌 2세라는데 약을 처먹고 미친 듯이 달리고 있대. 협력업체에서 감시하는 놈이니까 얽히면 머리 아파. 오늘 그 지역이 정말 머리 아프군. 어쨌든 알아서 확실히 처리해."

'사장님, 내 머리는 깨져서 진짜 아픕니다.'라고 할 뻔했다. 한편으론 다행이고 한편으론 걱정이다. 다행인 것은 등산객이 경찰이나 끄나풀이 아니라는 점이다. 놈은 그냥 쓰레기일 뿐이다. 그것도 내가 치울 필요도 없었던 쓰레기. 하지만 죽은 고객들의 신분증을 갖고 튄 순간부터 놈은 위험한 폐기물이 되었다. 덕분에 내 손으로 쓰레기를 직접 치워야 한다. 제기랄, 관리인 영감탱이!

그건 그렇고 재벌 2세란 놈은 뺑소니를 친 놈이 확실하다. 한국에 몇 대 없다는 차가 이 시골구석에서 한꺼번에 돌아다닐 리 없다. 이 새끼 마음에 안 든다. 사람을 치어놓고 뭐하는 짓이냐? 어떤 놈은 돈 때문에 죽니 사니 하다 교통사고까지 났는데, 어떤 놈은 가진 돈이 넘쳐도 사람 하나 살릴 생각도 하지 않는다. 뭐, 상관없다. 일단 살인범부터 찾고 볼 일이다. 협력업체의 도움으로 근방 CCTV검색을 금방 끝냈다. 사장이 협력업체와 손잡은 이후 생긴 변화이다. 아날로그에서 디지털로의 변화, 그리고 스피드! 물론 이런 건 좋다. 암흑의 사업은 암흑의 협력업체가 필요한 법이다. 하지만 그들의 입김이 커지는 건 용납할 수 없다. 뭔가 잘못되어 가고 있다. 그래서 은퇴가 더 절실한 지도 모르겠다.

 한숨을 내쉬고 화면을 살펴보았다. 등산객은 등산객답게 산을 오르고 있고, 람보르기니는 아벤타도르답게 열심히 달리고 있다. 이 골짜기 안 평지는 조금만 벗어나도 산을 타고 올라가야 한다. 차라면 빠져나가기 더욱 힘든 곳이다. 거대한 S자 도로가 미로같이 얽혀 있기 때문이다. 불현듯 어떤 예감이 스쳐 지나간다.

 살인마와 뺑소니 재벌2세….

 저러다가 저 쓰레기들끼리 서로 마주치는 건 아닐까? 오늘밤은 아무래도 얽히고 설키는 밤인 것 같다.

남자2 ―
"차, 차 좀 세워줘. 오빠 속이 너무 안 좋아."
 년이 한마디 한다. 평균 200을 밟으며 달렸으니 멀미가 날만도 하다. 그런데 이놈의 동네는 달려도 달려도 벗어날 수가 없다. 대한민국의 숨겨진 아우토반이라며 이년이 추천해서 온 곳인데 뭐 이딴 데가 다 있는지 모를 일이다. 바로 앞에 보이는 산을 넘으려면 얼마를 더 가야 하는지 모르겠다. 직선으로 끝도 없이 이어지던 길은 산 입구에만 오면 180도로 다시 유턴하는 꼴이다. 골짜기 안 평지에서 거대한 S자 도로가 수도 없이 깔려 있다. 한참 달렸는데도 방금 사람을 친 모텔이 50미터쯤에서 다시 나타나 얼마나 놀랐는지 모른다. 그렇게 끝과 끝을 잇던 길은 네 번째 유턴에서야 산중턱으로 이어졌다. 겨우 한숨을 돌리는데 이번에는 오르막 급커브의 연속이다. 무슨 놈의 길이 이젠 대놓고 빙글빙글 돌아간다. 운전하는 나까지 어지럽다. 그래도 어서 도망쳐야 한다. 이게 대체 무슨 꼴이람? 옆의 년이 차를 세워달라고 발광을 하지만 지금 차를 세울 순 없다. 핸들을 더 꽉 잡고 돌리는데…, 어? 저건 또 뭐야? 브레이크를 급히 밟자 끼이익 하며 차바퀴가 고함을 내지른다.

"뭐야? 씨팔!"

좁은 길에 통행금지 바리케이트가 세워져있다. 이런…, 미친! 길이 막혔다고? 웃기고 있네. 일단 저걸 치워야겠다. 주위를 돌아보자 때마침 공터가 보인다. 년이 워낙 지랄을 하니 일단 차를 돌려 세웠다. 년이 문을 열고 뛰쳐나간다.

"우웩, 우웨엑!"

저런 밥맛 떨어지는 년…. 공터 끝에서 구역질 하는 년을 쳐다보며 혀를 쯧쯧 차는데 갑자기 좋은 생각이 난다. 그래!

그냥 저년을 밀어버리는 거다.

주위엔 여전히 아무도 없다. 년을 밀어버리면 말썽이고 뭐고 아무 고민하지 않아도 된다.

죽여?

말아?

발로 한 번 차기만 하면 년은 낭떠러지로 굴러 떨어질 것이다. 이년하고는 몸만 몇 번 섞었지, 사랑이고 뭐고 없다. 이년도 돈만 보고 나를 쫓았지 다른 그 무엇도 없을 것이다.

년의 뒤로 천천히 걸어가 공터 끝의 낭떠러지를 살펴보았다. 아찔했다. 이년만 없으면 완전히 아무 일 없는 건데…. 나는 또 사고를 치면 안 된다. 얼마 있으면 경영권에 대한 이사회가 열린다. 그 생각을 하니 다리에 절로 힘이 간다. 잠깐, 잠깐, 워워. 그래도 사람 하나 보내는 건데 조심해야 한다. 살금 다가서는데 년이 행동을 멈춘다. 들킨 건가? 가만히 동정을 살피는데 년의 어깨가 들썩인다. 이거 우는 거야? 눈치는 빨라가지고. 살짝 불쌍하기도 하다. 그래, 돈만 주면 이렇게 말 잘 듣는 년도 없었지? 차라리 이년을 잘 구슬릴까? 내가 무슨 살인마도 아니고…. 아까 그놈도 재수 없게 교통사고가 난 것뿐이다. 정신없이 살펴봐서 그렇지 혹시 살아있을 지도 모른다.

몇 발짝 물러서서 담배를 피워 물었다. 니코틴이 밀려오자 이제 좀 진정이 된다. 그래, 정신 좀 차리자. 일단 참았던 오줌이나 누자. 좀 떨어져서 지퍼를 내렸다.

쏴아아 —

오줌이 벼랑에 떨어지는 소리가 시원하다. 뭔가 결정을 내릴 때는 역시 오줌 누는 게 최고다. 이제 정리가 확실히 된다. 돈이 한두 푼도 아니고 저년까지 신경 쓸 여력은 없다. 오줌을 다 누고 저년을 떨어트리는 거다. 동생 년도 치고 올라오는 판에 아버지나 이사들 눈에 어긋나면 낭패가 아닌가? 그건 그렇고 여기가 높긴 높구만. 그런데 저년 저걸 어떻게 떨어뜨리지? 어라? 그런데 이년 이거 어디 갔어? 년이 있던 곳을 돌아보는데 년이 없다.

"오빠…."

문득 내 뒤에서 년의 목소리가 들린다. 너무 놀라서 오줌이 끊길 정도다.

이년 이게 벌써 눈치 채고 날 밀려고 하나?

뒤로 돌아서는데 끊긴 오줌이 다시 나오며 두 갈래 세 갈래로 갈라져 튄다.

"에이씨, 이거 뭐야?"

손에 안 묻히려고 물건을 다시 잡는데 발이 쭉 미끄러진다. 어? 어라? 미끄럽더니 이번엔 밑으로 훅 꺼진다. 이거 뭐야? 몸이 자꾸 뒤로 쏠린다.

"야, 얼른 얼른!"

팔을 휘저으며 년에게 뻗는데 년이 가만히 서있다.

"어, 어? 어!"

내 오줌이 솟아 년에게 뿌려지더니 이내 360도로 회전한다. 난 지금 어떻게 된 거지? 이게 도대체…?

— "야이, 쌍년아아아아!"

오빠의 욕이 울려 퍼진다. 너무나도 갑작스럽다. 방금까지 서 있던 사람이 벼랑 밑으로 사라졌다. 오빠가 서 있던 자리엔 오줌 자국만이 남아있다.

죽은 걸까?

아무리 벼랑 밑을 살펴보아도 시커먼 암흑뿐이다.

죽었을 거야.

나는 얼굴에 튄 오빠의 오줌을 닦으며 고개를 끄덕였다. 여기서 떨어져 안 죽는다면 그게 이상한 거야. 오빠의 마지막 얼굴이 떠오른다. 그렇게 다급한 표정은 처음이었다. 세상 모든 것을 다 가진 남자의 다급한 얼굴…. 그는 나에게 손을 잡아달라며 팔을 뻗었었다.

하지만!

몸이 움직이지 않았다. 조금 전처럼.

난 분명히 보았었다. 오빠가 날 밀려고 하는 걸. 구역질하다 인기척이 수상해 휴대폰으로 뒤를 살펴보았었다. 그는 몇 번이고 날 밀려고 했다. 무서웠다. 돌아보며 뭐하는 거냐고 소리쳐야 했는데, 도망쳐야 했는데 몸이 움직여지지 않았다. 갑자기 눈물이 났다. 어릴 때 엄마에게 버림을 받은 것도 모자라, 이제 이런 자에게조차 버림받는 신세라니….

오빠가 그런 인간인 줄은 이미 알고 있었다. 저만 살자고 한때 사귀었던 여자를 죽인 인간. 내 친구는 저 오빠로 인해 죽었다. 경찰

발표는 자살이었지만 저 인간이 손을 써서 죽였다는 걸 나는 잘 알고 있다. 텐프로였지만 연예인 지망생이었던 친구는 주요 배역을 알선해준다는 오빠의 설탕발림에 넘어가버렸다. 몇 번 배역을 맡기긴 했지만 결국엔 접대 노리개로 이용하며 친구의 인생을 망쳐놓았다. 이후 친구는 피해를 보상받기 위해 끝까지 싸웠었다. 하지만 그 앤 힘이 없었다. 언론사에 투서를 하고 법원에 고소장을 넣어본댔자 그 노력은 저 인간의 발끝에도 미치지 못했다. 저 인간 애비가 쳐놓은 돈의 보호막은 엄청났었다.

'S기업 회장의 2세 L씨 스캔들'

친구의 노력은 삼류 인터넷 신문의 가십난에 한 줄 기사로 마무리되었고, 곧 있지 않아 그녀는 알 수 없는 죽음을 당하고 말았다. 보육원에서 어릴 적부터 함께 지내온 자매와도 같은 나의 친구. 난 그녀의 죽음에 복수를 결심했다. 그녀가 남긴 재산은 모조리 내 미모를 업그레이드시키는데 사용되었다. 오빠가 좋아하는 얼굴, 오빠가 좋아하는 몸매, 오빠가 좋아하는 헤어스타일…. 나는 죽은 친구와의 인맥을 이용해 텐프로에 들어갔고 텐프로의 1프로가 되었다. 그러나 오빠를 만나는 것은 하늘의 별따기였다.

언젠가는 기회가 생기리라, 언젠가는 기회가 생기리라. 그렇게 친구의 복수만 새기고 있던 나에게 뜻밖의 기회가 다가왔다.

S기업 둘째딸, 그러니까 오빠의 동생이 날 불러 이런 제의를 해왔던 것이다.

"큰돈 벌고 싶지 않아?"

 그녀는 모든 것을 알고 있었고 모든 것을 조종하는 사람이었다. 그토록 다가가기 힘들던 오빠를 그날 당장 만날 수 있었다. 그는 한눈에 나를 마음에 들어 했고, 나는 졸지에 S기업의 남매 모두에게 돈을 받는 여자가 되었다. 밤에는 오빠의 여자로서, 낮에는 오빠 동생의 스파이로서.

 그렇게 한 달이 지난 어느 날, S기업의 둘째딸, 그러니까 오빠의 동생은 나에게 또 다른 제안을 해왔다.

"정말 큰돈 벌고 싶지 않아?"

 오빠를 꼬드겨 이 골짜기에만 데려다 놓으면 정말 큰돈을 쥐어주겠다는 것이었다. 난 본능적으로 알 수 있었다. 그녀가 이곳에서 오빠를 쥐도 새도 모르게 처리하려는 속셈이란 걸. 물론 한 가지 더 눈치 채기도 했다. 오빠가 죽으면 내 목숨도 쥐도 새도 모르게 처리될 거라는 걸.

남자1 —

 골짜기를 가로질러 산등성이에 이르자 도로 곳곳에 바리케이트가 쳐져있다. 왜 쳐져있는지 알 수 없지만 내겐 행운이다. 마침 차가 올라오는 소리가 들린다. 풀숲에 숨어있자니 뺑소니차가 바리케이트 앞에 끼익, 선다. 여자가 얼른 뛰어내렸다. 여자를 보며 입맛을 다시는데 사내놈도 차에서 내렸다. 사내놈이 벼랑에서 여자를 밀려고 한다. 그럼 난 재미가 없다. 얼른 뛰어가서 사내놈을 죽이려 하는데 어찌된 영문인지 사내놈이 소변을 보다 굴러 떨어졌다. 여자가 사내를 민 것일까? 둘의 관계가 제법 복잡한가 보다. 뭐 상관할 것 있나? 난 재미만 보면 그만이다.

그런데 산등성이로 올라오던 중 갈등이 하나 생겼다. 오늘 이후로 강간과 살인을 자제하는 게 어떨까 싶다. 잠시 동안만 참으면 내 안전이 확실히 보장될 세탁거리를 건졌기 때문이다.

아까 그 수상한 모텔에서 건진 이 신분증 뭉치.

모텔을 감싸던 위험한 냄새는 바로 여기에서 나온 것이리라. 신분증의 주인들은 보나마나 죽었거나 실종됐겠지. 저 여자를 죽인 후 이걸 시체 주위에 뿌려두는 거다. 그러면 또 난리가 나겠지. 무능한 경찰은 닭 쫓다 토끼 잡은 격으로 이쪽에 수사력을 집중시킬 거다.

후헤헷! 아무리 생각해도 난 너무 똑똑해. 자, 복잡한 생각은 이제 그만.

저 여자는 방금 사람을 죽였다. 방금 사람을 죽인 여자와 섹스를 하면 어떤 맛일까? 또 방금 살인한 여자를 살인하는 맛은 어떨까? 어쨌든 저 여자는 오늘밤 내 차지란 말이다!

— 만약 오빠의 손을 잡아주었다면 난 어떻게 됐을까? 아마 난 오빠와 입장이 바뀌어 있을 것이다. 다시 화가 나기 시작한다. 아버지 덕에 돈이 남아도는 인간이 사람을 살리려 한 적은 한 번도 없

다. 내 친구의 인생을 망쳤고, 임금을 체불하며 노동자들을 잘랐고, 거기에 반대하는 직원을 반병신 만들고, 바로 방금 뺑소니까지 치더니, 이젠 날 죽이려 들어?

"잘 죽었다. 개새끼이!"

오빠가 떨어진 곳에 침을 뱉고 소리를 질렀다. 메아리가 울려 퍼지다 조용해진다. 그러자 현실의 무게가 나를 감싼다. 오빠는 죽어야 할 곳에서 죽었다. 하지만 이런 방식은 아니었다. 누군가 오빠를 죽이러 올 것인데 오빠는 이미 죽은 후다. 그렇다면 얘기는 달라진다. 내가 오빠를 죽였다고 오해하면 어쩌지? 죽음까지 각오했었는데 오빠가 죽으니 공포가 밀려온다. 무서워졌다는 건 살고 싶다는 얘기이다. 눈물이 줄줄 흘러내린다. 여긴 도대체 어딜까? 이제 난 어떡하지? 온몸이 덜덜 떨리는데 가슴 속 어딘가에서 울리는 소리.

아직까진 괜찮아

아까 들었던 라디오에서 어떤 영화를 소개했었지. 그 영화의 첫 장면을 소개하며 DJ가 들려주었던 대사이다. 눈물이 멎고 떨림이 진정된다. 뭔가 잘못된 건 알겠는데 '아직까진 괜찮아'라는 말이 위안이 된다. 그래, 난 아직 살아있는 거야. 오빠는 잘 죽었어. 옛날에도 나빴고 평소에도 나빴으며 아까 뺑소니도 나빴고 방금 날 죽이려 한 것도 나빴어. 아, 그런데 또 무서워져. 아까 차에 치인 사람은 죽었을까? 방금 벼랑에 떨어진 오빠는 살았을까? 난 뭘 어떻게 해야 하지? 오빠를 죽이러 올 사람은 이 상황에서 날 어떻게 할까?

"저, 저기요."

그때 누군가 날 불렀다.

"어, 엄마야!"

소스라치게 놀라 쳐다보니 모자를 눌러 쓴 남자다. 이 남자는 누굴까? 어디서 갑자기 나타났지? 이 남자가 오빠와 날 죽이러 온 킬러?

남자1 —

여자가 두려운 눈빛으로 바라본다.

"괜찮은가요? 무슨 사고라도 났나요?"

최대한 친절하게 물었지만 여자가 경계심을 풀지 않는다. 여자는 생각했던 것보다 더욱 예쁘다. 이 여자의 육체는 나의 욕구를 한껏 만족시켜 줄 것이다. 여자를 안아본 것이 얼마나 되었나? 벌써 사흘이나 되었다. 도시였다면 벌써 하나 둘쯤은 먹어버렸을 것이다.

후헷! 언젠가 짭새한테 잡혀줄 때 내가 맛본 여자들을 모두 알려줘야지. 놈들은 얼마나 놀란 표정을 지을까? 아니지, 나도 한 두 개쯤은 비밀로 간직한 여인이 있어야 하지 않겠어? 지금 이 여자는 비밀로 하고 싶다. 후헤헷!

"아, 전 등산객인데…, 길을 잃어서요. 차 좀 태워주시면 안될까 하고…. 그런데 벼랑 밑에 뭐가 있어요?"

벼랑 쪽으로 다가가려 하자 여자가 흠칫 놀라며 막아선다.

"아, 아니에요. 아무 것도 없어요. 기, 길을 잃으셨어요?"

그러면 그렇지. 인간이란 것들은 모두 자기가 불리하다 싶으면 태도가 바뀐다. 이제 이 여자도 내 먹이가 될 것이다. 차를 보니 상당한 고가일 것 같다. 굴러 떨어진 사내놈이 제법 사는 놈이었나 보다. 이 여자와 볼일을 본 다음, 이 차로 지역을 벗어나려 했는데 이러면 문제가 좀 있다. 이왕 잠적을 결정했으면 신속보다 신중이 중요하다. 눈에 띄는 저런 차는 멀리해야 한다.

"잠시만 기다리세요."

여자가 차문을 열고 서둘러 뭔가를 치운다. 여자의 쭉 뻗은 허벅지가 한눈에 들어온다. 헤헷! 아무래도 난 미친 것 같다. 신중 따위 필요 없다. 일단 지금이 중요하다. 가만 생각하니 상황이 너무나 자극적이다. 경찰에게 쫓기는 구역에서 방금 사람을 죽인 여자를 강간하고 죽인다?

헤헷! 후헤헷! 벌써 침이 흐른다.

바로 뒤로 다가가도 여자는 정신이 없다. 뭔가 들켜선 안되는 게 있나 보지? 차 안에 밀어붙여서 해치우는 거다. 아, 이 엉덩이! 미칠 것 같다. 허리끈을 풀고 바지를 내려 물건을 꺼내었다. 이놈이 또 호강하겠군. 후헤헷, 일을 끝낸 후에 목을 조르면 여자는 어떤 목소리를 낼까?

차 안으로 고개를 들이미는데 갑자기 여자가 일어선다. 불꽃이 번

쩍하고 '악!' 소리가 난다. 어라? 이건 뭐지?

— 아악!

비명이 나오고 뒤통수에 충격이 몰려온다. 뒤통수를 쥐고 돌아보니 등산객이 비틀거리고 있다. 마약, 주사기, 옷가지 등등 오빠의 흔적을 치우고 허리를 펴자 벌어진 일이다. 차 안에 오빠가 있는지 엿본 것일까? 이 사람 정말 킬러인 건가? 내 머리도 아픈데 남자는 정말 아파하고 있다. 급하게 부축하려 돌아섰지만 일이 꼬이려는지 구두가 삐끗한다.

"엄마야!"

태어나서 엄마 얼굴을 본 적도 없는데 이럴 땐 꼭 '엄마야'이다. 정말 의도치 않게 남자에게 안겨 버렸다. 하지만 내 무게가 그렇게 무거웠나? 그는 너무나 간단하게 넘어져 버린다.

쿵! 땅에 뭔가 부딪치는 소리가 났지만 난 남자 품에 안겨 멀쩡하다. 다만 눈을 감은 남자의 뒤통수에서 피가 나는 게 문제다.

"어, 어떡해? 이봐요, 이봐요!"

"……."

뭐라고 한 마디 하더니 눈을 감는다. 모자를 벗기니 피가 잔뜩 흐른다. 뺨을 때리고 가슴을 문질러도 일어나지 않는다. 겁이 덜컥 나서 가슴에 귀를 대는데 깜짝 놀라고 말았다. 남자의 바지가 내려간 채 커다란 물건이 꺼내져 있다. 그것도 빳빳한 채로…. 이 남자는 도대체 뭔 짓을 하려고 한 걸까? 아까 분명 입고 있었던 바지가 왜 지금 벗겨져 있지? 남자가 남긴 마지막 한 마디가 떠오른다.

"썅년아…."

그러고 보니 오빠도 떨어지며 똑같은 말을 했다. 이 사람이 죽었다면 나는 오늘 두 번이나 똑같은 유언을 듣는 거다. 망설이다 벗겨진 아랫도리를 다시 한 번 확인하니 한숨이 나온다. 이놈은 킬러도 뭐도 아닌 그냥 변태 등산객이다. 날 추행하려다 제가 벗은 바지에 제가 걸려 넘어진 그냥 변태 새끼. 그런 주제에 뭐? 나보고 썅년? 그러고 보면 떨어진 오빠도 마찬가지다. 그도 날 때리고 욕보이고 심지어 죽이려 했다. 그리고 마지막 한 마디는,

썅년아.

가슴에서 뜨거운 것이 치밀어 오른다. 내가 도대체 너희들한테 뭘 했다고….

"야이, 썅놈의 새끼들아아!"

나도 모르게 소리를 질러 버렸다. 언덕이 쩌렁쩌렁 울린다.

— 썅놈의 새끼들아아, 썅놈의 새끼들아아.

비상시를 대비한 이동 케이블로 가는데 희한한 메아리가 울려 퍼진다. 여자의 목소리다. 이 시간에, 이 산중턱에서 '썅놈의 새끼들'이라니…. 하긴 오늘밤은 극히 비정상적인 밤이다. 말 그대로 비상시국인 것이다. 사장에게서 전화가 온다.

"2차 코스까지 막아뒀는데 1차 코스에서 놈이 정지했단 정보야. 일단 도로하고 통신은 모두 차단해뒀어. 지금 이 번호만 통화가 될 거야."

 도로는 그렇다 치고 통신 차단까지? 협력업체 스케일이 확실히 크다. 하지만 이건 커도 너무 크다. 모텔관리인 영감이 불어 버린 걸까? 아니면 다른 급한 일이 있는 걸까?

"통신 차단은 왜요?"

"그게 머리 아파. 아까 얘기한 그 람보르기니 아베…, 어…. 에이, 씨발! 어쨌든 그 차 주인 말이야. 걔도 거기 있다는군."

"걔랑은 얽히지 말라면서요?"

"그게 말이야…, 협력업체 쪽이 이렇게 협조적인 이유가 있어. 아, 머리 아프군."

 사장의 한숨소리가 전화기를 거쳐 전해진다. 이건 이미 얽혀버렸다는 의미다.

"협력업체가 그 재벌 2세를 감시한다고 했잖아? 그쪽 고객한테서 뭔가 독촉이 들어온 모양이야. 말이 나와서 하는 말인데…. 협력업체가 우리한테 협력을 부탁하는데 어떡하지?"

 협력업체의 협력요구. 이건 정말 머리 아프다. 하지만 우린 직종이 다르다.

"아시잖습니까? 난 그런 일 안하는 거."

"급하다잖아? 협력업체가 삐지면 우리 같은 중소기업이 살아남겠어? 나도 머리 아파."

"못합니다."

"벌써 통신을 차단해버렸단 말이야. S그룹 큰아들이니까 뻔하잖아?"

제기랄! 이건 덫이다.

돈 많은 인간들이 들어두는 보험 중에 특수보험이란 게 있다. 말 그대로 돈 많은 것들의 보험이다. 고객에게서 일정 시간 연락이나 신호가 끊기면 안전요원이 자동으로 출동하는 일종의 경호시스템이다. 출동하는 안전요원은 프로중의 프로일 가능성이 높다. 협력업체가 서둘러 통신을 차단해 줬던 이유가 여기에 있었다. 자기들 손에 물을 묻히지 않고 일을 처리하려는 것이다. 위험부담 없이 힘없는 중소계열사에 일을 떠넘겨 버리는…. 이제 이쪽 일도 예전 같지가 않다. 돈이면 다 되는 세상. 사장이 신난다고 손잡을 때 알아봤다. 그들과 사장이 내게 원하는 건 단 하나다.

청부살인.

"사장님, 왜 이러십니까?"

"시간이 없어. 보험이 작동하면 최소한 1시간 이내야."

"그래서요?"

"이봐, 머리 아프게 하지 마. 자네가 청부 안하는 건 알아. 하지만 어쩌겠어? 그냥 우리 일 하는 김에 숟가락 하나 더 얹어주는 거야."

다친 뒤통수가 뻐근하다. 이래서 내가 은퇴하고 싶은 것이다.

"좋아요. 할 때까지 해보죠. 단, 작업하진 않습니다. 인수인계한다고 해주세요."

"인수인계? 음…, 잘 되면 더 좋지만 너무 위험하지 않겠어? 1시간 밖에 없다구."

"끊습니다."

"좋아, 자네 좋을 대로 해. 머리 아픈 일 생기면 바로바로 연락하라구."

짜증이 밀려온다. 눈을 잠시 감았다 떴다. 1시간 내에 두 가지 일을 해야 한다. 오늘밤은 정말 얽히고 설키는 밤이다.

— 쌍놈의 새끼들아아, 쌍놈의 새끼들아아.

내 목소리가 여기저기 울려댄다. 정신이 번쩍 든다. 아무래도 이러고 있을 때가 아니다. 지금 이곳은 두 사람이나 맛이 간 곳이다. 특히 이 짐승은 맛이 가도 아주 간 것 같다. 등산객을 툭 차보았다. 여전히 미동이 없다. 그런데 이 동네는 정말 웃긴 곳이다. 지나가는 차 한 대 없다. 난 이제 어떡하지? 자꾸 눈물이 난다. 이 급한 상황에 휴대폰 안테나는 아예 먹통이다. 등산객의 두 팔을 끌자 정말 무겁다. 두 다리를 허리에 걸치니 그나마 조금 끌려온다. 뒤를 돌아볼 때마다 이 강간범의 물건이 눈에 들어온다. 여전히 빳빳하다. 저건 안 죽었지만 주인은 분명 죽었다. 문득 아까 벗겼던 모자가 생각났다. 얼른 주워와 남자의 물건에 씌웠다. 모자가 탁 걸리는 게 적당히 가려진다. 왜 이 생각을 못했지?

"이제 좀 죽어라, 쌍놈아…."

쭈그리고 앉아 중얼거리는데 벼랑 쪽에서 고함소리가 들린다.

"사람 살려어!"

맙소사…, 이건 오빠의 목소리다. 하나도 정겹지 않은 메아리가 울려 퍼진다.

사람 살려어 사람 살려어

너무 놀라 오빠가 떨어진 벼랑을 멍하니 바라보았다.

툭!

뭔가 떨어지는 소리가 난다. 돌아보니 모자가 떨어졌다. 등산객의 물건이 드디어 쭈그러들어 있다. 이놈도 오빠의 목소리가 무서운가 보다. 그런데 또 그런데…, 갑자기 뭔가가 내 팔목을 꽉 잡는다.

"이, 이…, 쌍년아!"

죽었던 등산객이 살아나 날 잡아당긴다. 이건 무슨…? 좀비영화에서나 나올 일이 왜 나한테 일어나는 걸까?

"엄마, 엄마야!"

몸부림치며 팔을 뿌리치는데 놈의 힘이 너무 세다.

"이 쌍년이 날 죽이려고 해?"

눈에 불꽃이 번쩍 난다. 힘이 쭉 빠져 스르르 주저앉아 버렸다.

남자1 —

이 여자는 대단하다. 연쇄살인마라 불리는 나도 사람을 죽이고 바로 또 살의를 느낀 적은 별로 없다.

"후헷! 역시 넌 달랐어. 같은 살인자끼리 통한다고 할까?"

아직도 반항하기에 배를 한 대 때려주었다. 여자의 눈이 왔다 갔다 한다. 사람을 죽여 놓고 자기는 살려고 꿈틀대는 게 무척 자극적이다.

"내가 누군 줄 알아? 후헷, 후헤헷! 뉴스는 들었겠지? 연쇄 강간 살인마!"

여자의 눈이 공포에 질린다. 뉴스를 들었나 보다. 그래, 그분이 바로 나다. 여자의 다문 입을 핥았다. 목을 조금 졸라 주자 입이 조금씩 열린다. 후헷! 그런데 목을 조르니 너무 재밌다. 옳지, 이 여자는 죽인 다음에 따먹을까? 그래도 괜찮을 것 같아. 후헷 후헤헷! 어? 그런데 그게 아니군.

으음…, 좋아. 그래, 조금만 살려줄게….

— 징그러운 웃음에 섞인 말이 더 섬뜩하다. 이놈이 라디오 뉴스의 그 연쇄살인마?

목을 조르는 힘이 더 세어진다. 입이 저절로 벌어지는데 놈의 혀가 침입해 온다. 이놈은 뭘 원하는 걸까?

나와 하는 것? 나를 죽이는 것?

있는 힘을 다해 혀를 내밀어 놈의 혀를 유인했다. 천만 다행히 다시 다가오는 혀. 혀와 혀가 뒤엉키자 서서히 목을 조이는 힘이 줄어든다. 그래, 기회는 한 번 뿐이야!

"어억! 어어억!"

놈이 발버둥치기 시작한다. 두 팔로 놈의 뒤통수를 꽉 안았다. 놈의 혀에선 피가 쏟아지고 내 얼굴에는 놈의 주먹이 쏟아진다. 한 대, 두 대, 세 대, 네 대…. 불꽃이 번쩍 번쩍거리고 내 힘은 점점 빠져만 간다.

"우어어억!"

놈이 외마디 비명을 지르더니 내 배를 또 한 번 내려친다. 참지 못하고 입을 열자 놈도 뒤로 떨어져 나간다. 일어나야 한다, 일어나야 한다. 그런데 잘 안 된다. 땅바닥에 누운 채 팔다리만 휘젓는 꼴이다.

"이던, 사담 둑일 년!"

고함을 지르지만 발음이 샌다. 살인마한테 사람 죽일 년이란 소리를 듣다니…. 놈이 정신을 차리고 다시 달려든다. 도망가려 해도 몸이 말을 듣지 않는다. 아무래도 이게 마지막인가 보다. 눈을 질끈 감는데 놈이 내는 소리가 이상하다.

"어, 어? 어!"

놈이 이리 비틀, 저리 비틀, 몇 번 점프하더니 내 위로 덮쳐온다. 내린 바지에 또 다리가 걸린 모양이다. 하지만 마찬가지다. 그래봤자 내 위로 덮쳐온다. 난 오늘 정말 운이 나쁜가 보다.

"엄마야!"

 잔뜩 몸을 움츠리고 비명을 지르는데 세운 무릎에 물컹한 충격이 오더니 나보다 더 큰 비명소리가 눈앞에서 터진다.

"어어억!"

 몸이 빳빳하게 굳은 놈이 비명만 질러댄다. 빠져나오려 몸부림치자 놈의 비명이 더욱 커진다. 문득 놈의 가랑이 사이에 낀 내 무릎이 눈에 들어온다.

 아하, 그랬구나, 그랬었구나!

 사태를 파악한 나의 무릎이 있는 힘을 다해 살인마의 가랑이를 가격한다. 내가 내뱉는 말은 '엄마'에서 '개새끼'로 바뀌더니 어느 순간 '죽어'로 바뀐다. 파랗게 질린 놈의 얼굴에선 이제 비명도 나오지 않는다. 결국 고개가 축 늘어지더니 반응이 없다. 용기를 내어 밀어내자 축 처진 살인마가 털썩 땅에 구른다. 바지를 벗은 놈의 물건이 또 보인다. 정말 골 때리는 물건이다. 제 주인이 그렇게 고생하고 맛이 갔는데 또 꿈틀꿈틀 일어나려 한다. 물건이고 주인이고 간에 정말 나쁘다. 저게 세워져 있으니 이번에도 죽은 게 아닐 거야. 이젠 더 이상 엄마를 찾고 싶지 않다.

"개새끼…, 죽여 버릴 거야!"

 바로 옆의 커다란 돌덩이를 주워 머리 위로 치켜들었다.

 놈은 뉴스에 나오는 연쇄 살인마. 나쁜 새끼가 분명해. 다시 깨어나면 날 죽이려 세상 끝까지 쫓아올 거야.

그런데, 그런데…, 온몸이 덜덜 떨리고 몸이 또 움직이지 않는다. 돌을 들었던 팔이 스르르 내려온다. 눈에서 눈물이 줄줄 새어 나온다. 엄마, 엄마가 보고 싶어.

사람 살려어 사람 살려어

벼랑 밑에서 또 한 번 메아리가 울려 퍼진다. 오빠다. 그 소리가 들리자마자 가슴이 끓어오른다. 이 인간이나 저 인간이나 전부 날 죽이려 했었지? 이젠 그냥 당하고 있으면 안 되는 거야.

이…, 쌍놈의 새끼들!

돌을 번쩍 치켜 올리는데 누군가의 목소리가 들린다.

"저기요, 그러면 죽어요."

깜짝 놀랐다. 이번엔 또 누구람? 난 왜 누가 와도 눈치를 못 채지?

— 예감은 적중했었다. 내가 처리해야 할 놈들은 제1코스에서 랑데부 했었다. 문제는 한 놈 말고 또 한 놈이 있어야 할 자리에 한 년이 있다는 점이다. 심지어 한 놈은 바지를 내린 채 한 년을 덮치고 있다. 도대체 어떻게 된 것일까? 주위를 둘러보니 등산 배낭이 있다. 배낭을 탈탈 털자 신분증 뭉치가 튀어나온다.

죽었어, 이 관리인 영감탱이.

그 순간에도 활극은 계속된다. 여자가 어찌했는지 놈이 비명을 지르다 벌떡 일어선다. 여자가 누운 채 뒤로 기어가고 놈이 또 덮치려 다가간다. 아, 정말…. 오늘밤은 진짜 뭐 이런지 모르겠다. 저 새끼가 강간 살인마겠군. 일단 다가가 놈의 엉덩이를 힘껏 차주었다. 놈이 넘어진 후엔 따로 뭐, 할 일이 없다. 여자가 알아서 때리고 찍고 잘 한다. 너무 집중한 나머지 내가 지켜보는 것도 모른다. 여자가 벌떡 일어서더니 큰 돌 하나를 들고 놈을 한참 내려 본다. 에이, 설마 죽이겠어? 눈물을 줄줄 흘리는 게 때려죽일 포스는 아니다.

사람 살려어 사람 살려어

꽤나 급한 목소리가 벼랑 밑에서 울린다. 어라? 여자 눈에서 갑자기 불꽃이 튀더니 돌을 든 손을 높게 쳐든다. 워워워…, 그건 아니지. 사태파악을 좀 해야겠다.

"저기요. 그러면 죽어요."

여자가 화들짝 놀란다.

"누, 누구세요?"

아직 돌을 들고 있다. 이 여자 위험하다.

"거, 돌부터 내려놓고 얘기해요."

돌과 나를 번갈아 바라보더니 또다시 눈물을 줄줄 흘린다. 돌이 툭 떨어진다. 여자가 주저앉더니 본격적으로 통곡을 한다.

"아저씨도 억억, 나, 억억, 죽일 거예요? 억억…."

아, 여자가 우는 거 별로 안 좋아한다. 대답 않고 쓰러진 놈을 체크했다. 아직 죽지는 않았다.

"저기요, 저 차 주인 어디 있는지 알아요?"

여자는 대답 없이 울고만 있다.

"저기요, 어이! 계속 울면 죽일 거니까 그치고 대답해요."

그러자 여자가 울음을 뚝 그친다. 상황판단이 빠른 여자다. 꼴은 엉망이지만 똑똑하게 생긴 여자다.

"가르쳐 주면 흑흑, 살려줄 거예요?"

"빨리 가르쳐 주고 옷이나 바로 입어요."

"저기, 저기에 떨어졌어요."

여자가 가리킨 곳은 벼랑이다. 아까 메아리가 울린 곳도 벼랑 밑이다. 재벌 2세인지 뭔지가 있는 곳이 바로 저 밑인 것이다. 케이블을 타고 내려간다 해도 다친 놈을 데리고 다닐 수는 없다. 귀찮게 되었다. 혹시나 해서 탐지기를 차에 갖다 대자, 아니나 다를까 삑삑 소리가 난다. 보험회사에선 이 차에 붙은 신호를 쫓을 것이다. 그러고 보니 재벌 놈도 몸속 어디에 신호기를 내장해 두었겠지. 제기랄, 벌써 15분이 지났다. 갈수록 일은 복잡해진다. 사장에게 전화를 했다.

"어, 수고했어. 그 살인범은 경찰이 쫓으니까 뒤끝 없이 처리해버려. 그리고 람보르…, 그, 그거 모는 놈 있잖아? 거…, 인수인계는 어려울 것 같아. 협력업체 사람들이 근처로 가려면 시간이 너무 걸린대. 그냥 좀 처리하면 안 되겠어? 보험직원들도 예상보다 빨리 도착할 것 같아. 그것 참, 머리 아프구만."

전화기를 집어던질 뻔했다. 정말 은퇴하고 싶다. 사장이란 작자가 직원과의 계약을 이렇게 우습게 알면 곤란하다. 내 생존과 당사자와의 계약 외에는 절대 살인을 하지 않기로 약속한 바 있다. 난 전지전능한 신이 아니다. 어쩌다 자살관리사가 되었지만 이건 엄연한 서비스업이다. 죽여? 말아? 하고 고민하는 킬러가 아니란 말이다!

"그냥…, 죽이면 안돼요?"

아, 거참…. 깜짝 놀랐다. 이 여자는 언제 다가온 거냐? 그녀가 벼랑 밑을 내려 보더니 말한다.

아직까진 괜찮아.

아, 거참…, 또 한 번 놀랐다.

저 말은 마티외 카소비츠 감독의 영화 〈증오〉의 첫 장면 대사다. 뻐근한 뒤통수를 다시 만졌다. 내 뒤통수를 터뜨린 고객새끼는 아직도 모텔에서 기절해 있겠지. 그 새끼가 재떨이로 날 내려치며 똑같은 말을 외쳤었다.

"아직까진 괜찮다고!"

고객놈, 깨어나기만 해라. 죽지 않을 만치 계속 때려줄 테다. 그건 그렇고 이 여자도 그 영화를 봤나? 오늘밤은 정말 이상한 밤이다.

"아저씨…, 아직까진 괜찮아요. 아무 일 없는 거예요. 오빠가 살아있고 내가 살아있으니까요. 그런데요, 죄송한데요. 괜찮으면 안 돼요. 아직까지 괜찮다면 안 된다구요. 만약에 저도 죽여야 한다면 그러세요. 하지만 제발 저 오빠부터 죽이고 절 죽여주세요. 저 오빠는 꼭 죽어야 돼요. 흑흑! 저 오빠가 왜 죽어야 하냐면요…."

이 여자는 '아직까지 괜찮아'를 이상하게 쓴다. 살고 싶은 '아직까지 괜찮아'가 아니라 죽고 싶은 '아직까지 괜찮아'라니.

여자가 울기 시작한다. 그러면서 뭔가 이야기를 시작한다.

아, 이러면 안 된다. 오늘밤 이 사단이 난 게 이야기를 좋아하는 내 습성 때문이다. 고객새끼 이야기는 정말 재밌었지….

아, 이런! 이야기가 재미있고 없고를 떠나서 오늘밤은, 특히 지금은, 이야기를 들으면 안 된다. 시간이 없다. 특수 보험 직원들이 오기 전까지 모든 일을 처리해야 된다는…,

아, 그런데, 이런 젠장!

"잠깐, 아가씨, 방금 뭐라고?"

"예?"

"그러니까 방금 뭐? 뭘로 사람을 때려?"

"재떨이요. 인수하던 중소기업 직원들이 일방적으로 해고통보를 당하니 데모를 했나 봐요. 거기 조합장 하나를 사무실로 불러서는 재떨이로 박살을 냈다고…."

대기업과 중소기업, 그리고 힘없는 말단 직원들, 그놈의 갑과 을…, 그리고 뭐니 뭐니 해도 빌어먹을 놈의 재떨이!

갑자기 눈에 불이 번쩍 난다. 쌓인 스트레스가 폭발한다.

"나 이런, 개쌍놈의 새끼!"

— 갑자기 흥분한 킬러 아저씨가 이야기를 재촉한다.

"그, 그 다음에는 또 뭐?"

재떨이 사건, 내 친구의 죽음, 뺑소니, 날 죽이려 했던 이야기…. 모두를 이야기 했다. 그것 말고도 돈으로 덮은 수많은 악행들이 있었지만 킬러 아저씨는 요점 정리를 원했다.

"시간이 없군. 작업하는 동안 따라다니면서 이야기를 계속해. 아, 반말해서 기분 나빠?"

"아니요."

난 신속 정확히 오빠가 죽어야 할 이유를 댔다. 킬러 아저씨는 작은 망치로 강간 살인마의 팔다리를 오독오독 부수며 이야기를 듣는다. 깨어난 강간 살인마가 비명을 지르다 웃기 시작한다.

남자1 —

아, 아프다. 너무 아프니까 웃음이 난다. 후헷, 후헤헷!

"이 때끼, 니 에미에 자식까지 떠어 먹을 거야."

겁을 주자 "에미, 자식이 있으면 이 일 하겠니?"하고 왼쪽 다리를 부순다.

이 새끼…, 센 놈이다.

그런 말에 기분이 더럽지도 않은가 보다. 감정 기복 없이 일정한 힘으로 내 뼈를 부순다. 고통보다 놈의 냉철함에 굴복하고 싶어진다. 놈이 나를 둘러메더니 차에 싣는다.

"입하고 좆하고 선택해."

망치를 들고 묻는데 고맙다는 생각이 든다.

"입! 사담 생살을 뜯어먹고 싶어. 후헷! 둑기 던에 그걸 해봐야 돼."

놈이 씩 웃더니 망치를 거둔다.

"둘 다 놔둬야겠군. 섹스도 하고 먹고 싶은 것도 먹게 해주지. 단, 네가 이긴다면."

후헤헷, 난 당연히 이기지. 이놈은 정말 고마운 놈이다.

남자2 —

다리가 부서져 걷지도 기지도 못하고 누워있었다. 휴대폰이 부서졌는지 통화가 안 된다. 소리밖에 지를 수 없는데 그마저도 힘이 든다. 이럴 때를 대비해 출동한다는 보험 경호원을 기다리는데 드디어 누군가 나타났다.

—"람보르기니 아벤타도르 차주 되십니까?"

온몸이 다친 상황에도 눈을 굴리며 대답을 안 한다. 하긴 지은 죄가 있으니까. 제법 신중한 놈이다.

"보험에서 왔습니다. S그룹 ○○○ 사장님 맞으십니까? 확인 부탁드립니다. 시리얼 넘버는…"

"아, 됐어, 됐어. 왜 혼자야? 긴급 상황이잖아."

경계를 풀더니 다짜고짜 반말이다. 재벌 2세 S그룹 계열사 사장 ○○○. 차에 있던 신분증과 대조하니 그놈이 맞다. 작업을 하려다 잠시 고민했다. 여자의 말만 다 믿을 순 없는데….

"이봐, 응급처치 안 해? 아, 죽겠네. 그리고 다른 직원한테 연락해서 여자 하나를 빨리 찾아."

"여자라면…?"

"이 새끼, 잔말이 많아. 아, 인상착의 설명할 테니 잘 들어. 그년 그거 잡아서 일단 처리해 버려."

"처리라면?"

"에이씨, 돈을 따따블로 입금할 테니 숨통을 끊어 놓으라구!"

벼랑 위 여자와 벼랑 밑 남자. 이 커플은 대충 건드리면 지가 알아서 일을 돕는 경향이 있다. 시계를 보자 30분이 훨씬 지났다. 판단은 이제 끝이다. 행동만 할 뿐이다.

남자2 —

보험사 직원이 갑자기 망치를 꺼낸다. 내말엔 대답도 없이 다짜고짜 성한 다리를 내리친다. 이 새끼 이거 뭐야? 동생 년이 보낸 사람인가? 날 어떻게 찾았지?

 살려 줘요오 살려 줘요오

 내 목소리가 메아리가 된다.

얼마를 원해애 얼마를 원해애

돌아오는 대답도 메아리다.

으아아악 으아아악

내 비명도 메아리가 된다.

"미안한데 오늘은 돈으로 안 되는 날이야."

놈이 팔다리를 부수며 했던 말이다. 나를 짊어지고 가더니 무언가에 매단다. 무섭고 아프다. 내 몸이 떨어졌던 벼랑위로 솟아오른다.

— 킬러 아저씨가 케이블을 타고 벼랑을 내려가더니 곧 있지 않아 오빠를 올려 보냈다. 모든 걸 가졌던 자가 팔다리가 부서진 채로 내게 사정을 한다.

"야! 어서 날 구해야지. 뭐해? 돈을 원해? 돈? 니가 원하는 대로 줄게. 응? 응?"

이제 보니 오빠도 바지가 내려져 있다. 맞아, 소변보다 떨어졌었지. 킬러 아저씨가 시킨 대로 바지를 벗기기 시작했다.

"삼억! 아니, 시, 십억! 아니, 배, 백억…!"

내 친구를 죽음으로 몰고 갔던 돈의 액수가 계속 올라간다. 그럴수록 내 손은 과격해지고 부서진 오빠의 다리엔 고통이 배가된다.

"이백억! 사, 삼백…. 아아악! 야이, 쌍년아아!"

돈도 사랑도 모두 부질없는 것.

오빠의 악다구니를 들으며 떠올린 말이다. 하지만 곧 고개를 흔들었다. 아니, 아니지. 세상이 이 모양인데 돈도 사랑도 적당히는 있어야지.

 — 15분 후, 킬러 아저씨가 시킨 대로 차의 사이드를 풀고 시동을 걸었다. 차에서 나오며 날 죽이려 했던 두 괴물의 마지막 모습을 바라본다.
"후헷, 후헤헷!"
"뭐, 뭐야! 이 새끼 뭐야?"
고함소리가 들리고 둘의 사투가 시작된다.
"꼭 저렇게 해야 되요?"
"나도 언젠간 죗값을 받겠지. 하지만 이왕 하는 거 확실히 하는 거야."
 킬러 아저씨가 문을 닫으며 대답한다. 차가 벼랑으로 서서히 움직인다. 1분이면 차가 떨어질 것이다. 누군가의 비명소리가 터져 나온다.
"저도 죗값을 받겠죠?"
"당연하지. 쟤들이 지금 죗값을 받는 것처럼."
 차가 벼랑 앞에 있다. 둘 중 하나가 살았든, 둘 모두 살아있든, 조금 있으면 모두 죽을 것이다. 차가 우리의 시야에서 사라지고 폭발음이 들린다. 킬러 아저씨의 중얼거림도 같이 들려온다.

"떨어지는 건 중요한 게 아냐. 중요한 건 어떻게 착륙하느냐지…."

치

지

직

!

증오외전 3 — to be continued

해설

궁지의 소설과 그 황폐한 미학

박훈하

궁지의 소설

 소설의 사회적 기능은 한결 같지 않다. 백년 전의 문인들에게 글은 적의 출현을 알리는 봉화였고, 신문물을 소개하는 전광판이고, 잠자는 대중들의 의식을 일깨우는 꽹과리 소리였다. 그로부터 수십 년 뒤, 누구에게 소설은 여전히 봉화고 꽹과리 소리였겠지만, 더러 누구에게는 타인의 사생활을 훔쳐보는 포르노그래피이거나 암울한 미래의 디스토피아를 공상하는 만화경 정도로 윤색되었다. 그마저도 영화가, TV드라마가, 인터넷 카툰이 소설의 자리를 쏜살같이 점령해 버린 지금, 소설은, 아니 한국 소설은, 빛의 속도로 달리는 도로 한가운데에 서서, 길을 잃고, 우두망찰 서 있다.
 이제 소설은 어디에 쓰는 물건인고?

이 질문은 누군에겐 자명하고 또 누구에겐 지극히 무의미한 것이다. 특히 폭우처럼 쏟아지는 발광 서사물에 흠뻑 젖어 사는 요즘 젊은 세대들에겐 진정 무가치한 질문일 수밖에 없다. 세상에 이야기는 흘러넘치고, 흘러넘쳐 오히려 압사할 지경이고, 그 중에 자본의 수혜를 듬뿍 받은 이야기들은 스스로 빛을 발하면서 어둠 속에서조차 존재감을 과시하고 있는 마당에, 형광등 입간판도 아니고 고작 인쇄된 소설이라니…. 그러니 오래되고 낡은 것에 대한 복고 취미조차 기대하기 어려운 이들에게 소설은 영락없는 꼰대들의 자의식의 산물일밖에.

헌데도 누군가는 소설을 쓴다. 누군가는 절망하여 떠난 그 자리에서 또 누군가는 길을 찾는다. 배길남의 소설들을 모아 읽으면서 든 생각이다. 웃기는 이야기지만 소설의 규범(decorum)이라는 게 있다면, 배길남의 소설들은 이 규범으로부터 한참 멀리 있고, 무엇보다 그에겐 오랫동안 세상이 작가에게 부여해 온 고유한 의식(author-authority)이 없다. 굶주리고 헐벗어도 작가이기에 버틸 수 있는 자존감 같은 건 눈을 씻고 찾아봐도 없다는 뜻이다. 그런 의미에서 그에게 글을 쓰는 일이란 북이나 꽹과리 같은 사회적 공명(共鳴) 따위가 아니라 오히려 마지막 궁지에서 찾는 개인적 구원, 혹은 실존적 몸부림일 따름이다. 이런 느낌은 그의 소설 도처에서 발견되지만, 이를 가장 간명하게 표현하고 있는 대목은 「부산데일리 훌랄라 기획부」의 다음과 같은 표현이다.

"인자 작가 꿈 포기 안 할란다. 멀리 떠나가 글도 쓰고, 자유롭게 살고 싶다."

글을 쓰고 싶다는 개인적 욕망을 접으면서까지 직장을 구해보지만, 대학을 졸업하고도 몇 년째 실업 상태를 벗어나지 못한 주인공이 어느 날 체념하듯, 혹은 막다른 바닥을 차고 오르면서, 결혼을 앞둔 여자 친구에게 던지는 통화상의 비명이다. 1930년대에도, 1960년대에도 구직하지 못한 지식인들의 배고픈 넋두리는 흔하디 흔한 소재였다. 그러나 굶주릴지언정 그들은 옹색하진 않았다. 아니, 굶주렸기에 오히려 더 날카로워진 의식으로 세상의 모순을 해부했다. 허나 이제 작가가 된다는 건 불가능한 구직의 끝에서 절망이란 이름으로 선택하는 궁지의 일일 뿐이다.

아닌 말로 '갈 데까지 간, 그래서 대안을 찾는 음악'을 '얼터너티브 락(alternartive rock)'이란 명칭으로 부르고 있다면, 우리는 '얼터너티브 소설(alternative novel)'이란 장르가 발현하는 장면을 이제 막 구경하고 있는지도 모른다. 아무도 거들떠보지 않는 작가라는 의식은 개나 물어가라고 던져주고, 이 짓이라도 하지 않으면 돌아버릴 것 같은 최후의 단말마. 소리 지르지 않으면, 누구 하나 존재를 자각하지 못하는 깊은 수렁에서 내지르는 샤우팅(shouting)이 곧 내용과 형식이 되고 마는 궁지의 소설 같은 것 말이다.

궁지의 소설과 그 황폐한 미학

매개, 혹은 시뮐라크르의 잔상들

 궁지의 소설은 사랑과 희망을 이야기하지 않는다. 그것들은 이미 가짜다. 노동을 통해 얻어진 재화만으로 삶이 복될 때 사람들은 사랑과 희망을 이야기하지 않고도 행복하지만, 재화의 흐름이 노동을 압도할 때 사람들은 사랑과 희망을 갈구하면서도 행복을 얻지는 못한다. 그럼에도 누군가가, 불현듯, 행복하다고 느낀다면, 타인의 재화를, 슬쩍, 자신의 몫으로 전용했을 때이다. 보험이 그러하고, 증권이 그러하며, 파생금융상품이 그렇듯, 산업자본의 외피를 입은 금융자본은 그 어떤 노동도 하지 않고, 그 어떤 생산물도 이 세상에 덧보태지 않으면서, 오로지 재화의 흐름만으로 부를 생산한다. 놀랍다! 아무 것도 생산하지 않으면서도 돈을 벌 수 있다니!(하지만 생각해 보면 부자들의 부의 축적은 늘 이 방식 아니었던가?) 실체를 갖지 않는 이 거품은 환상이기에 늘 위태롭지만, 노동이 더 이상 사람들의 주린 배를 채울 수 없을 때, 불꽃을 향해 뛰어드는 부나방처럼, 이것은 사랑과 희망과 행복이란 이름으로 인간 군상들을 흡입한다. 소수의 누군가는 이 야바위판에서 행복하겠지만, 이건 다수의 부나방들의 시체 위에서 얻어진 것이다. 그러므로 사랑과 희망은 이미 가짜다.
 「증오외전1-증오하지 말고 심수창처럼」은 이렇게 몰락하는 인간 군상, 혹은 부나방들의 생존을 다룬다. '자살보험' 집행인과 의뢰인의 입장을 교차편집하고 있는 이 작품은, 이런 측면에서 여러 모로 흥미롭다. 얼핏 이 작품은 집행인과 의뢰인 '사이'의 갈등을 다루고 있는 것처럼 보이지만, 사실상 이 작품에는 '사이'란 존재하지 않으며, 때문에 진정한 의미의 갈등 따윈 없다. 이 세상에 '자살 보험' 같은 것이 실제로 존재하는지는 알 수 없지만, 그럼에도 이런 보험이 존재한다면, 그건 자살을 꿈꾸는 자가 자살을 실행하는 것이 그만큼 어렵기 때문일 터, 그러므로 실행의 막판에 의뢰인의 저항은 당연한 것이고, 이 당연한 저항을 무마시키는 것이 집행인의 임무이므로, 이 둘 사이에 벌어지는 갈등과 사건은 두 사람의 인격적 충돌이 아니라 그저 이 사회가 부여한 직업이라는 장(field)의 내적 규칙일 뿐이다. 말하자면 의뢰인의 저항은 인간의 것이 아닌 동물적 자기 보존의 충동일 뿐이고(인간으로서의 자유의지는 이미 자살을 선택했으므로 이에 저항하는 행위는 이미 인간의 것이 아니다), 이를 저지하는 집행인의 행위는 인간의 것이 아닌 비인격적 직업의식의 발로일 뿐이다. 따라서 이 작품에는 갈등이라는 인간들 사이의 변증법적 운동은 애초에 존재하지 않고, 오히려 의뢰인과 집행인이 하나의 짝을 이뤄 작동하는 관료/직업사회(bureaucracy)의 자동적 반복운동만이 있을 따름이다.

게다가 이 작품은 자신의 직업과 노동으로부터는 그 어떤 위로나 자족감도 얻지 못한다는 것을 여실히 증명한다. 자살 집행인은 이 일을 그만두고 싶었지만 롯데의 승리 때문에 그만두지 못하고 있고, 의뢰인은 롯데의 승리로 인해 막가파 투자를 해 자살을 의뢰했다. 두 인물 어느 쪽도 자신의 노동으로부터는 스스로의 삶을 이해하지도 결정하지도 못한다.

롯데는 여전히 SK에 졌어야 했다. 감독은 무능했고 불펜도 허약했다. 상대는 롯데가 죽으라고 깨지는 SK였다. 더군다나 1위에서 3위로 떨어져 위기에 빠진 SK가 가만있을 리 없었다. 그런데도 전날 경기기록은 분명 롯데의 승리를 표시하고 있었다.
"이건 하늘의 뜻이야!"
증시 개시 시간인 9시가 되자마자 마지막 남은 돈과 사채로 끌어모은 돈을 모조리 밀어 넣으며 나는 그렇게 외쳤다.
(「증오외전1-증오하지 말고 심수창처럼」)

오늘은 내가 손댈 것도 없이 편안한 인간들이었다. 이럴 거면 왜 굳이 비싼 돈 들여가며 '자살보험'을 든 건지 모르지만 누군가 자신들의 죽음을 지켜본다는 것도 꽤 매력 있는 일이라 여기나보다.
그들이 싸구려 모텔 욕실에서 죽어갈 때, 난 TV로 야구를 지켜보고 있었다. 올해의 롯데는 4강에 올라갈 수 있을까? 병신들이 감독이 호구라고 욕들 해대지만 난 그렇게 생각하지 않는다. 로이스터가 있을 때도 롯데는 올해와 마찬가지였다. 작년의 4강 진출은 기아의 전설적인 16연패 때문이었다. 기아가 뻘짓만 하지 않았어도 롯데는 4강에도 못 들었을 것이고, 나 또한 '자살관리사'를 1년이나 더 하고 있지 않았을 것이다.

(「증오외전1-증오하지 말고 심수창처럼」)

이들의 운명을 규정하고 있는 롯데라는 이 매개는 참으로 의미심장하다. 자본주의의 발전은 운명에 대한 인간 개개인의 자율성과 정확히 반비례한다. 신의 거죽을 뒤집어쓴 시장의 보이지 않는 손이 인간의 운명을 결정하지만, 그 시장 또한 예전과 다르게 이제 눈으로 목도할 수도 만질 수 있는 것도 아니게 되었다. 경마장의 스크린이 그러하고, 증권가의 객장이 그러하듯, 스크린의 깜박이는 불빛, 시뮬라크르로만 존재할 뿐이다. 이 경우 인간이 스스로의 힘으로 자신의 운명을 개척한다는 믿음은 순박함을 넘어 이미 사악한 이데올로기로 변질된다. 누군가가 이런 믿음으로 자신의 삶을 영위해 갈 때 주어지는 사회적 보상은 풍요와 행복이 아니라 약탈과 착취에 따른 좌절과 절망일 뿐이지만, 그렇기 때문에 시뮬라크르의 불빛은 더욱 매혹적으로 다가오고 실체 없는 이 환상은 더욱 강력하게 인간의 운명을 포획한다. 그러니 자살 의뢰인도 집행자도 가장 강력한 시뮬라크르에 운명을 맡길 수밖에…. 적어도 롯데라면 미래에 대한 합리적인 계산이나 예측이라도 가능하니까.

 자신의 길을 알려줄 밤하늘의 별도 없고, 아니 그 별빛조차 휘황찬란한 이데올로기의 불빛 속에서 초라하게 깜박일 뿐이고, 욕동하는 몸을 세워둘 수는 없으니, 모든 개인들은 주술적 대상을 찾아 길을 떠난다. 그것이 로또일 수도 있고, 경마일 수도 있고, 롯데야구일 수도 있고, 주식시장일 수도 있겠지만, 그렇다고 그것이 오래전 노동이 인간에게 허락했던 자기실현의 길을 보장해주지는 않는다. 노동은 이제 그저 육체를 소진시키는 노역일 뿐이다.

산업사회가 급격히 퇴조한 이후 단단한 일거리는 더 이상 존재하지 않게 되었다. 아르바이트, 파트타임, 인턴과 계약직 같은 유연한 노동만이 창궐한다. 청년실업이라고? 웃기는 소리. 중 장년의 철가방은 산업사회의 잔영일 뿐, 앞으로 도래할 사회엔 장년이고 청년이고 무차별적일 수밖에 없다. 숙련공의 전문적 능력은 컴퓨터에 의해 더욱 단순해진 공정 덕에 비숙련공으로 대체되어도 전혀 문제가 없고, 게다가 빠른 정보 통신 기술은 숙련이라는 노동의 고정점도 제공해 주지 않는다. 그리고 바로 이 순간 세상은 완벽하게 양분화된다. 부자와 가난한 자, 혹은 로또에 당첨된 자와 로또를 구입하는 자. 이 둘 사이를 가로지르는 것은 오직 우연함일 뿐이고, 이 둘의 간극을 메울 진정한 매개는 존재하지 않는다. 다시 말해 세상의 그 무엇도 이 둘을 결정하는 인과의 함수값을 재현할 수 없다는 뜻이다. 그 어떤 사유도 사후적일 뿐이고, 그 어떤 예술도 오로지 시뮬라크르의 잔상만을 좇을 따름이다. 그러니 소설 또한 총체성이라는 환상은 이제 접어야 한다. 뱃길을 알려주던 별들은 이미 자취를 감추었고, 어떤 여행도 우리에게 길을 알려주지 못한다. 궁지의 소설이란 그런 것이다.

하지만, 아직까진 괜찮아
—자살관리사. 내 보기엔 영락없는 킬러. 그는 아주 친절했다. 맥주까지 권하며 내 이야기를 성의껏 들어주었다. 내 이야기를 잘 들

어주는 이 남자를 조금만 빨리 만났다면 자살 따위 결심하지 않았을 것이다. 선글라스를 쓰고 있었지만 그가 내 이야기에 푹 빠져 있단 걸 알 수 있었다. 나 또한 인생을 털어놓다 보니 신이 났다. 이 얼마나 재수 없는 인간인가? 남 이야기하듯 펼쳐놓은 나는 정말 대단했다. 정말 내가 생각해도 줄기차게 떨어져 왔다.

50층에서 추락하는 남자의 얘길 들어봤는가? 밑으로 떨어지는 동안 그는 계속해서 중얼거린다.

'아직까진 괜찮아'

'아직까진 괜찮아'

'아직까진 괜찮아'

갑자기 마티유 카소비츠 감독의 영화 〈증오〉의 첫 장면이 내 인생과 오버랩되었다.

(「증오외전1-증오하지 말고 심수창처럼」)

자살관리사와 킬러, 혹은 서비스와 폭력이 전혀 분간되지 않는 우리 시대에 개인의 삶의 정향점은 어떻게 확보될 수 있는가. 지금까지 소설은 늘 이 문제에 관심을 기울여 왔고, 이 물음에 은유적 답을 제공할 수 있을 것이라는 믿음이 소설의 존재를 보장해 왔다. 하지만 이 믿음이 급격히 소진되고 있는 지금, 이 궁지의 소설은 어떻게 자신의 미학을 확보할 수 있을까. 그리고 이러한 질문은 유효하기나 한 걸까?

너무 어마어마해 앞이 보이지 않지만, 그렇다고 피해 갈 수 있는 질문도 아닐 터, 이 작품집에서 이에 대한 답을 얼핏 보았다면, 그 건 끝없는 요설과 교차편집이었다. 「램프 불 옆 에드워드」와 「증오외전1- 증오하지 말고 심수창처럼」과 「증오외전2-증오하려면 재떨이처럼」에서 이 특징들은 두드러졌는데, 작중 인물들은 그저 독백이라고밖에는 볼 수 없는 이야기를 마구 쏟아내고 있고, 이를 중재해야 할 화자(narrator)는 온데간데 없으니, 그 때문에 인물들은 마치 카메라가 비추듯 교차하며 서로 무연하게 존재하고 있을 따름이다. 말하자면 개인의 이야기를 집단적 힘으로 전화하는 화자의 계몽적 언설이 사라진 자리에 남은 것은 이야기 그 자체이고, 이 이야기의 단독성뿐이라는 사실이다. 섞여들 수도, 섞여 하나의 진리로 표상될 제도적 장치도 없는 이곳에서 이야기가 늘 죽음을 환기시키는 것은 그 때문이다. 죽음을 이야기하는 것이 아니라 이야기, 혹은 요설이라는 이야기 방식 자체가 이미 삶의 외부에 한 발을 걸치고 있음을 반증한다. 사푸리 아르왕 앞의 세헤라자데처럼 이야기는 죽음 앞에서 시작되고 죽음이라는 공포 속에서 개화한다.

  이것이 궁지에 몰린 소설에서의 이야기의 힘이다. 이제 이야기는 생이 허락된 자들의 더 나은 삶을 위해 봉사하는 것이 아니라, 오직 죽음 앞에서, 죽음과 같은 절망 앞에서 죽음을 지연시켜 죽음(과 같은 절망)을 직시하기 위해 필요한 도구이다. 그렇다고 모든 이야기가 절망을 노래해야 한다는 것은 아니다. 세헤라자데는 죽음 앞에서 오히려 쾌락과 성공을 이야기함으로써 살아남았다.「썩은 다리―세 번의 눈물」처럼 가난했던 똥천가의 어린 시절도 충분히 재미있고,「사라지는 것들」에서처럼 몰락하는 문자의 운명 역시 절절한 이야기이며,「한밤중의 손님」같은 동화적 상상도 의미는 있다. 첫 작품집을 내는 작가의 입장에서는 그 어떤 이야기도 소중하지 않을 리 없고, 소중하니 무엇이든 이야기를 촉발할 수는 있겠지만, 그럼에도 반드시 기억해야 할 것은, 세헤라자데처럼, 이야기하고 있는 자의 숙명, 즉 죽지 않기 위해 이야기를 하고 있다는 자의식이다. 이를 자각하지 않는 순간, 더 이상 소설의 생은 없다.

따라서 이제 소설은 이야기가 아니라 이야기하기이다. 이야기는 이미 자신의 내재된 형식을 갖고 있지만, 이야기하기는 선험적 형식 대신 기관 없는 촉수로 세상의 분노들과 접속하는 기계이다. 그러니 '처음―중간―끝'의 유기성을 요구하는 전통적 시학은 터무니없는 것이다. 이 내재적 형식에 궁지의 소설이 제 몸을 의탁하면, 죽음(과 같은 절망)은 이데올로기의 손에 순치되고 절망과 분노의 에너지는 헛된 희망으로 소멸하고 만다.「증오외전1―증오하지 말고 심수창처럼」의 결미에서처럼, 차갑던 교차편집의 방식을 버리고 집행인과 의뢰인 사이에 인격적 대화가 개입하는 순간, 급속히 소설적 긴장이 소멸해 버리는 건 그 때문이다. 완결을 꿈꾸는 이야기는, 세상의 분노를 향해 뻗었던 촉수를 무력화시키고, 하릴없는 희망과 암세포가 점령해 버린 몸뚱이만 덩그렇게 남길 뿐이다.

첫 창작집은 뿌듯하면서 아쉽고, 잡다하면서도 연대하는 힘이 있다. 8편의 작품들이 주제나 형식에서 다소 이질적이긴 하지만, 훗날 배길남 작가가 더 깊고 넓은 이력을 갖게 될 때 이 작품들이 다양한 층위에서 다시 만나는 건 필연적이다. 읽는 이마다 그 혜안이 다르겠지만, 난 이 작품집으로부터 궁지의 소설이라고 불릴 만한 강한 절망과 분노의 에너지를 엿보았다. 주어진 과거의 규범들이 그 어떤 지침도 제공해 주지 못하고 있는 지금, 이 에너지는 소설과 소설가의 부단한 자기갱생의 노력이 빚은 결과라 믿는다. 그리고 어쩌면 한국의 절망적인 이야기문학은, 이로부터 지금까지 누구도 가지 않았던 새 길로 이제 막 들어가고 있는 것일지도 모른다.

그러니 '아직은 괜찮다'. '중요한 건 어떻게 착륙하느냐'이다.

■ 문학평론가, 경성대 교수

작가의 말

 작가의 말을 쓰려고 하니 '내가 작가의 말을?', '진짜, 내가 작가의 말을…?'하면서 별의별 생각이 다 든다. 작가, 소설가란 말은 아직까지도 하늘에 떠있는 별처럼 멀고 요원하게 느껴지는 게 사실이다. 직장 잘리고 미친놈처럼 소설에 올인 했을 때도, 신춘문예에 덜컥 당선되고 나서 겁도 없이 전업 작가를 선언했을 때도, '배길라미'는 어렴풋이 알고 있었다. 평생을 건 지난한 싸움이 시작되었다는 걸….
 한 친구와의 술자리에서 "왜 우리는 남들처럼 일하고 월급 받는 삶을 안 살았을꼬? 고르고 골랐다는 기 하필 와 문학이고 소설이고? 와 이딴 걸 선택해서 니나 내나 이 모양 이 꼴이고?"하며 눈물을 질질 흘릴 뻔 했던 기억이 떠오른다.
 왜 하필 소설이었을까? 잘 알지도 못하면서 공부한 친구들에게 객기를 부리던 도중에도, 여자에게 채여서 눈물 콧물 다 짜며 찌질거릴 때도, 그놈의 다단계 피라미드로 집안이 쑥대밭이 되었어도, 열심히 한 선후배와 친구들이 나보다 훨씬 잘 나가 질투의 화신이 되었을 때도, 아버지가 억하고 쓰러졌을 때도, 돈 한 번 벌어볼 거라고 코피 터져가며 일했을 때도, 어머니 수술하실 때 수술실 앞에서 혼자 고개 숙이고 있을 때도, 아내와 생활비 걱정하다 괜히 고함지르고 미안했을 때도….

왜, 왜 하필 난 소설을 생각하고 있었을까?

입버릇처럼 "아들, 엄마가 미안하다."라고 하시는 어머니께 혼자 이렇게 중얼거린 적이 있었다.

"엄마가 잘못하신 건 딱 하나에요. 학교도 안 간 꼬마딱지에게 60권짜리 소년소녀 세계명작 전집을 사주신 죄밖에 없어요…."

아무리 힘들어도 무인도에 홀로 떨어진 로빈슨 크루소보다 안 외로웠고, 친구와 아무리 싸워도 「15소년 표류기」의 브리앙과 드니팬처럼 화해했으며, 어떤 어려움이 있어도 몽테크리스토 백작과 장발장처럼 위기를 벗어나곤 했었다. 그랬다. 어느 사이에 소설은 나의 삶의 일부가 되어 있었다. 「소나기」와 「빈처」에서 사랑을 배웠었고, 「임꺽정」에서 긍정적 마인드를 배웠고, 에드가 앨런 포의 생애를 보며 소설은 잘 쓰되 절대 이리 살면 안 되겠다는 다짐도 했었다.

그러나 소설을 즐긴다는 것과 소설을 쓴다는 것은 분명한 차이가 있다. 나는 이제 읽는데서 멈추지 않고 건방지게도 소설을 쓰는 사람이 되었다. 건방졌던 만큼 그에 따른 책임이 따를 것이다. "와 소설을 선택해가지고…."가 아니라 "와 소설을 쓰노?"를 생각하면서 현실과 싸워나가려 한다. 게임, 드라마, 영화 등을 생각하면 칼과 방패만 들고 불 뿜는 용과 싸우는 형국이지만, 어쨌든 내가 선택한 행복한 싸움 아닌가? 이제 첫 소설집이 나온다. 싸움은 이미 벌어진 것. 늠름하게 한 판 붙어보려 한다.

사랑하는 가족들, 친지들, 친구, 선후배 여러분께 항상 감사하고 죄송한 마음뿐이다. 내가 가야할 길에서 최선을 다하는 것이 그들에게 가장 보답하는 것이리라…. 마지막으로 올해 7월, 모자란 놈의 손을 잡아준 아내에게 이 책을 제일 먼저 선물하고 싶다.

— 2013년 11월, 중앙동 또따또가 작업실에서
배길남

기다려라, 그리고 희망을 가져라.

자살관리사
ⓒ배길남, 2013

1판 1쇄 2013년 11월 25일

지은이　배길남
펴낸이　서정원
펴낸곳　도서출판 전망
주　소　부산 광역시 중구 중앙동 3가 12-1(600-013)
전　화　051)466-2006
팩　스　051)441-4445
w441@chol.com

값 12,000원
ISBN 978-89-7973-356-3(03810)

* 저자와의 협의 하에 인지를 생략합니다.
* 2013년 부산문화재단 문학창작지원금을 수혜하였습니다.
* 이 도서의 국립중앙도서관 출판시도서목록(CIP)은 서지정보유통지원시스템 홈페이지(http://seoji.nl.go.kr)와 국가자료공동목록시스템(http://www.nl.go.kr/kolisnet)에서 이용하실 수 있습니다.
  (CIP제어번호: CIP2013023292)